关山笔记

任艳苓

著

山东友谊出版社·济南

图书在版编目（CIP）数据

关山笔记 / 任艳苓著. -- 济南 : 山东友谊出版社,
2025. 5. -- ISBN 978-7-5516-3504-2

Ⅰ. I267

中国国家版本馆CIP数据核字第2025DR8918号

关山笔记
GUANSHAN BIJI

责任编辑：刘敬雅
装帧设计：刘一凡

主管单位：山东出版传媒股份有限公司
出版发行：山东友谊出版社
　　　　　地址：济南市英雄山路189号　邮政编码：250002
　　　　　电话：出版管理部（0531）82098756
　　　　　　　　发行综合部（0531）82705187
　　　　　网址：www.sdyouyi.com.cn
印　　刷：济南乾丰云印刷科技有限公司

开本：710 mm×1000 mm　1/32
印张：9.25　　　　　　　字数：190 千字
版次：2025 年 5 月第 1 版　印次：2025 年 5 月第 1 次印刷
定价：70.00 元

目 录

● 第三辑　人间走笔

时光遗珠

第一辑

The First Series

泥土的品格

一

陌上人家，最不缺的是泥土，最离不得的也是泥土。

泥土是有生命的。它是大地的肌肤。

春来，土生万物；秋至，万物归土。四季循环，生命轮回，总与泥土脱不开干系。

黄土被风雨河流塑造成不同的形状，或一望无垠，或沟壑纵横，或层峦叠嶂，或敦厚稳重。然而不管在哪里，只要有泥土，就有绽放的生命。

春风送来春天的请柬，沉睡的泥土被唤醒，开始了新一年的忙碌。它们是公平的，平等地哺育每一粒种子。在泥土眼里，所有种子都是它的孩子。小麦、玉米是好儿女，可以饱腹充饥；高粱、大豆也是好样儿的，可以酿酒榨油；大树是它稳重的长子，瓜秧菜苗也是它钟爱的幼女。泥土连那些野生的花草也不曾嫌弃，分给它们同样的营养，直至孕育出一片草茂花繁的盛景。

和泥土打交道最多的是庄稼人，他们一打就是一辈子。春天，他们在泥土上翻犁朵朵泥花；秋天，他们在泥土上收割排排庄稼；冬天，他们在泥土上储贮粒粒粮食。他们的脚掌踩在泥土上，他们的汗水滴在泥土上，他们的欢笑落在泥土上。这些在土里扎根的人早已明白泥土是公平的，谁付出的辛劳和汗水多，谁就能收获更多。泥土不会眷顾懒汉，拿不动锄头、伸展不开筋骨的人，无法在土地上讨生活。

日复一日，年复一年，一朵朵翻起的泥花终于在他们脸上犁出道道皱纹，一排排割完的秸秆茬变成他们已经剪了一遍遍的花白的发根，然后他们在收贮的一颗颗金黄的粮食里慢慢咀嚼泥土，咀嚼岁月。

收获完毕，复归平静的泥土，是虫子们的家。秋霜打落的败叶、枯枝，与草木残存的根在泥土里相遇。沉积，腐化，发酵，成泥，这些衰败的生命心怀感恩，将自己从泥土中获取的能量归还大地。蝼蛄、蟋蟀、尺蠖、蚯蚓、鼠妇、金蝉、蚂蚁……一粒粒蠕动的虫卵在泥土温柔的包裹下慢慢生长，等到来年春暖花开时，举行一场生命的盛宴。

庄稼人也是种在泥土里的一粒种子，生在乡间，便在土里扎了根。吃的是从泥土里长出的麦子，喝的是有泥土味的水，他们将根系深深扎在家乡的泥土里，牵丝带蔓，一生牵系。

二

泥土是有温度的，它向来厚德载物。

泥土，曾从温暖的阳光中汲取缕缕光热，从和煦的春风里借来丝丝情意，从绵密的细雨中吮吸滴滴甘霖，膨胀着，酝酿着，沉淀出一世的朴拙厚重，融入农家的人间烟火。

一间破屋立在乡路边，黄褐色，古朴、破败，这是除山野外，泥土在乡间的温情缩影。在这里，水和秸草是泥土最亲密的伙伴，它们交织缠绕，鼎力合作，最终化作柔软温和而富有黏性的泥。泥覆在屋顶上，能消暑御寒、遮风挡雨；抹在墙壁上，依恃栋梁、兴立门户；经烈火淬炼，塑以筋骨成为砖瓦……一堆泥土，不能在乡野哺育生命，也要想方设法将自己储存的温暖献出才算遂意。

泥土的温度，也常常呈现在农家的烟火里。泥土、水和碎秸草和成的浆，在模子的束缚下收起懒散的模样，变成方方正正的泥土坯，在灶屋里被垒成方柱体烟道，被打造为圆弧形灶台，为一户农家的烟火日月带来温暖。这些泥土在灶屋经受烟火的熏燎，尝尽了农家饭菜的酸甜苦辣，阅遍了平凡岁月里的喜乐悲欢，成为农家生活的见证者。

泥土有时也会亲自上阵烹饪珍馐。处理好的鸡或乳猪，在荷叶、黄泥的层层包裹下，留住了柴草的热量，也留住了最原始的美味。细腻柔软的沙土在大铁锅里翻滚出均匀的温度，便可将瓜子、花生以及二月二的面豆炒出焦香，炒出历经岁月淬炼的浓厚滋味。

黄河畔人家的婴孩甫一出生，就被"种"在了故乡的土里。产妇要临盆了，家里人赶紧去黄河滩取土。黄河滩的土细腻、柔软，受到黄河母亲的滋养和哺育，蕴藏着蓬勃的生命力。土取回来，要细细地筛几遍，除去大颗粒的杂质和草根，留下轻柔又细软的土本身。在细筛里曝晒过的土，还要进大铁锅翻炒杀菌，在灶火的淬炼下，成为干净而天然的"温毯"。家里年长的女人早已缝制好了土布袋，将微热的黄土灌进去。婴儿的肌肤接触到热沙土的瞬间，就开启了他们与故乡泥土的一生情缘。略长大些后，小小的孩童在土堆上爬行、戏耍，软软的土面上留下他们蜿蜒的爬痕和小小的手印，那是他们在泥土上留下的最初的痕迹。无须岁月的雕刻，那土黄的颜色便渗进肌肤，融到骨子里去。

小小的人儿在土里生，土里长，一辈子都在泥土的护佑下成长。饥饿时，泥土下长出的粮食瓜果可以果腹；劳累时，田地里暄软的泥土是天然的床；受伤了，窗台下的一撮土就能消炎止血……有泥土在，庄户人心里就有了慰藉，有了依靠。

对在外漂泊的儿女而言，泥土还是一剂良药。游子离家前，打理好的行囊里常有一包家乡的泥土。据老一辈人的经验，若在外水土不服，用一点家乡的泥土泡水喝即可缓解症状。这一方法是否有效暂待验证，然无论何时，用手抚摸一下带着体温的故乡的泥土，终究能缓解乡愁。

人死后也要复归泥土，土地是人最终的归宿。我们每个人都是自然界中的一粒土，历经风霜，最终又回归自然，与大地合为一体。百年之后要入土为安，土地上凸起的坟包，就是一个人在这世间最后的影子。时间是最残忍的画师，一个人走了，它就慢慢抹掉他留在这世间的所有痕迹，只剩亲人心底的思念和这个小小的土包。一个坟丘在风中屹立，昭示着一个人曾经来过这人世间，他曾经真切地爱着这片生养他的土地，真切地爱着与泥土相伴一生的平凡岁月。这，大约是泥土给一个人最终的馈赠了。

<h2 style="text-align:center">三</h2>

泥土是有筋骨的。它是天地间的君子，历经岁月风霜的磨砺而不移其志。

松软的泥土以水相和，加上风和火的锤炼，注以坚贞之志，可折叠成不同的形状。

在博物馆里，我看到了远古时期的陶器。一个个陶罐、陶盆、陶碗素着脸面迎客，从不见丝毫赧色。它们袒露着泥土的本色，让参观者在好奇的惊叹中，猜度很久以前人们的劳作与生活方式。这些用最原始的泥土烧制的器皿，是人类文明留下的足迹。当原始人类发现泥土居然能塑形以盛物时，他们是多么欣喜呀。有了泥土制作的陶器，生活从此便利了许多。它能贮存粮食和果子，能煮汤烧饭。泥土，为人类文明的繁衍提供了容器。

富有筋骨的泥土，能在指尖绽放出美之花朵，流传在大地上。黄河畔的沙土下，是一块块厚重的胶泥，它们的筋骨更强韧。小时候，孩子们挖一块胶泥，反复揉搓，塑方揉圆、压扁铺平，一起摔"瓦屋"……胶泥是孩子手上的画棒，给他们单调的童年涂上一抹缤纷的色彩。在艺人手里，有筋骨的泥土历经千百遍揉搓，经过捏盘刻粘、切挖磨画等步骤，终成另一副骨肉，或化作栩栩如生的动物，或开出精美逼真的花朵，或变作憨态可掬的娃娃。

人也是泥土做的。远古传说中记载，人是由女娲抟黄土所造。是的，我们都是泥土的子孙，身上都有泥土的气息。劳作了一天的农民收工归家，身上随处可见泥点或土痕。他们有时不在意地拍打两下，有时干脆听之任之，因为这是泥土奖励的劳动勋章，待收获季节，它将换来五谷丰登、瓜果飘香的场景。

在一个古村，我曾看到一座土地庙。庙不大，门脸由青砖垒砌，边缝抹以黄泥，略显简陋，门侧的对联已模糊不清，唯独门内土地公的塑像仍拄杖端立。古时，土地是人们的信仰。每逢夏至或岁首之时，古代帝王都会祭祀"皇地祇"。婚嫁时，第一个要拜的是天地。"天时"预示风调雨顺，"地利"预示五谷丰登，继而生生不息，瓜瓞绵绵。农人耕作和收获时要弯腰低头，这是在向泥土致敬。

旁边小路上有三三两两劳作的农人路过，看着他们远去的背影，我忽然明白，人们崇拜的不只是土地，还有他们自己的劳动和汗水。这，才是人们从泥土那里传承下来的生命的筋骨。

　　泥土也是无言的记录者。这位自然界公正的史官，向来秉笔直书。作为长者，泥土曾目睹世间无数悲欢，却一直深切地爱着它的每一个孩子。走过一段路，地上会留下足迹和车痕，那是土地在书写生活；洒落一串汗，田里会长出苗壮的幼苗，那是土地在赞美劳动；砍掉一棵树，地面会露出一个巨大的伤口，那是土地在控诉暴行。

　　可当一片土地上沾染了人们流下的血时，泥土不仅会将历史刻在身上，还会记在心间。

　　菏泽，冀鲁豫边区革命纪念馆。一进大厅，一幅巨大的陶版壁画跃入眼帘。壁画很有立体感，塑造了一个个鲜活的战斗场景和栩栩如生的英雄人物，令人肃然起敬。这是用黄河泥专门烧制的壁画，泥土见证了这些场景，又复刻了这段历史。我被泥土的坚毅筋骨以及壁画上英雄人物坚毅无畏的神情所震撼。泥土是松散的，是柔软的，但加入水调和烘干，它就被赋予了坚毅的品格。这些生长于泥土、又深埋于泥土的英雄们，曾在硝烟漫天的环境下艰苦奋斗。就像泥土孕育的顽强生命，深深扎根在中华民族的土地上，艰难生存，卓绝生长。我蓦然发现，这幅壁画上雕刻的，是中华民族坚硬的骨头。

　　我们的骨头为何如此坚硬？因为我们始终拥抱大地，我们的身体里有经过风吹火炼的泥土。

　　泥土是柔软的，又是坚硬的，它外表柔软，筋骨坚硬。在泥土的历史上，我们从来不曾缺席。我们都是耕读者：耕作，以力气和汗水深耕脚下的泥土以维生；读书，以心灵和智慧深耕精神的根基以铸魂。泥土是承载我们脚步的基础，也是指引我们前行的灯笼。泥土，让我们看清脚下的路，让我们走得更踏实、稳健。

人，终究离不开泥土。

（本文获第四届青未了散文奖一等奖）

棉花谣

响晴的天，顶适合拾棉花。

棉田里，一眼望去，棉花雪白、轻软、蓬松，似一朵朵出岫的云彩不小心跌落凡尘，化作这遍野精灵。它们带着热，带着暖，带着阳光和雨露，温暖了庄户人家的平凡日月。

在村庄，稻、麦、菽、麻、黍、稷，哪个都不如棉花能牵动女人们的心。棉花是一根线，扯住生活的千丝万缕、细枝末节。寒冬腊月的铺盖，一家人的穿戴，闺女们的嫁妆，哪个都离不开棉花。跟棉花相关的事最终还是落在女人身上，这一切都得她们合计。

从撒棉种开始，女人就得一一打算。播种棉花，一脚一个坑。喊上俩孩子，女人牵头刨坑，小姐妹俩一个往土里撒种，一个掩土踩实。小家伙踩着踩着有些不忍，生怕踩实了，这小小的种子难以破土而出，于是脚下就有些虚浮。做母亲的不满意了，命孩子返工，定要其一脚一脚将虚土压实才可以。她意味深长地说："棉花是最讲究实在的植物，掩土虚浮的棉种出苗后容易子叶'戴帽'。它们吃苦耐劳，定要接受泥土的挤压才能茁壮成长。"母亲的话像饱含生机的种子一样种在孩子们心里。

棉花苗在春风的召唤下出来了，新鲜、娇嫩，绿得恣意灵动。棉花的时令都在女人心里装着，什么时候该定苗了，什么时候该施肥了，什么时候该锄草了，长到多高该打顶，什么时候要打杈，这些事被她安排得妥妥当当。

随着棉花苗破土而出的，还有女人给孩子们的田间教诲。她曾反复念叨过，要吃苦耐劳。坚定的信念在小小的头脑里生长着，坚韧与刚毅渐渐盈满心间。于是，棉田里，劳作的女人身后常常跟着两个小小的身影，她们帮着掩土、拔草，不惧风吹日晒，无畏枯燥乏味，在葱郁的棉田里将母亲的教诲一一践行。女人欣慰地展开笑容，任孩子们在棉田里来回奔走，书写生活的诗行。

眼见棉棵高过膝盖，要掐尖打杈了。"棉花不打杈，光长柴禾架。"这是庄户女人熟知的农谚。这也是从她们的母亲、祖母那里流传下来的规矩，耳濡目染，早已成了她们深刻在心里的印记。棉花打顶打杈要视枝条台数及生长时间而定，这些道理孩子们自是不太懂的，棉棵的枝条娇嫩，若不小心掐错了顶尖或多打了枝杈，少不了惹人心疼。故此，给棉棵打顶打杈这项工作女人们必要亲力亲为，万万不能让孩子们沾手。女人们小心翼翼地走在棉田里，面对长势喜人的棉棵，凭从老人那里得来的经验，精准地判断出哪株棉棵该打顶，哪条棉枝该打掉，然后熟练地掐住要舍弃的棉枝，稍一用力，"咔嚓"一声将其折断。

随母亲在棉田里拔草的孩子们见了，有些不舍，好好的棉枝干吗非得打掉嘛，她们央求母亲多留些枝杈。母亲不许，她们便护住一垄棉花，硬要自己来给它们打顶打杈。做母亲的看着孩子们渴望的脸，若有所思，终是留了地垄边上的几株棉棵给孩子们练手。小姐妹俩看着自己亲手侍弄长大的植株，万般不忍，终是没忍心下手打顶，只打去几个稍弱的侧枝。做母亲的见状，摇摇头，只说了句"等秋后见分晓吧"，未再多言。

春风吹绿了棉棵，春雨滋润出花朵。棉棵次第开出花来，白的、黄的小花努着嘴儿冲着女人和小姐妹俩笑，温润而调皮。小丫头们这才意识到，棉花，棉花，以前只见过炸开的棉桃，这还是头一回见到棉花真正的花儿呢。一朵，两朵，三朵……十四朵，十五朵，小姐妹俩掰着指头数。打过顶的棉花上都缀满春的笑脸，唯小姐妹俩没舍得打顶的几株棉棵主枝繁茂，能挂住花的侧枝却不多，花只稀疏开了几朵。小姐妹俩有些沮丧，仿着母亲之前的样子给棉花打了顶和一些乱生的侧枝。做母亲的却依旧未再言语，"出水才见两脚泥"，孩子们总是要自己成长的。

花落，一朵朵青嫩的棉桃儿生出来，如一个个羞涩的铃铛，躲在叶子后面偷窥劳作的女人和小姐妹俩。女人再次给棉棵打杈，整饬修剪，毫不客气，甚至有些还开着花的枝条也被折掉了。

小姐妹俩看着母亲大刀阔斧地给棉花打杈，又有些于心不忍，却怕重蹈覆辙，小心翼翼地问母亲："这枝杈都开花了，打掉还怎么挂桃呀？"母亲说："这条枝弱，只开了一朵花，白白浪费营养，打掉它好让养分往那些挂桃多的枝上送呀。"看着孩子们脸上的迷茫，女人叹口气，孩子们还小，自是分不清哪些枝杈该打掉，哪些枝杈该保留。往后的日子里，两个小小的孩童还需要大人帮她们修枝剪杈，才能找到最适宜生长的土壤，收获累累硕果。

盛夏，棉桃在阳光下晒呀晒，在和风里吹呀吹，一点点变硬，终成坚硬的棉桃。它们一点点吸纳夏风的和煦，汲取阳光的暖热，酝酿着，饱胀着，似一点都不着急。它们不着急，女人却忍不住了，三天两头去田间看。按说已经到时候了呀，怎么还不见棉花开呢。看到着急的女人，一个调皮的棉桃终于忍不住偷偷笑了。呀，这一笑可不打紧，外壳一下子绽开来，洁白轻软的棉絮探出头，似刚从晴空里扯下来的一丝丝云絮。紧接着，其他棉桃也忍不住，纷纷炸裂开来。它们欢笑着，争吵着，纷闹着，似一群聒噪的孩子，让棉田一下子热闹起来。可不是嘛，它们憋了几个月，与蜂蝶共舞过，与小鸟互动过，见识了女人的辛劳、孩子的懂事，攒了一肚子的话要说，这下终于可以畅所欲言了。

土地是它们的忠实听众，它听到了棉桃们的絮语。有的说，天空好蓝，云朵也好白，真像我们的絮丝。有的说，也不知道我们将来的归宿会是哪里。"那还用说，肯定是给小姐妹俩当嫁妆呀，没听她们母亲总在那儿念叨嘛。"有个机灵的棉桃接过话茬。"哎呀，我好像不够白。""我身上还有些潮湿，蓄积的热量还不够哩。"大伙儿纷纷省视自身，愈发自惭形秽，生怕不符合女人挑选嫁妆棉花的要求。女人扫了两眼，上手一摸，似乎能听懂它们之间的絮语，轻声说："没事，多晒晒就好了，太阳会把它全部的光和热送给你们。"炸开的棉桃们不再害羞，竭尽全力吸收太阳的热量。小姐妹俩将脸凑近炸开的棉桃，用鼻子嗅嗅。呀，充满花的香气、太阳的香气，这才像棉花的花哩！

"七月半，拾个棉花看一看。"处暑至，炸开的棉桃又经过一轮日晒风吹，终于褪净了潮润，蓬勃地开出一片絮飞雪舞，煞是好看。女人打眼一瞅，知道该拾棉花了。

天气好，响晴，蓝天上飘浮着一朵朵"棉花"，棉田里盛开出一片片"白云"，正适合拾棉花。女人腰间系一围裙，围裙前边有一个大口袋，拾了棉花可以顺手放进围裙口袋里。小姐妹俩也很兴奋，终于要收获了，嚷着要帮忙。女人给她们一人腰上系一个小布兜，怕她们淘气碰落尚未成熟的青棉桃，只把靠边的那垄留给她们。

不用挑拣寻找，左右开弓两手抓，一朵朵棉絮就能轻巧地揪下来，不多时口袋就要满了。女人把满口袋棉花倒进地头的棉花包，接着去拾花。地垄边，小姐妹俩堪堪拾了小半兜，正噘着嘴生气呢。女人看一眼心里就清楚了，姐俩手生，只会一手托住花萘一手摘，速度慢，再加上那垄里有小姐妹俩春天未及时打顶打杈的几株棉棵，长得倒高，就是挂桃稀疏，开花也少，自然拾不了多少。她笑着冲姐俩说："这回可知道了，棉花不打顶，你们的嫁妆没着落呢。"直说得姐妹俩红了脸，也不知是惭愧还是害羞。

棉花一轮轮地成熟绽放，女人就一茬茬地拣拾采摘。从处暑一直摘到秋分甚至寒露，她觉得不能再等了，该砍棉花柴了，再晚棉花被霜一打，怕要成烂桃和僵瓣花了。棉花秆早已干枯，还带着些残留的棉桃，竖在院墙边通风摊晒几日，那些未开花苞的棉桃又渐次裂开，这是棉田最后的收获，也是棉花最后的辉煌。

院里摊晒着铺满棉花的棉花包，白白的软软的暖暖的。过半晌，女人将棉花上下翻翻，左右拉拉，让棉花晒得更透些。小姐妹俩喜欢扑到摊晒的棉花里躺下，闭上眼睛晒太阳。晒得暖暖的棉花包围着她们，软软的一团，还带着阳光的味道，真是舒坦呀。过一会儿，母亲看见这场景，难免嗔怪两句。再下回，她们趁母亲出门时去棉花堆里躺一会儿，却还是被母亲发现了，心里纳闷不已，却见母亲拿条毛巾扑打过来，原来是身上沾着的棉花泄了密。小丫头们有些不好意思，吃吃地笑了。

棉花晒透后，被女人和小姐妹俩送至弹花坊。在轧花机的强迫下，棉絮和棉籽分离，一边是一床床厚软轻密的皮棉，一边是小小的青米粒般的棉籽。女人早就算计好了，棉花种得不多，絮几床盖薄了的铺盖，再给一家老小各套身棉袄，也剩不下太多。孩子们快长大了，得存一些棉花留着做嫁妆喜被呢。

女人的棉花种了一年又一年，小姐妹俩也长了一岁又一岁。收获的棉花和成长的孩子，都给女人带来丰收的喜悦。

当然，也有难为的时候。比如，要给棉花除虫打杈时的忙和累。再比如，纠正孩子成长路上的偏差时的苦和难。有一年，棉花正挂桃时，小闺女被村里从外面回来的女孩口中的花花世界吸引，想辍学去南方打工。女人愁眉不展，这孩子跟棉花一样，枝杈长偏了，得打杈。女人终是硬起心肠，先托人给她在县城找了个工作试试，并嘱托定要分派最苦最累的活儿给孩子。小闺女被累怕了，自觉回来继续读书，最终考上了大学。

孩子们到底是长大了，就像这一茬茬的棉花一样。一茬茬棉花收获，一岁岁年月淌过。女人终于存够了两个孩子婚嫁所用的棉花，要将自己这最珍贵的棉花送上人生另一段旅程。

女人开始盘算嫁妆的事。棉花是嫁妆里的一杆秤，喜被里的棉花絮得越厚实，昭示着娘家对姑娘越疼爱，希望小两口的生活温暖如春，暖意融融。女人给姐妹俩的喜被套得很厚很厚，足以抵挡寒冬最凛冽的北风。盖着喜被的新婚夫妻身上沉甸甸的，心里却暖洋洋的，这是母亲送给自己的爱和暖。

自此，女人有两年没种棉花。一年春天，女人又开始种棉花了。别人纳闷地问："你家俩姑娘都已成家，怎么还种棉花？"女人但笑不语。秋日，她拾了最雪白最轻软的棉花弹好，做了几床小褥子和几身小孩子的棉袄棉裤，去大女儿家吃喜面。原来是大女儿添了"千金"。大女儿摸着轻软的棉衣，一下子想起了小时候跟随母亲种棉花、拾棉花的日子，虽然已经过去很长时间，可只要一想到，心里便充满甜蜜与温暖的感觉。是呀，棉花盛满了生活的甜、生活的暖，那是太阳的光和热带来的呢。

看着初为人母的女儿，女人的眼角湿润了，她也想起那些年和女儿们侍弄棉花的日子了。其实，孩子们也是一朵朵棉花，在阳光下茁壮成长，汲取太阳的光和热，盛开在母亲的心间，温暖着每一个平凡的日子。

一茬又一茬，转眼又是一年拾花季。棉花谣回荡在村庄里，风听着，云听着，土里的小虫也听着。拾完花，砍完棉花棵，棉花的谣曲还在村庄轻轻吟唱，唱得风都老了，云都走了，小虫都睡了。人生再长，也敌不过时光如水，川流不息。徒留棉花谣咏轻吟，奏一曲乡愁入梦。

（原载《作家天地》2024年第11期）

高粱红

在村庄的"青纱帐"里，高粱是最显眼又最低调的卫士。

高粱的一生是谦卑的。它们的生命经常是从人们的漫不经心开始的。土壤贫瘠的田边，两家相邻的田埂沟边，水肥往往顾及不到。庄户人家精打细算，见缝插针地撒几把高粱种子，倒也不求多少回报，能长出来就顺手侍弄两下，出不来苗也并不在意。

祖父也爱种高粱，每年都种。芒种时节，耩完玉米，祖父就在未出苗的两边地头和田埂处种上高粱。一场雨过后，一株株嫩苗破土而出。经验丰富的祖父一眼就看出，这是高粱出苗了。他并不惊讶，这显然在他的意料之中。他熟知高粱的品性，它抗得了干旱，耐得住水涝。只要撒下种子，哪怕条件再艰苦，小小的嫩芽总要挣扎着从土里钻出来。它们决计不肯服输，这小东西总是努着一股劲儿。祖父说他爱种高粱，就是因为喜欢它这种韧劲儿。

　　小小的苗儿沐浴着和软的夏风，接受阳光雨露的滋润，热烈地生长着。玉米耩得早，出苗就早，一开始总比细软的高粱苗高一两寸。与粗壮的玉米苗相比，高粱苗就显得纤细柔软了许多，似弱不禁风的小姑娘一般，惹人怜爱。我有些担心，高粱苗比玉米苗矮那么多，能一起收获吗？祖父让我不要急，说等等看。

　　祖父果然是富有农家智慧的长者。大自然是最公平的，小小的高粱苗将根深深扎进泥土里，充分汲取养分和水分，一寸一寸努力拔节。身上那股不肯服输的劲儿，让它们不怕苦，不怕难，定要与玉米苗争个高下。土地从不辜负努力且有梦想的种子。长着长着，不知不觉，高粱苗竟与玉米苗一样高了。我惊讶不已，祖父却拈须微笑，说过几日再看。过了几日，再来地头，我惊讶地发现高粱秆竟比玉米秆高出些许。祖父说："看吧，先天的优势不算什么，要看最终的结果。"

　　高粱苗越长越高，拔节，抽穗，愈发显得亭亭玉立起来。它们挺立的身姿在地头和田埂间飘摇，有些成了自家与邻家田地的分隔线，有些成了"青纱帐"的保护屏障。细细高高的秆儿挺立着，将"青纱帐"围得密不透风，似乎有了这些高粱，"青纱帐"里已然抱穗的玉米就有了依靠。没错，这才是祖父在地头种高粱的最终目的，防止牛或者羊进入地里吃庄稼，以此来保护"青纱帐"里的玉米。

　　高粱在地头被当作一道屏障，这本是无奈之举。但高粱却坦然接受了这一职责和使命，它们愈发老辣起来，任路过的牛羊啃食自己的叶片，即使遍体鳞伤也毫不退缩，为农家的收获护航。高粱的叶子边缘有许多锋利的小刺，会刺伤试图穿过屏障进入玉米地的人或牲畜，相当于给自己打造了一副"金钟罩"。即便抵挡不住也无碍，它们的个头高许多，穗子抽在最顶端，那是牛羊够不到的高度。哪怕茎叶有损伤也无妨，根系扎得足够深，再汲取营养就是。

小孩子总想越过密密的高粱丛去偷青，全然不顾脸上被高粱的叶片划得刺疼的后果。高粱眼见自己的防护屏障就要被突破，最终奉献出自己。它将汲取的营养化作鲜甜的汁水，贮存在挺直的秆里，这就是"甜秫秸"。"高粱秆儿，甜到根；秫秸棍儿，甜到心"说的就是这个。高粱用自己甜蜜的汁水吸引了贪嘴的娃娃们。他们不再把目光聚焦在尚青的玉米棒子上，转而向高粱发起攻击，撅两根嫩嫩的高粱青秆，用牙撕开外皮，就开始嚼甜秫秸。脆生生，甜津津，甘润的汁液溢满口腔，像喝了蜜一般，一下子甜到心坎里了。这是庄户人家的孩子难得的"糖"，那甜蜜的芬芳将会持续润泽他们关于童年的珍贵回忆。

汗水被吸干后，一株高粱的生命就此终止，它只好眼睁睁看着同伴们生长、成熟，自身慢慢萎去，直至最后被镢头连根刨起。它是不太甘心的，忍不住要给嚼甜秫秸的贪嘴娃娃们一个小小的教训。高粱剥去外皮后，里面还有一层光滑的秆皮，薄而利，小刀子一般，若人们剥皮时不慎划在嘴角或手上，定要破皮流血。哪个孩子不小心划破嘴角或手，少不得"嘶哈嘶哈"一阵，却还是抵挡不住甜秫秸的甜蜜诱惑，忍着疼继续嚼。

也有手巧的女孩捡起被剥下的高粱秆皮，手指灵巧地上下飞舞，一会儿工夫，就编出一个小巧的笼子。别的孩子见了，纷纷要学着做。于是，一条条废弃的秆皮又成了孩子们手心里的宝贝。小笼子拎在手上，盛着从草丛里捉来的蚂蚱或蝈蝈，引得孩童们兴奋不已。那株尚未成熟便被撅折的高粱有些欣慰，能换来孩子们的欢笑，说明自己的价值并不比最终成熟收获的同伴们小呢！

一阵秋风吹过，高粱的青秆开始变白，变黄，孩子们不再来偷吃了。他们知道，这时的甜秫秸已变老，也没有鲜嫩甘甜的汁液了。高粱依旧在慢慢积蓄力量，努力生长着，它坚实的秆饱含了秋风的祝福，饱满的籽粒是露珠送来的礼物。

"盛夏千竿绿，当秋万穗红。"终于，白露过后，高粱开始渐渐红了，饱满的穗子压弯了枝头。在田里忙着给高粱打叶子的祖父见了，少不得赞一句："今年高粱不错，这秆儿多结实。"他满脸欢喜，有了这些高粱，家里的笤帚、炊帚、盖帘都有着落了，心里想着，手下的动作更加利索了——高粱需要通风的环境，下边的叶子全打掉，只留靠穗头的三四片叶子，高粱的籽粒会长得更加饱满。

又过了几日，高粱果然"羞"红了脸，也不知是因为今年的收成好，还是因为祖父对自己的夸赞。祖父终于发话："该'牵'高粱了。"

"牵"高粱，即收高粱。"牵"高粱可不是个容易的活儿，在比人高的高粱地里穿梭，很容易被高粱叶划伤脸颈，倘若再淌些汗，就杀得伤口唑唑啦啦地疼。我嚷着要帮忙，但一会儿被高粱叶划了脸，一会儿被飘落的秸秆碎末迷了眼，只好作罢。祖父是不惧的，高粱在他手里听话极了。他手持镰刀，先割下最外边那排高粱秆和高粱穗，随后一排一排连着割下来，最后将高粱捆成束。整个过程如行云流水，干脆利索，手到擒来。

高粱运回家，晒几场太阳，随即被捆扎成一束，在地上不断摔打、脱粒。脱下的高粱米不好吃，红红的，涩口难咽。祖母有时把高粱米磨了，掺些面粉做饼子或摊煎饼。我们小孩子嫌其粗粝，稍尝两口便丢弃了。祖父倒吃得津津有味，一边吃一边讲那些旧事，他说："在过去，这可是好饭食，那时候高粱面掺上些榆皮面擀的面条可是稀罕饭食。"我们对高粱饼子不感兴趣，倒是对祖父口中的榆皮面颇为好奇。祖父挥手作驱赶状："去去去，想吃榆皮面也得先干活儿，打高粱叶子喂牛，高粱可不养懒人。"

除了祖父，家里其他人都不爱吃高粱。做过一两次饼子后，我们把剩下的高粱送去酒厂了。这下，高粱可算找到自己的用武之地了。浸泡好的高粱在酒甄里安稳地膨胀、发酵、蒸馏，一步步走向生命的另一段旅程。再次登场时，它们早已褪去原本的红色装束，成了装在酒坛或酒瓶中清澈透亮的液体，散发出清冽浓郁的酒香。高粱酒往往味道烈，入口后喉头热辣辣的，我们小孩子闻一下就赶紧捏着鼻子走开，祖父却甚爱。农忙时，祖父用卖高粱的钱换酒喝，就着花生米或小咸菜，喝得恣意。我也凑上去，恍然间，我从酒香里闻到了一丝高粱的清香，也不知这酒里有没有祖父种的高粱。大约有吧！每一粒高粱里都凝结着祖父的心血和汗水，就像每一滴高粱酒都是对祖父这大半年辛苦工作的慰藉和犒劳。

高粱米化作了美酒，还剩下高粱莛子。祖父挑挑拣拣，将莛子按长短粗细分门别类收好，预备做盖帘、炊帚、笤帚、干粮篮子。家里缺什么他心里有数：放饺子的几个盖帘都旧了，过年该预备俩新的；灶屋的笤帚疙瘩没法用了，该添置两个了；平日扫面案的干炊帚、刷锅用的湿炊帚，都得多预备几个，这些是每天都要用的，费得快……心里盘算好，手上就开始忙起来。最好的莛子用来做盖帘。割成圆弧状的莛秆，横一根竖一根，以针线交叉缝合，逐渐排开，一个圆圆的盖帘就制作完成了。剩下连着空穗子的细秆做炊帚。这个简单，拣一把粗细相近的莛子，拿麻绳紧紧捆几匝，它们就变成了主妇们的好帮手。做笤帚要用粗一些的莛子。几小把高秆连穗扎在一起，随手就可扫去生活的尘埃。干粮篮子难做，因为要折莛子，所以做得少。

一件件物什精巧平整，让我对祖父的手艺眼馋不已，央求他给我做点什么。祖父拗不过我，顺手拾起地上剪掉的下脚料，手指动几下，就变出一辆精致的推车、一盏可爱的小灯笼或一副精巧的眼镜。它们是高粱化作的精灵，让我在小伙伴中大出风头。

我不由得赞道："高粱的用处真多呀。"

　　祖父手上不停，边忙活边说："这算什么，高粱的用处多着呢！旧时还用它编席，打苫子，编顶棚用的箔子，做挡鸡鸭的栅栏。也就是现在人们生活水平提高了，可用的东西多了，才不把秫秸放在眼里了。夏天睡在高粱秫秸编的炕席上面凉快又不冰身子，它两三年也用不坏，实在着呢。"

　　祖父说着抬头望去，那是村庄北边田野的方向，是高粱诞生、成长和收获的地方。此时，高粱地里已经一片空旷。收了高粱米，用了高粱莛子，人们已经不再稀罕剩下的秸秆，要么把它们给养了大牲口的人家铡碎当草料，要么就让它们进了灶屋锅底，化作一朵热烈灿烂的火苗，熬出黏稠香甜的粥饭。小小的我直到后来才明白，原来高粱最终的命运竟是粉身碎骨、灰飞烟灭，但它们毫无怨言，依然以其挺立的身躯和骄傲的风骨，为农家尽着自己的绵薄之力，奉献最后一丝光和热。

　　高粱是村庄的卫士，也是村庄的脊梁。这小小的生命本生于贫瘠之地，无人管，无人问，却从不妄自菲薄。它们努力生长，顺自然之春风，汲大地之雨露，将根深扎在村庄的泥土里。祖父曾说过，高粱根须扎地很深，能延至土中数米，再有劲的庄稼人也不能徒手将高粱连根拔起。祖父的话是在饭桌上说的，对着一桌子孙后代。幼时懵懂，如今我才明白祖父的一番苦心。

　　秋分至，高粱又红了，祖父却早已不在了，他似一缕炊烟，消散在乡间飘荡的风里。然而孩子们还记得，记得高粱的品性，记得祖父的教诲。无论留守故乡还是奔波在外，他们都将根深深扎在故乡的泥土里，栉风沐雨，终于让自己长成一株坚强的"高粱"。

偶有一日，得到朋友相赠的高粱饴一袋，惊觉高粱竟还可以做糖。糖纸上印着颗粒饱满的高粱穗子，口中弥漫着细腻柔韧的甜蜜味道，脑海中浮现的却是乡野间高粱挺立的身影。原来，只要高粱的根扎得足够深，那么它所经受的诸多风霜苦难，最终都会化作生活的甜。想起乡野的高粱，又想起祖父，我不觉泪流满面。

（原载《美文》2024年6月下半月刊）

炉火记

村庄的冬天，最离不得一炉火。

一炉火，可烧水，可做饭，可温酒，可取暖，可烘干衣物。庄户人家的饮食起居，几乎都要依靠这炉炭火。任外面大雪纷飞或寒风凛冽，只要有一炉火，一家人的心就稳了，就暖了。毕竟，寒风再凛冽，严冬再漫长，只要有这一炉火，人们就能从容地等到春暖花开。

屋门后，端立着一个铁皮炉子。它结实、厚重、笨拙而又坚韧。成为这样的炉子，要经历岁月的锤打。一块生铁，在铁钳和铁锤的作用下变形、扭曲，再在焊接火花的帮助下定型、加固。它咬牙忍受弯折焊接的痛苦，因为它懂得，只有经历过修剪打磨，才能肩负托住炉膛煤炭的重任，才能守护历经漫长冬日的庄户人家。终于，这块生铁脱离青涩，成为一只火炉的铁皮外壳，用坚实的身躯包裹起脆弱的炉膛与燃料，就像淳朴的农民一般。火炉投入使用，成为这户人家不可或缺的新成员。

用什么燃料，老祖母心里自有打算：煤炭块堆叠严实，燃烧没那么充分，易产生烟气；蜂窝煤有孔隙，燃烧充分，但产生的热量比煤炭块略少。可庄户人家的火炉不过用于取暖做饭，要求燃料干净方便，所以还是得选择蜂窝煤。庄户人家心里有一杆秤，东西的好坏优劣，都在他们心里装着呢。

外面卖的蜂窝煤掺土过多，不耐烧。没有一双火眼金睛，就容易买到劣质蜂窝煤，最好还是自己做。将一堆碎煤粉掺入适量胶质黄土，然后兑上水，让煤土混合物呈压实不散状态即可。借来脱蜂窝煤的铁模子，放进煤堆里戳几下，空荡荡的模具里就装满煤灰，使劲压下去，一个个标准的蜂窝煤就脱模而出。一行行，一列列，直到摆满半个院子。这是体力活儿，向来是家里的劳力做。

一旁的半大孩子看见了，围着父亲缠磨来缠磨去，想要试上那么几次。一次，两次，试了几回，不是不成形，就是脱出的煤又薄又小。父亲拍拍孩子的小脑袋，说："脚底要稳，手劲要匀，装的煤粉要满，这样一把下去，脱出的煤才饱满而匀称。"这个精干的男人有着农民最朴实的智慧，边干活边教子，装满煤粉才能脱出饱满标准的蜂窝煤，人也是这样，肚子里有货才能沉稳，才能立得住。一场关于炉火的劳作，成了一堂别有意味的教子课。

　　一排排蜂窝煤晾干，码好，立在火炉边的墙根处，似一排排列队士兵，正等待检阅。不过，检阅他们的不是首长，而是炉火。蜂窝煤做得好不好，炉火最有数，家里的主妇也有数。炉火是公平的，有多少煤，它就释放多少热，烧开多少水，在检验严苛的炉火面前，偷奸耍滑实在要不得。

　　炉火的工作从早晨开始。老祖母早起，第一件事就是捅开炉子门，做饭。袅袅粥香把孩子们从睡梦中唤醒，呵，真冷，孩子们赖在温暖的被窝里不肯起。做母亲的刚要发作，老祖母阻止她，从炉火旁颤颤巍巍向床边走来，手里拿着刚被烘得暖暖的棉裤棉袄。做母亲的一下子明白了，也回到炉火旁，从炉身挂着的铁圈上取下烤得暖烘烘的鞋子。孩子们眼前一亮，昨儿比赛踩雪滑冰，棉鞋被雪水和汗水浸得湿寒。经过一夜的烘烤，水汽散尽，鞋子变得干燥、温暖而舒适。炉火把它的热量传递到棉衣和棉鞋上，进而传递到孩子们身上，孩子们开始争先恐后地起床了。火炉和老祖母都深深懂得，硬杠向来不如怀柔政策管用，就像北风和太阳的比赛，想让人们心甘情愿地脱掉外衣，总要先给他们尝到些甜头。

　　炉火给孩子们的甜头还有吃的。这边孩子在穿衣裳，那边炉火就开始加热可口的食物。炉火的胸襟实在是广博，地瓜、粉条、馒头、汤粥，一家人的饭食都在火炉上。牙牙学语的小奶娃，还吃不了成人饭菜。母亲打了两个鸡蛋，掺半勺水，把水壶盖打开，放上盛了蛋液的碗。火苗舔着壶底，与水合奏出一曲劳动号子。男人心疼老母亲和孩子，听见外边吆喝"卖豆腐脑儿"，便买来放在炉上的水壶里温着。半大孩子挑食，老祖母也自有法子。昨晚就在炉耳边架了两个地瓜，烘了一晚上，刚好用甜蜜的食物堵上挑剔的嘴。男人干活归来，饿得前胸贴后背，可饭还没做好。无妨，拿两页煎饼或切几片馍馍，架在夹煤的炉钳子上用炉火烤，一会儿就烤得焦香酥脆，这简直比正餐还要美味。老祖母病了，也不怕，去卫生室抓了中草药，将这些植物的根、茎、叶、实放进罐中细细熬，直到熬得只剩小小一碗。这些植物的精华早已融入水，能够将风邪寒毒驱尽。大夫说老人需要补充营养，做儿媳的专门买了砂锅，在炉火上熬鸡汤，小火慢炖，直至肉烂汤香。孝心顺着食物入口，也入心，老祖母的心暖暖的。

一个用久了的火炉与主人是心有灵犀的，锅一坐上来，它就知道该用多大的火。火炉知道水满则溢的道理，老祖母也知道，于是等锅沿冒热气，老祖母就用炉盖把炉子底部的进气口封住，但不封死，火就小了。小火慢慢熬，煮出的粥饭才香。

不做饭的时候，炉子要封上。炉火比主人更懂得节俭的重要性。热量奉献完毕，煤产生的炉渣也不会浪费。炉门盖上后，撩几铲细细的炉渣，即可把炉子封得更严实。炉渣干燥而多孔隙，最宜吸潮。老祖母会把炉渣掺进土里种花，把那些芦荟、仙人掌养得生机勃勃。实在用不完时，就把炉渣堆在院子墙根处护墙脚，或倒在胡同沟坎处垫路，一定不会浪费。

夜晚，炉火与雪最相配。"绿蚁新醅酒，红泥小火炉"总要在

"晚来天欲雪"时才最合适。莫非天气越冷，越能显出炉火的暖？不然，怎么古时那么多文人"拥炉看雪酒催人"？也许，并非炉火自大，实是文人闲情所致。炉火是谦逊的，它从未有与凛冬寒雪相争之意，它只是兀自在那里燃烧，奉献光，奉献热，恪尽职守，直到燃尽生命。

也并非只是文人牵强附会，寒冬雪夜一炉火，实在有让人无法抵挡的吸引力。冬季的雪夜，是难得的休息时光。雪天做不了活，喝两杯酒倒是正当时。或独酌，或邀友，拿几碟小菜、一壶烈酒，还离不了火炉的陪伴。火苗热烈地舔着温酒器，更为这场酒事增了三两分暖。

祖母向来对火炉心怀敬意，这火炉是她最贴心的伙伴，是祖父亲手打磨出来的，伴随了她十几年，她对它的脾性了如指掌。封不严，煤早早燃尽，清晨便得到一炉灰烬；封堵太死，容易缺少助燃的空气，煤未燃透却自熄。老祖母最懂炉火的品性，因此，每晚睡前封堵炉门这项工作都要经她的手。

一日，老祖母去女儿家住了两日，换了儿子封堵炉盖。他生怕封不严，先将炉盖缠了几圈塑料袋，死死堵在下面的炉口处，又照老祖母平日的做法，用炉灰将炉盖缝埋住。次日一早，屋里冰冷，炉中早无半丝火星。炉火灭了，家里的热气立马开始减少，最先感受到温度的是小花猫，本来它在炉火边靠着，这会儿已钻到半大孩子的被窝里了。

回家后的老祖母得知炉子灭了，说："炉火跟人一样，堵得太严，便会死。"儿子不服气："以前也用炉灰堵住啊！"老祖母仍不着急，只慢慢悠悠地说："炉灰松散，是有空隙的。用塑料袋一缠，就把火闷死了。什么东西，都要有松有紧，有疏有堵，方能成事。"男人见老母亲话里有话，只好耐心受教。

火是把双刃剑，庄户人都懂，他们都对火心存敬畏。炉火也一样。它也有生命，你不敬畏它，用得不当，就会伤人。每晚睡前，老祖母都要再三检查门窗，并非怕关不严，而是怕关得太严。谨慎而睿智的老祖母从不把命运寄托在偶然的幸运中，于是每晚睡觉时，都要把门窗留一道缝隙，散散烟气，免生事故。这是老祖母的规矩，也是炉火的规矩，更是生活的规矩。

老祖母的规矩没有错，村庄好几人的经历都证明了她的做法十分明智。前街的玉庆婶体衰畏冷，早早生了火炉取暖，她不光将火炉封得极严，门窗封得也很严。炉中的煤等不到氧气，不充分燃烧，产生的一氧化碳不能消散。玉庆婶就这样在温暖的炉火烟气里丧了命。听到前街悲切的哀乐声，孩子们从此对炉火生出几分敬畏，再也不敢闲来无事拿根柴棒引火玩。

火炉用久了，炉膛的瓦烧得红红的，再继续用，炉瓦可能会塌陷。终于，火炉在炉瓦坍塌的碎片中闭上眼睛。掏出坍塌的炉瓦碎片，安装新的炉瓦后，火炉还可以接着用。可是，换了炉瓦的火炉早已是另一个生命。虽然外观看起来一样，但两者燃烧的火苗却有很大不同。老祖母知道，他们的合作刚刚开始，还要经过一段时间的磨合，磨合好了，它就是默契贴心的伙伴。

老祖母更老了，孩子们也慢慢长大，一个个离开村庄漂泊他乡。外地的冬天可真冷呀，冷得渗骨透心，没有火炉，也没人给他们烘烤棉衣、棉鞋。他们开始想念火炉，想念家。

这时候，炉火也可作鸿雁，随纸笺尺素遥寄远方。火炉旁，老祖母口述，父亲写，母亲在一旁补充，嘘寒问暖、家长里短的话一一落在信笺上。远方的孩子们收到家书，感觉字里行间仍带着炉火的余温。千里之远，都没让信上炉火的温度消失。可不是，那些独自飞向远方的风筝，一直将它们的线系在家里，系在那暖暖的火炉边。家书的温度就是炉火的温度，炉火的温度就是家的温度。家里传来的消息可抵御寒冬异乡的冷，那是游子心中的炉火。有炉火在，孩子们就有家可归。

寒冬腊月，又一个游子踏雪还乡。他的脚踏在厚厚的雪路上，心里却全是暖意，因为他知道，等待他的定是家里一炉温暖的火，上面要么熬着黏黏的粥，要么温着接风的酒。当然，火炉上也有可能坐着一只打着呼哨的水壶，等游子落座，家人立马沏上浓酽的热茶，温暖他的手，温暖他的胃，温暖他的心。

寒凛的冬天，跃动的火苗就是村庄的心脏，一点点送来暖意，送来温情，滋养着庄户人家在寒冬里的岁月流年。毕竟，生起一炉火，我们总能等到春天的来临。

（原载《参花》2025 年 2 月下旬刊）

横针竖线

乡下女人的生活，常常与针和线有着剪不断的纠葛。针线活儿，旧称女红，在过去是一个女子安身立命的本事。横针竖线，一个铮亮尖锐，一个柔软绵长，在漫长的岁月里，它们被捏在女人手里，缝补千疮百孔的日子，织就五彩斑斓的生活。

针与线相互依存，它们是一对形影不离的伙伴。离开对方，针再尖，线再长，都无法缝合布料的口子。它们的居所是一只针线笸箩。笸箩是用柳条编的，它是女人结婚时的陪嫁，里面放了各色线团，上面插着大大小小的针。

针线活虽小，里头却有大学问。平针缝是最平常的技法，平平直直一趟到头；若针脚走得急些，可以粗针大眼地疏缝；若要讲究些，一针一线穿梭而过，在布料包边或扣眼处留下一行行或一圈圈整齐一致的针脚，这是细致美观的包边缝；再烦琐些，缝要承重的包或受力较大之处，还可用回针、倒针，让针线小心翼翼地走、回、穿、转，每一步都按规矩来，这样针脚最为牢固。

一根小小的缝衣针，在女人的手里灵活穿引，悄悄温暖着乡村的日子。孩子开线的裤，磨出洞的衣裳，需要钉的扣子，都要靠那根小小的针与那团长长的线。开线的地方缝上了，磨破的洞打了补丁，掉落了的扣子钉上了，衣裳鞋袜经过女人的手和横针竖线的协作，恢复了它们的功能，变得温暖、舒适。

村庄的女人都是顶顶厉害的画师，平日看不出来，可一旦手里拿到针线，她们就有足够的本事让世间变得缤纷斑斓。一件衣裳开线了，女人拿过来一瞅，心里就有了数，最好是用与布料颜色一致的线，实在找不到，就用相近颜色的线来代替……赤橙黄绿青蓝紫，各色线团在女人手里绕啊绕，绕出横平竖直、整齐美观的针脚。若要打补丁，女人就去针线笸箩里翻找，在头脑里思量大小、形状、颜色、材质，她们总能考虑得十分周全，然后在一堆铺衬里，寻出最合适的那块。那家男人穿出去的裤子上打了同色的补丁，不细看愣是一点也看不出来；这家闺女的小褂扯了两个口子，做母亲的拿绿色线一针一针密密缝过去，就绣成两片挺直嫩绿的草叶，煞是鲜亮；又有个小子裤子磨了一个洞，他母亲从铺衬里拣出一块印着小狗图案的布头，沿花边剪下，用针线补上去，竟十分惹人喜爱。扣子也是这样。多大的扣眼配多大的扣子，什么颜色的衣裳用什么颜色的纽扣，在她们拾起针线的那一刻，答案就已经出现了。几番思量后搭配出的花色图案，一针一线密密缝出的针脚，总会得到人们的夸赞。为什么要这么费尽心思呢？还不是缘于她们对美和爱的向往。毕竟，在那个"新三年，旧三年，缝缝补补又三年"的年月，若不从横针竖线里琢磨出新意来，怎么让生活过得更璀璨呢？村庄女人们对生活的希望就通过这横针竖线缝进家人的衣衫鞋袜，一点一点充实着平淡的日子。

麦收时节，横针竖线收起平日的温柔，跟随女人昂首挺胸，走上收获的战场。麦子、豆子碾压脱粒，要靠粮袋负重运回粮仓。女人和针线是它们的后勤保障，若发现哪条袋子用久脱絮了，或者袋子的某个边角被老鼠咬了个洞，女人立马拿出针线，寻几块形状各异的布条铺衬，密密缝好，粮袋立马又能冲锋陷阵了。粮食入囤，麦秸堆成垛后，成堆的麦糠要运回去给牲口当食料。麦糠轻而体积大，用袋子装不合适，怎么办呢？聪慧的女人早已将四个袋子拆作单层，又用针线将其拼接起来，锁上四边，一个方形大包就制作完成了。包里盛满麦糠，饱满而牢固。将麦糠包抬上车时，女人缝的线竭力忍耐四周重量的拉扯，牢牢地将袋子接口堵住，因为它知道女人太不容易了，它要用自己柔韧的身体，撑起这个朴实平凡的家。

不用缝补生活的疏漏时，针线上还能开出艳丽的花。选针、备线、上绷、描样、捻线、配色、起针、打结……五颜六色的线在女人们捏针的手指间穿梭、缠绕、翻飞起舞，慢慢在布片上开出花、结出果，甚至绣出世间万物。图案有鸳鸯戏水，有龙凤呈祥，有年年有余，有富贵牡丹，有蜡梅凌寒。绣出的花朵水灵鲜艳，虎头活灵活现，金鱼栩栩如生，龙凤气势恢宏，鸳鸯惟妙惟肖。绣花鞋垫、虎头鞋帽、绣花的棉麻衣裙，都曾被女人灵巧的手指一一抚过，被她们手中的针和线润色增彩，最终在一派素朴的物品中散发出璀璨的光芒。女人们的针线，成了单调生活里一味必不可缺的调味品，让我们在平淡的日子里看得到美丽、品尝出甜蜜。

在孩子们眼里，母亲的针线上系着他们童年的欢笑。六片十厘米见方的碎布经过针线的拼接，合成一个布袋，布袋盛上秕谷，封口后就是一个能精准投掷的沙包。几块色彩搭配合适的大布块，还能拼成一个色彩斑斓的书包，包里装满孩子们对知识的渴望。更有巧手的母亲，还能用碎布缝成布娃娃。用肉粉色布料缝出藕节般的四肢、圆滚滚的脑袋，用玫红色布料缝出小小身体，再将头顶缀些毛线条当头发，最后拿棉花填充，画上五官，成品跟集市上卖的娃娃比毫不逊色。

姑娘要出嫁了，最离不得的还是横针竖线。男方送来几十斤弹好的棉花，母亲也已扯好了颜色喜庆的被面，姑娘的嫁妆就藏在横针竖线的手艺里。选一个吉利的日子，多为农历上半月的双日，请六个父母俱全、子女孝顺、家庭和睦的人套喜被。套喜被用的是红线，平针大脚一趟到头，中间不能断线，不能接线，不能有疙瘩，寓意"千里姻缘一线牵"。婶子大娘们在"红花绿叶"和"龙凤鸳鸯"间飞针走线，喜被里面包含娘家人对姑娘的爱以及对小两口未来生活的期许和祝愿。

在村庄，横针竖线不是忙碌在夜深人静的油灯下，就是忙碌在十字路口的街巷边。十字路口，女人们捧着自己的针线笸箩坐下来，嘴里唠着家长里短，手底下的针线飞舞如翩翩蝴蝶。说着说着，突然发现哪个媳妇的活计漂亮，众人便一番夸赞。这里成了女人们展示女红的地方，小小的路口，大大的舞台，成为一个小社会呢。哪家姑娘的手巧，哪家媳妇的手艺拙劣，女人们心里就跟明镜似的。给小子说亲时不免再三掂量，还是看上了东头刘家的闺女，不说别的，就说她那一手针线活做得又齐整又鲜亮，着实让人喜欢。旁边的女人悄悄红了脸，只顾低头做活，半晌闷头不语，心里却在嘀咕，自家的小闺女还没摸过针线呢，回去定要好好教导一番，不然，手下笨拙可惹人笑话。于是，在母亲的提议下，女孩也拿起针线，寻块布头，歪歪扭扭地缝了两条线，倒像条蜿蜒爬行的虫。做母亲的却并不生气，温和地笑笑，倒似松了口气一般。无妨，丑就丑些，哪个女人的手艺不是日久天长练出来的，谁能一出手就能做出漂亮的活计？

有时，横针竖线也会出现在田间地头。庄户人家最懂得惜时。那年月，成品衣鞋在乡村尚未普及，当然，即便有，也买不起。一家人身上穿的、脚底踩的、头上戴的，全靠女人的手。女人除了针黹之事，还要忙活一日三餐，操持家务，农忙时还要下地帮忙，单靠平日的空闲时间，如何制作出一家人的穿戴物品？只能挤时间。从繁忙的劳作中挤点空，人歇手不歇。割了一晌麦，锄了半天草，中间歇息时，边说笑边趁空儿纳两针，随手缝两趟，一日下来，也能赶出不少活。日头走啊走啊，细腻的针脚都在数着时间，最后化作一抹温暖，弥漫在穿着者身上、心上。

针与线虽形影不离，却各有性格。线是柔软的，绕啊绕，在曲折婉转中缝补万物；针是坚硬的，认准一个点就钻进去，再不回头。有时，碰到"难啃的骨头"，针毫不放弃，勇于直穿，甚至把自己顶得弯折了也在所不惜。

女人欣赏针的这种个性，却苦于它直冲易划伤手指的缺点。于是另辟蹊径，找到了两全其美的法子。有时遇到要缝的东西太厚，单用手指捏针难以穿透，女人不慌不忙，随手从针线笸箩里翻找出顶针。小小的顶针戴在手指上，对着针鼻稍微加力，针尖就轻而易举地穿越障碍。女人深谙生活的哲理，她们明白，遇事要学会变通，不可硬碰硬，要善于借力。借着顶针的力，女人行云流水般做完活计，轻轻脱下手上的顶针，仔细地收进针线笸箩里，万万不可随手乱丢。在女人心里，顶针可是比戒指更重要的物件，戒指只是装饰，顶针却是随时要用的物件。它们用金黄或银白的色泽装饰一双双劳作的手，让那些粗糙干瘦、曾被针扎得千疮百孔的手指得到抚慰。

若遇到更厚的布料，比如千层底，顶针也无能为力，针锥就派上用场了。手上有了借力的木把，才能有所支撑，让针钻得更深。村庄的女人在生活的泥淖里摸爬滚打几十年，早已对针线的学问了如指掌。任你裤褶上有多少层铺衬，抹了多少遍糨糊，针锥总是不惧，借着手劲一钻，即可穿透。针锥是"开路先锋"，针线是"大队人马"，随着针锥一路冲锋，针牵引麻线气势磅礴地勇往直前，在千层底上纳出密密麻麻的"小路"来。这样的千层底上，带着针的勇毅、线的柔韧以及女人对家的深深爱意。后来衣裳鞋子都有了成品售卖，再不用女人们一针一线地缝了，外出打工的男人回家后却说："还是你做的'千层底'好穿，耐磨、合脚。"女人白他一眼："那可是，也不看我白天黑夜费了多少工夫！"说归说，到底还是拾起针线，给男人做鞋。她深知，这一针一线都带着她的体温。总有一天，这些暖意会连成一条长长的风筝线，引领男人找到回家的路。

　　不做针线活的日子里，针与线隐于唇齿之间，成为村庄的母亲教导女儿的一堂课。素来和睦的小夫妻拌了一回嘴，已嫁作人妇的女儿回娘家向母亲哭诉，他没本事，连累自己和孩子跟他受苦。做母亲的不言语，只默默从针鼻里抽出缝补丁的线，单把针递给女儿，让她接着缝。女儿看着没穿线的针一脸惊愕："这怎么缝呀？"做母亲的叹口气："做针线活有做针线活的规矩，'针没有线长，酱没有盐咸'，各有各的长处。人也是这样，别老眼红人家表面光鲜，你男人虽不如别人挣得多，可是脾气好，是个知冷知热的人。"女儿听了母亲的话，一下子陷入沉默，却从母亲的话里琢磨出另一番道理：针没有线长，虽说穿针才能引线，但针只能牵引，长线才能用以连缀。没有线，针再尖锐也缝不了衣服呀。两口子过日子也是这样，谁都离不开谁，男人在外头打拼，自己在家里劳动，日子会越过越好。等到男人来接，女人早已消了气，小两口欢欢喜喜地回去了。

更多的时候，女人们从针线里窥见了生活的真谛。看上了哪家的姑娘，得请个两家都相熟的媒人穿针引线。犁地时有人往别人地里斜了几厘米，赶集买菜时秤压得稍稍低了些……生活里的刺多如牛毛，数都数不清。怎么办呢？得用宽容的针将这些刺挑出去。小打小闹，看过一笑便罢了。也见过有人针尖对麦芒，双方互不相让，让小口角变成大纷争。这又是何苦呢？针眼虽小，人的心眼却不能小，这也是母亲对女儿们说过的道理。小小的针和线里，隐藏着生活的古朴智慧。

日复一日，年复一年，女人们在针线飞舞的日子里，走过青春，抛却流年。渐渐地，一个个心灵手巧的小姑娘变成鬓生华发的老妪，孩子们都长大了，连孙子辈都有了。生活好了，衣裳多得穿不完，女孩子很少做女红了，谁还会在意那小小的针线。于是，那柳条编就的针线筐荒废了，蒙上岁月的尘埃。直到有一日，儿子的衣服开了线，照样跟小时候一样喊母亲："妈，能不能给我缝上？"迟暮的女人找出针线，这些老伙计们早已旧得厉害，但握在手里，又是那样熟悉。她开始拈线穿针，无奈眼花，几次三番穿不进去。这才发现，原来时间竟缠绕在这小小针线上，让她手里的线再也无法轻易地穿过针鼻。

于是，女人喊儿子纫针。那个在针线做的沙包和布娃娃的陪伴下长大的小小孩童早已步入而立之年。他听到母亲的呼喊时才惊觉，原来不知从何时起，被他称作母亲的那个人终究敌不过岁月的洪流，已经衰老。他默默地接过针线，一纫而过，就像母亲当年帮姥娘纫针时一样。一束阳光照过来，母亲手里的针熠熠闪光，她习惯性地拿针在稀疏的发间挠了一下。稀疏的华发上、翻飞的枯瘦手指间，都有了跳跃的光点，一下子刺痛了年轻人的眼睛。

流年飞逝，针线荡涤了岁月的尘埃。迟暮的女人仿佛看见，在针线上下翻飞的舞蹈中，她的指间重新开出了爱的花朵。她手上的动作愈发流畅，她深信，只要有女人在，有针线在，哪怕千疮百孔、四面漏风的日子，照样能补出朵朵艳丽的花儿来。

（原载《鹿鸣》2024年第4期）

风过老戏台

一

寒露，旧场院上，高大的玉米囤端坐，如厚重的城墙，如迟暮的老者，满目金黄，让人不由得心生收获的喜悦。越过一囤玉米，一个方台赫然出现在眼前，我一愣，许久才反应过来，这是几十年前的老戏台。

记忆里的老戏台一直是宏伟的。台子很高，由方石砌成，足以没过我们小小的头顶；牌楼高大，飞檐翘瓦，描金绘碧，一副对联分列左右；戏台前的场院也十分宽敞，方方正正，能容纳成百上千人。

眼前的老戏台却令我大吃一惊，屋顶早已坍塌，四根梁柱兀自立着，精巧的飞檐翘角却已不知去向，金碧雕画已斑驳脱落，一点也看不出旧日的影子了。倒是场院还在，但其边边角角都被占用，放了许多玉米囤。我心底一阵感叹，这里到底还是败落了呀。时间的风沙是最厉害的刻刀，一笔一画地写，不过短短几十年，竟让这高大恢宏的老戏台变了模样。

一阵秋风吹过，似有清越声腔袅袅而来，我眼前浮现出旧日老戏台的热闹场景。那时候，老戏台在五月五端午节、九月九重阳节以及腊月冬闲时的庙会固定开戏。五月五，芒种过去，麦粒入仓，新禾种完，正是休息的时候；九月九重阳节，敬的是爱看戏的老人们；腊月冬闲的庙会最为盛大，十里八村的人们都来了，简直比年根底下的年集还热闹。其实这里压根儿没有庙，不过是消闲看戏的人多了，卖吃食玩意儿的小贩也随之而至，因此人们称之为"庙会"。

一进腊月，人们便坐不住了，紧着忙完手头的活计，好留出空闲去看戏赶庙会。孩子们也坐不住了，心心念念盼着放假，好相约去看戏。盼的同时也愁，放寒假前要期末考试，若考得不好，莫说看戏，怕是连年都过不消停。没法子，只好接着捧书苦读，临阵磨枪，努力获得好成绩让爹妈脸上有光。

盼着，盼着，终于要开戏了。于是，家家户户忙活起来。东家的媳妇回娘家接老娘，西家的媳妇就托她给嫁在那村的妹子捎个口信来看戏；张家的小伙儿紧着去未来岳家送礼，趁机约未过门的媳妇来逛逛，刘家的姑娘就忙着去约邻村的闺蜜赶庙会。这厢还没忙完，就有婆婆催儿子："明儿要开戏了，赶紧去接你妹子、外甥，还非得等我嘱咐吗？"做儿子的刚要动身，就见妹妹携家带口地来了，看样子，总要住上三五日，等戏班子走了才回。一家人欢欢喜喜，又是一番热闹景象。

随着一阵欢快的锣鼓声，戏正式开场。朱红色幕布徐徐拉开，青衣迈着小碎步袅袅婷婷而出，水袖一甩，幽咽婉转的声音就如清泉般缓缓流出。入戏的女人有的跟着哼唱，表现出一副标准戏迷的做派；有的边看边抹泪，也不知是为戏中人还是为自己伤心。小孩子们不喜欢这个，他们一心盼的是武丑。那个画着花脸的滑稽的小丑，做几个鬼脸，说两句俏皮话，立马就能把他们吸引过来。待到小丑连翻几个跟斗时，台下的喝彩声和孩子们的惊呼声简直要盖过喧嚣的锣鼓。武丑退场，迈着八字步的老生上台，孩子们立马没了兴致，三五成群地约着去闲逛。

场院边上，各路摊贩闻风而至，支起摊子。包子、油炸糕、豆腐脑儿、糖人儿、芝麻糖、瓜子、花生……各种小吃都摆了出来。忽而一阵油香，忽而一阵甜味，惹得孩子们肚里的馋虫蠢蠢欲动。有零花钱的孩子就买两样儿，没钱的呢，少不得去正看戏的爹妈那儿缠磨。那母亲正看得入迷，只好拿出几张毛票，边交给孩子边说："省着点儿花，不能吃糖。"孩子接过钱就跑去找小伙伴，早已把母亲的嘱咐抛到九霄云外了。

至于年轻小伙儿和姑娘，早就离开看戏的人群了。他们围着卖小玩意儿的摊子，挑些手绢、发卡之类的东西，边逛边说知心话。几天下来，戏词没记住几句，俩人之间的感情倒是升温迅速，肯定回去就让长辈赶紧挑日子嫁娶。

台上咿咿呀呀地唱，演的是千古流传的传奇故事；台下熙熙攘攘地闹，过的是庄户人家充满烟火气的日子。

二

唱戏的时候，老戏台锣鼓喧天、人声鼎沸；不唱戏的时候，老戏台也闲不下来。

农忙时，戏台下的场院是粮食的领地。麦收时节，偌大的场院被麦子分割成若干块，热热的风吹过，老戏台就闻见了麦香。秋收时，金灿灿的玉米在戏台下的场院脱皮摊晒，秋风袭来，老戏台就嗅到丰收的甜香。

盛夏时节，老戏台是人们纳凉"拉呱儿"的地方。这里地界儿开阔，又能遮风挡雨，是消闲的好去处。孩子们也愿意来老戏台玩，跳房子，丢沙包，丢手绢，"老鹰捉小鸡"……老戏台以它宽广的胸怀包容了孩子们烂漫的童真。

最妙的是下雪天，老戏台不唱戏，却成了孩子们的天堂。街巷里的雪都已被扫除，唯有老戏台还保留着漫漫大雪初落人间时的模样。堆雪人，打雪仗，溜冰，滑雪……顽童们在老戏台前撒着欢。老戏台就像一位慈爱的老人，用温暖的笑抚摸孩子们的脸庞。

那会儿，除了十字路口，老戏台也是村庄人烟兴旺的地点之一。人们都喜欢老戏台，月梅奶奶尤甚。她是老戏迷，尤爱听《拷红》。她家在村庄最东头，离老戏台不过几步远，无论消暑纳凉还是晾晒物什，都最得便宜，看戏也最占近水楼台的好处。旁人都早早吃了饭就过去等着或者吩咐孩子拿个马扎去占位，生怕去晚了抢不到好位置。唯月梅奶奶从容，得空往门口一站，见戏班的家什摆开，就吩咐她的女儿莲花姑拿凳子、马扎占上最好的位置，她自己的、婆婆的、回娘家看戏的小姑子的、娘家妹子的……只没有莲花姑的。正逢十七八岁的莲花姑性子活泼，嫌跟母亲坐一起拘得慌。月梅奶奶满心都是戏，也就随她去。

那天正是端午，暖风伴随着月色，吹得人头脑微醺。戏台上，小红娘正为莺莺、张生据理力争："夫人息怒，听红娘慢慢道来呀……"月梅奶奶一出戏听得心旷神怡、回味悠长，戏散后还沉浸在清越婉转的唱腔里，临睡落门闩时，却发现莲花姑不见了，只看到房间的桌子上有一张她留下的字条，说自己走了，让家人不必找。月梅奶奶气急了，发动一家人出去找，这才知道，同时不见的还有邻村一个叫保民的小伙子。

月梅奶奶一下子全明白了，不再去找莲花姑，却跟戏班子杠上了。那意思，似乎戏班子唱的剧目不对。初夏的暖风，偷情的小姐，婉转的唱词，凑在一起，莲花姑就这样被蛊惑了。她还说，若当晚演的是《花木兰》或《卷席筒》，莲花姑肯定不会离家出走。全然忘记了《拷红》是她的最爱。

我们小孩子却觉得，哪怕那晚唱的不是《拷红》，大约莲花姑也会和保民一起离开。我们犹记得，那年春天，一个白净腼腆的小伙子曾提着糖茶等礼品登月梅奶奶家的门，到了大门口，我们这些在戏台场院里玩的孩子就跑来围观，他忙拆开一袋糖果散给我们吃。那小伙子就是保民。

没一会儿，就见他被请出门去。月梅奶奶客客气气，脸上的笑堆得像盛开的花。与保民一起来的妇人同样满脸笑："哪里哪里，一家有女百家求，说明恁家闺女出落得好哩。"旁边的保民却一脸失望，只愣怔地站着。

他们刚走，月梅奶奶脸上的笑容瞬间收起来，一把关了院门。孩子们像发现新大陆一般："月梅奶奶的脸变得比戏台上的小丑还快哩。"坐在戏台上拉呱儿的女人却摇摇头说："你月梅奶奶还是不愿意呢。"

懵懂的孩童不明白，问母亲："为啥不愿意呢？那个叔叔多好，还给我们每人两颗水果糖吃。"母亲一指头点在脑门上："你知道啥，吃吃吃，就知道吃。""谁说我只知道吃，我还知道看戏哩。"小家伙不服，撒丫子跑开，跟小伙伴去戏台上捉迷藏了。长大后我们才明白，那个叫保民的小伙子父亲早亡，由母亲一人拉扯长大，兄弟三人都尚未娶亲，日子过得艰难。

端午那次开戏就此打断，戏班子虽说无过，却也不好意思再在刚受打击的月梅奶奶家门前继续提腔甩袖地唱风花雪月了。

没过足戏瘾，有人就开始指责月梅奶奶："要说月梅婶子也是，好容易盼来开戏，又让她扰得看不成了。"旁边的人就说："戏要紧还是人要紧？她家就这么一个独生女儿，怎么舍得嫁给一个穷小子？他们还指望找个富贵女婿呢，人都相看好了。"有人问相中的谁，那人却闭口不言了。也有人说："那也怨不着人家戏班子呀。"就有人接过去说："还是跟看的戏有关，崔莺莺、王宝钏的故事，不都是讲自由恋爱的嘛。莲花那丫头心眼活，听得多了，说不好就是跟戏里学的。"小孩子正认真听着，做母亲的却不再开口，只是笑着把话题岔开，带着一种莫名的意味。

莲花姑走了，许久没再回来。一直到我离开村庄，都未再见过她。那年九月九和腊月的庙会上，胡琴、锣鼓声咚锵咚锵，戏依旧唱着，只是演出剧目里少了《拷红》，更常唱的是《穆桂英挂帅》《花木兰》《卷席筒》《铡美案》。同时，老戏台下再也没见过月梅奶奶的身影，她似乎从那以后没再看过戏。

三

又是一阵秋风吹过，缥缈的丝竹声远去，天地间唯余一个独立的我和空落落的老戏台。哦，当然，还有这些沉默不语的玉米囤。忽然，扑棱一声，一只灰雀飞过来，原来它将巢筑在旁边一棵杨树上了。老戏台旧时人声鼎沸，如今却只能与鸟雀为伴，让人感慨万千。

母亲唤我回家，我问她："这戏台怎么败落成这样了？没人看戏了吗？夏天也没处纳凉了呀。"

"这老戏台屋顶都塌了，谁还来这儿纳凉呀。邻村新建了个文化广场，那里有一个大舞台，比咱这老戏台气派多了。夏天放电影，重阳节也唱戏，大伙儿都去那儿呢。"母亲不以为意。让老戏台败落的，除了时间，还有人。

　　曾经，老戏台一直是村庄乃至十里八乡的中心。如今，老戏台破败了，就如一个青壮年到了老年，牙齿松动，肌肤布满皱纹，脊背佝偻。新的文化广场成了新的文化中心，村庄也没落了。老戏台和村庄，代表一个远去的年代。

　　恍然间，我似乎看到了月梅奶奶，岁月的风霜早已刻到她的脸上，染白了她的头发。最令人震惊的是，她居然坐着轮椅，由一个二十岁上下的青年推着，从家里出来。"那个年轻人是谁？"我不由得问。

　　母亲说："还能是谁，莲花的儿子呗。""莲花姑？她和保民回来了？"

　　"早就回来了。一开始你月梅奶奶还不肯让她进门，到后来看到白白嫩嫩的外孙，欢喜得跟什么似的，也不再说不让进门的事了。你说这老太太，闺女大了有自个儿的主意，你就随她去嘛，非得闹这么一出，两家人亲戚不像亲戚，仇人不像仇人，何苦来哉！末了，还得靠人家……"母亲还在那里絮叨，见来人渐近，声音低下去。后面的话我未听清，温热的话语刚传过来，就被秋风吹散了。

　　风吹去的方向，正是老戏台所在的位置。我想，也许这静默的老者，听到了故事的结局。

　　母亲跟月梅奶奶打了声招呼。那青年抬起头向我们颔首微笑，我从他脸上依稀看到了当年莲花姑的影子。

　　我们回家去，他们去老戏台旁晒太阳，方向正好相反。错身走过一段路后，我问母亲："月梅奶奶肯来老戏台了？"

母亲神秘地一笑，说："怎么不肯。如今保民在外边生意做得风生水起，比你月梅奶奶一开始看好的那'高枝'强多了。"真是人生如戏呀。

母亲让我多待几天。村庄的变化太大了，人的命运也各不相同，有些东西，有些人，怕是以后再也见不到了。

转过弯就到家了，我最后回头看了一眼老戏台。我们都是老戏台的孩子，打小在它身边嬉闹玩耍，一天一天，孩子们慢慢长大，饱经风霜的老戏台也慢慢老去。

秋风吹过，一阵田野的气息袭来，那新鲜的泥腥味与植物的清苦气扑面而来。远处，玉米收割后的原野格外空旷。庄稼一茬一茬生长，树叶一轮一轮凋落。人呢？人也是，生老病死，悲欢离合，喜怒哀乐，哪个场景不是如戏一般？

也许，我们都是戏中人，任你过沟渠、走荆棘，经历的都是折子戏，体验的都是生命本身。老戏台的命运如斯，个人的命运又何尝能脱离时间的齿轮？时间是一条永不休止的流水线，我们每个人出生、成长、老去、死亡的过程，就像一幕幕戏的开始、高潮、转折、结局，最终幕布落下，我们终于演完了自己的故事。

秋风习习，老戏台的演出已经散场，我们人生的大戏正在进行，无论悲伤，无论喜乐，还要接着唱下去。跟老戏台默默作别后，我转身，不觉加快了脚步。

（原载《时代文学》2023年第6期）

村庄的声音

村庄是有声音的。村庄的声音隐入泥土，汇入人间，交融在每一个平凡的日子里。日升月落，风吹竹啸，鸟啼虫吟，蛙鸣犬吠，都是村庄最深情的演奏曲目。我一向以为，村庄是个小有才华的音乐家，用天籁送走了许多岁月年华。

当一朵闲云伴着启明星踱步到东方时，一只公鸡用"喔喔"的啼鸣，划破夜晚的幕布。"雄鸡一声天下白"，村庄终于从睡梦中醒来，开启这一日的人间烟火。

鸡鸣声是庄户人家的闹钟，他们闻鸡而起，用一双勤劳的手，拾起捉襟见肘却充满希冀的日子。"唰，唰，唰"，尚在甜梦中的孩童听见羽毛轻拂过耳畔的声音，那是扫帚的奏鸣曲。庭院是庄户人家的脸面，庭院是否干净整洁，是衡量一户人家是否勤劳的标尺。

扫帚声停了，又换成叽叽喳喳的鸟鸣。喜鹊，是村庄常见的吉祥鸟，有时甚至比麻雀还常见。仍沉浸在睡梦中的孩子嘴里咕哝一声，翻身继续睡。不想又被隔壁噼啪之声搅扰，顿时没了睡意。细听，是母亲在灶屋烧柴做饭呢！锅碗瓢盆叮当作响，一会儿瓢子舀水，一会儿铁锅掀盖，一会儿勺子碰在碗沿上。过日子就是这样，不是勺子碰了盆，就是锅盖磕了碗，笑骂两句这事就过去了。

还在床上赖着的孩子正愣怔着，就听灶屋里传来喊声："起床吃饭了！"这是要开饭的信号，再不起床误了饭点，就不会给留饭了。家里不养"懒虫"，这是母亲的规矩。孩子麻利起身，听见邻家也传来开饭的声音。这个时候，怕是整个村庄的人都起来了。看看窗外，太阳不过刚冒头。可不，庄户人家就是起得早，毕竟"一日之计在于晨"，一天的嚼用都要到土里刨哩。

正是秋种时节，吃过饭，该下地的下地，该上学的上学。家里的劳力牵着牛马下地。秋高气爽，凉风习习，伴随着"嘚儿——驾——喔"的吆喝声，犁铧犁开硬实的泥土。这是进行曲，要求牛马和人步调一致，呼出的号子雄壮威武。土浪翻涌出来，在土地上开出棕色的花。不错，这是土地开出的花，到来年，它还会结出丰硕的果实。果实在吆喝声谱写的进行曲中逐渐成熟，这收获牛马见证了，秋风见证了，劳作的人们也见证了。

在家里的女人们也没闲着，她们用簸箕和筛子谱着村庄的另一首乐曲。秋收过后，要挑出饱满干净的玉米磨糁子，这种玉米熬出的粥香甜黏稠；干瘪瘦薄的颗粒就归拢至一边，用作家畜饲料。做这个活儿，簸箕和筛子是她们的好帮手。"哗哗哗"，筛子在女人有力双手的摇动下，将沙尘漏下，将秕谷摇至外面，剩下的都是饱满的种粒。簸箕和筛子都是公平的筛选者，在它们奏出的交响乐下，不会遗漏一粒饱满的玉米，也不会放过一颗滥竽充数的秕谷。

正忙着，喇叭声如裂帛一般骤起。女人停止忙碌，侧耳倾听，对着乐声传来的方向思量一番，才想起是谁家的小儿要娶亲。《好日子》《三百六十五个祝福》《大花轿》《纤夫的爱》……欢快的乐曲响彻村庄，其他鸟啼虫鸣、鸡鸣犬吠以及吆喝牛马声、簸簸箕声、搂柴声、打水声、校园里孩子们的琅琅读书声等，都被这欢乐的乐曲压住了。可不是，在庄户人家眼里，娶亲可是人生头等大事，肯定要锣鼓喧天、众人皆知才好。人们也都理解，不仅会原谅这颇有些闹人的喇叭声，有兴致的还会跟着歌儿哼唱两句，怀想一下当年自个儿刚结婚时的甜蜜日月。想着想着，突然意识到，还没去随礼呢，今儿早晚得去喜事主人家走一遭。人们便紧着把手里的活计做完，"哗哗哗"，簸箕和筛子响得更欢了。

从喜事主人家回来时，已近晌午。走到半路，喇叭声停了，静下来的村庄仿佛刚结束了一场盛大的音乐会，一时陷入寂静。村庄的喇叭懂得庄户人家的规矩，上午响一阵儿，还能给忙农活的乡邻带去精神享受；午歇时和天黑后却不能响，那是庄户人家休息的时候，自家再欢喜，也不能扰邻。

静下来没多大会儿，就听到之前被喇叭声压住的声音纷纷冒出来。有"哗啦哗啦"的风吹树叶声、"唧唧啾啾"的鸟雀欢鸣声，这是大自然的演奏；有"呱嗒呱嗒"的风箱声、勺子碰锅沿的叮当声，这是谁家在烧午饭；有"汪汪"的犬吠声、推杯换盏的寒暄声，这是谁家在招待客人；有"驾驾"的吆喝牛马声、顽童的笑闹声，这是男人和孩子在回家的路上……

中午，走街串巷的吆喝声此起彼伏，这些小贩的生意颇好。修家伙什的人吆喝："磨剪子嘞，抢菜刀。"收破烂儿的硬要把想收的东西一一念出来："酒瓶子，纸箱子，书本子，废铝，废铁……"更多的是卖食品的人在吆喝"粉条——红薯粉条""豆腐乳——臭豆腐""烧饼——油条——油炸糕""冰糖葫芦"……孩子们一边学着喊"济南酱油——聊城醋"一边纳闷，为啥酱油要济南产的，醋却要聊城产的？抚着胡须打醋的爷爷解释道："人家说的是'济南酱油——沑口醋'，小毛孩子听岔了还少见多怪！"

"梆梆梆"，一阵木器敲击声传来，是卖豆腐的来了。不用吆喝，梆子敲击的脆响是活招牌，有的老人甚至单听梆子响声就知道来的是哪个卖豆腐的小贩。他们豆腐做得嫩还是老，称给得足不足，老人心里十分清楚。

走在回家路上的女人有些心焦，眼看到了晌午饭点，饭还没做，男人孩子回家吃什么呀？听见吆喝叫卖声后，她立马有了主意，男人孩子那么辛苦，也该慰劳慰劳他们。买几个烧饼，称两斤油条，这下干粮就有了。又唤住卖豆腐的，称两斤豆腐，拿油、盐、醋和小葱一拌，再冲两三碗蛋花汤，一顿让人心满意足的美餐就做好了。

"砰、砰、砰"，一下接一下，这捣衣声带着水汽的湿润与布料的柔软。男人下地满身泥垢，孩子淘气衣裤脏污，家里的洗衣盆洗不干净，女人只好趁午歇去河边涮洗。"砰、砰、砰"，棒槌向来"眼里不揉沙子"，在它的捶击下，衣物上的尘土随水一起喷溅而出，回归河流，沉积为泥沙，复归大地。庄户人家的生活，难免艰难辛劳，女人一下下举起棒槌，捶打在湿润的衣物上，也捶打在自己的心坎上，不知不觉间就把生活的灰尘击散，让一颗朴素的心复归本真。

有时也有不和谐的声音。谁家的芦花鸡丢了，哪家的柴火被人偷了一把，谁和谁产生了龃龉，都要到房顶上骂一骂。骂声抑扬顿挫，拉着长音，就像唱戏一般。只是这戏往往是苦情戏，从自身命苦说到挣家用的艰难，再引申到对方的可恨，哀怨婉转，倒像叙事曲一般。骂的人却从不指名道姓，他们囫囵着骂，听的人囫囵着听。

傍晚，夜幕降临，闹了一天的喇叭声停了，村庄又热闹起来，这时的声音最丰富，就像一场美妙的交响曲。

听，几户人家院里传来"咕咕咕"的声音，伴着"当当当"的声响，主妇们在鸡回窝前最后一次给它们喂食。棍棒敲打食盆的声音，被鸡奉为进食的铃声。它们纷纷围拢过去，"咕咕"叫着埋头啄食。

马和牛也回来了，在大门外撒着欢儿打滚，打着响鼻儿，消除一天的疲累。"咔嚓，咔嚓，咔嚓"，这是铡草的声音。牲口累了一天，要好好慰劳它们，铡好的新鲜草料是主人为它们准备的丰盛晚餐。

娃娃们也放学了，却不想回家，三五成群地在街上野，打耳棒，捉迷藏，丢手绢，他们童真的笑声引得新月都好奇地冒出头窥探。

女人站在十字路口喊孩子回家吃饭，小家伙们却嘟着嘴央求母亲再玩一会儿。女人拗不过孩子，也想趁这空拉会呱儿，只好在石板上坐下来闲唠两句。倦云归晚，闲云在夜色的掩映下偷听人们的悄悄话。呵，这人世间真是怪有意思的！

夜色已沉，人们早已归家，村庄的街上一派寂静。远处，不时传来犬吠声，惊扰了邻居家早已入睡的婴儿。"哦哦，睡觉觉，老猫来了咬耳朵……"年轻的母亲唱着童谣轻声哄，她温柔的声音回荡在寂静的小路上，轻柔，舒缓，像一首悠扬的摇篮曲。窗外，蛐蛐还在"唧唧吱、唧唧吱"地唱着乡村的小夜曲，仿佛在为那母亲的轻唱伴奏。

婴儿的啼哭止住了，轻柔的童谣声也渐渐低下去，直至听不见了。想来，那年轻的母亲将孩子哄睡着了。一切都静下来，只有蛐蛐还在不知疲倦地叫着。

　　夜已深，村庄终于入睡了。那朵闲云听到村庄这么多的声音，疲倦不已，也在村庄的静谧氛围中进入甜甜的梦乡。要早睡早起呢！它知道村庄每日的声音都差不多，但每日总有每日的新鲜事，说不定明天会有更新奇的故事等着它哩。

（原载《时代文学》2023 年第 6 期）

灶屋三题

想起锅灶

在乡村，家家都有灶屋，那是烧火做饭的地方，城里人称之为厨房。不过，还是"灶屋"一词听起来显得实在、质朴，让人心里暖暖的。

锅灶是灶屋的主角，这从名字上就看得出来。灶屋，顾名思义，定然是锅灶的所在地，锅灶理所当然地占据了灶屋的显眼位置——进门就能看见。锅灶常常挨着相邻的两堵墙，因为有墙的支撑可以节省材料，且容易在两面墙的夹角处砌烟囱。

有了锅灶，灶屋才对得起自己的名字，也才能发挥该有的功能。支锅灶是个技术活儿，并不是一般泥瓦匠可以胜任的。因此会这种技术的匠人常常被尊称为"师傅"，受人敬重。锅灶支得好，烧锅时灶膛里的烟火会被抽到烟囱里，锅底火旺不倒烟，省柴、省时、省力；支得不好，灶膛会往外倒烟，不仅烟熏呛人，还浪费柴草，很难烧开锅。我家支过两种灶。第一种是老式柴灶，灶台左侧通常会带个风箱用来鼓风，使灶火旺盛。烧锅时一边添柴一边拉着风箱，伴着"呱嗒、呱嗒"的风箱声和灶屋顶上的袅袅炊烟，满院满村便都是农家的饭菜香了。第二种是后来时兴的自来风灶，不用风箱，只凭风道、烟道中的特殊设施，便能让锅底火焰熊熊，且绝不从灶口倒烟。

寒冷的冬日，每当母亲烧锅做饭时，冻得瑟瑟发抖的我总是抢着缩在她身边的灶膛口，偎着那红彤彤的锅底火，以期驱走冬日的寒冷。火光映着母亲和我灿烂的笑脸，一如那平淡又充满甜蜜的日子。母亲怕我被火燎到，时不时地往后拽我一把。我抢着帮忙烧锅，拿烧火棍像模像样地拨弄着锅底的柴，火越拨越小，最后竟熄灭了。母亲教我，添上柴火后就不要再动它了，不然会浪费火力。烧火要虚，不能往火头上放太多柴火，否则会把火压住，做人也得这样。后来我才明白，母亲在借此教我做人的道理：只有虚心谦让，才能学到更多的东西，也才能像火焰一样，越燃越旺。

每到饭点，母亲将柴火填进灶膛，火焰便跳起热烈的舞蹈。在火苗的舞蹈中，大铁锅里的粥熬得黄黄白白，泛着淡淡的粮食香。锅边的锅巴，酥脆焦香，每次都成为我和弟弟争抢的美食。午饭照例是先炒菜。把油倒下去，片刻后将准备好的葱花、蒜末倒进去，欻啦一声，空气中泛起葱蒜爆出的油香，真让人垂涎。

庄户人家讲究节约，炒完菜盛出来，还可以就着油锅下一锅清汤面或做一锅蛋花汤，然后在箅子上馏一下馍馍卷子，一顿简单可口的饭菜便做好了。工作后我常常用电锅和电磁炉做饭，始终找不到以前做饭时那种畅快淋漓的感觉。偶尔想起那大铁锅里热油爆葱花的欻啦声，还是忍不住满口生津。

铁锅里饭菜飘香，锅底的灶膛里也有美味。初夏小麦灌浆时，大人从田间地头揪几个青麦穗，烧饭时放在灶膛的火焰上一燎。清香的新麦爆出焦香，咬一口就流出嫩生生、甜津津的汁水来，足以安抚馋嘴的孩子。最妙的是秋收时节，玉米、毛豆都下来了，那些青嫩的青玉米和毛豆便成了灶膛的常客，可以用铁叉串起来放进灶膛里烤。玉米和毛豆的清甜伴着烟火的焦煳味，比蒸着吃、煮着吃都更有风味，这是农家孩子最好的零食。到了晚上，村子里常常可以看到捧着烤玉米大快朵颐的孩子，他们沾了一嘴烤玉米上的锅底灰，谁看见都要打趣一番。灶膛里的美食吃完了，埋在灶灰里的地瓜是更大的惊喜。做完饭熄火，锅底的灶灰还有余温，母亲常趁我们不注意，将两块地瓜悄悄埋进锅底灰里，等我们下午嚷着饿时，便道："去锅底下扒块地瓜吧！"这时轮到我与弟弟欢呼了，我们急匆匆拿火钳从灶灰中扒出地瓜，拍去上面的灶灰就开吃。在锅底灶灰中焖熟的地瓜表皮微微焦煳，却格外香甜软糯，带着淡淡的烟火气，再美味不过了。

每日烧锅做饭，锅底柴草烧尽后会留下灶灰，日复一日便积满了。若锅底灰太多，会影响锅底灶膛内的通风，进而导致锅灶不好用。因此，每过两三日，母亲便寻一个清晨或夜晚，将锅底凉透的灶灰用簸箕清出来。别小看这锅底的灶灰，它们用处可多呢！以前村里家家有猪圈，将灶灰与刷锅的泔水一起倒进猪圈沤肥，这样沤的肥在秋耕时是上好的肥料。我想养芦荟，听人说芦荟喜干，而灶灰吸湿性强，便央母亲给我留一些灶灰，将其拌进土里当作花肥。我那盆芦荟长势喜人，大约也有它不小的功劳！

庄户人家很看重锅灶。锅灶是家家户户吃饭的家伙什，"砸锅卖铁"意味着一家人已到穷途末路，但凡有一点机会，这锅也是万万不会砸的。正因看重，关于锅灶的规矩习俗就很多。人们遵从这些老规矩，盼望日子过得和和美美，故而都对砌灶这事心怀敬畏，从不敢马虎。小年送"灶神"也是关于锅灶的重要习俗。每到这日，主妇们在干净的灶台上摆好糖瓜和香炉，说些吉祥话。这大约是烟熏火燎的锅灶一年中最体面的时候了，之后锅灶仍静静蹲坐在灶屋里，为每个家增添些许暖意和人情味。

翻盖屋子后，父亲请师傅重新支了新灶。旧灶被打碎，沾满灶灰的泥坯堆在院子里。父亲说旧灶土留着来年给地里上基肥，它们肥力很足，赶得上粪肥。新灶台上铺了瓷砖，刷完锅用抹布一抹，整个锅台便洁净如新了。新锅灶是自来风的，不再需要风箱，拉风箱的声音成了记忆中的乡愁。可那农家锅灶里飘出的饭菜香，仍是家乡的味道。

闲话柴火

柴火是锅灶的亲密伙伴，它们常堆在灶膛口的角落，看着挺不起眼，但着实是灶屋里的重要成员。人们常说："巧妇难为无米之炊。"但仔细想想，不仅是米，无柴也难以做出人间美味。想想"薪水"一词便知，柴薪和水是人们的生活必需品，因而将其并列作为日常费用开支的代称，意为工资酬金。明朝时曾将官员的俸禄称为"柴薪银"；《儒林外史》中也有这样的描述："这是家兄的俸银一两，送与长兄先生，权为数日薪水之资。"因而，开门七件事，柴米油盐酱醋茶，柴居首位实在是理所应当。

庄户人家每日烧柴做饭，因而柴火在人们心中颇有地位。有些方言中"柴"与"财"谐音，因此人们常将柴火看作"家力"的象征，乡间富户必是粮丰柴足的。有句俗话说："这下子蹭了他家的柴火捆了。"意思是把人惹恼了，可见柴火实在重要。古代穷苦人家常常上山砍柴，成捆成担地挑进城里去卖以贴补家用。那时候，卖柴是一种职业。《水浒传》中"拼命三郎"石秀在上梁山前就以卖柴为生。直到现在，柴火仍是很多庄户人家取暖、做饭的主要燃料。

灶屋里堆放的柴火分为软柴和硬柴。软柴是一年四季地里出产的玉米秸、玉米皮、麦秸、稻草等。软柴不值钱，因为它们不耐烧。软柴烧出的火"软"，看着灶膛里似乎扑腾上来一大片火，但后劲儿不足，一会儿就燃尽了。这种柴火平时用来做饭还行，蒸馒头或炖肉时就显出不足来了，馒头蒸不熟，肉难炖烂。然而，软柴也并非一无是处，它们最大的好处就是易燃，常用来引火。烧锅做饭时先抓一把麦秸或玉米皮，擦根火柴棒引燃，待其在灶膛里燃起大火时，再填入玉米芯、柴棍等，才能将灶膛里的火引起来。因此，无论做什么饭，灶膛口总要留一些用来引火的干燥软柴。

每到夏收秋收，除了粮食，庄户人家还能收获柴草。金黄的麦秸垛、稻草垛、玉米皮垛昂首挺胸立在家家户户的房前屋后，像是在宣扬自家收成的丰足。那些柴草垛是孩子们的乐园。柴草垛中间掏一个洞，就跟个小屋子似的，孩子们钻进去可游戏玩闹，着实令他们欢喜。有淘气的孩子将柴草垛上的麦秸或稻草拽下一些，铺在地面上做个软垫，大家比赛着滑滑梯或从垛顶往下跳。倘若被大人看见了，往往引来一番训斥，一则怕孩子摔着，二则小皮猴儿们会将齐齐整整的柴草垛扑腾得乱七八糟，还得费时间收拾。旧时穷苦人家若实在买不起铺床的席褥，便在炕上铺一层干净细软的稻草，这算是软柴的另一用处了吧！别看有那么一大垛柴草在那放着，其实它们不经烧，短短数日便见柴草垛下去一半，因此软柴不太受主妇们待见。

主妇们喜欢硬柴，最正宗的硬柴是劈柴。劈柴是用斧子将枯死或朽掉的粗木劈成的块状或短条状木柴。这种柴火耐烧，且带有一股子树木的清香，蒸馒头和炖肉时需用"硬"火，这种劈柴最合适。

劈柴需要大力气，向来是男人的活计。将短木立在地上，甩开膛子，举起斧头朝着木头中间砍，连着几斧下去，大块木头就被砍成了较细的劈柴。每到过年前，母亲便派父亲将院角和屋后没用的枯树和檩条劈成大小均匀的短木条。这时，小孩子们会被赶到屋里去。因为劈柴这活儿比较危险，说不准斧子会抢偏或木屑乱飞崩到人，容易遭受无妄之灾。柴劈好后，父亲将它们整整齐齐地码在灶屋的角落或院子里的避雨处，为过年时的蒸炸炖炒做准备。

劈柴虽好却比较难得，毕竟枯树和朽木不常见。这时，次一些的树杈和棉花棵子也勉强算作硬柴了。到了冬季，家里缺劈柴的人常去黄河大堤外的树林里拾柴火，主要去拾枯树枝。将林中的枯枝拾作几堆，用草绳捆紧，少的话可以用扁担挑，多了就得用地排车拉回家。若是用车拉，人们一般还会用耙子搂些落叶，顺带着捎回来。虽说树叶是软柴，没什么大用，但按照庄户人家勤俭节约的要求来看，那也算赚了。落叶是比较细碎的软柴，只能用大包袱盛。大包袱是用四个化肥袋子缝成的，盛满落叶后对角系好，扔在装满柴棍的车顶上，拿草绳一缚，稳稳当当的一车柴便能拉回家。拾回来的柴火整整齐齐地码在大门棚下和灶屋里，让一家人感觉到日子的丰足与安乐。

如今，电磁炉、电饭锅等新型厨具层出不穷，连烙饼、煮鸡蛋都有了专门的厨具。这些厨具方便、快捷、干净，十分受人青睐，柴火灶似乎渐趋没落。但去庄子里看看吧，每家每户还都支着柴灶，毕竟蒸馒头、蒸包子、炖肉还得靠柴火灶。因此，柴还是家家户户的必需品。只是，拾柴火的人少了，大家都忙着出去挣钱，麦收时多留点秸秆也就差不多够用了。

柴火灶做出的饭香，熬出的粥黏糊滑润，炒的菜肴香气逼人，蒸的馒头暄软筋道，村里人都这么说。只要家里有柴火，母亲总是烧柴做饭，电磁炉、电饭锅等到缺柴时才拿来应急。许是因此吃刁了胃口，有一次父亲边吃饭边抱怨："今天这玉米粥怎么喝着不香呢，熬的时间少了点吧！"被嫌弃手艺的母亲说："用电锅做饭你还想吃出大锅的味儿，不管怎样还是柴火熬的粥好喝。"父亲不言语了，秋收时少不得卖力多备些秸秆柴草。

柴火满山遍野都是，谁也不会多看它们一眼。然而，它们也有自己的尊严。在风中，柴火旋起轻盈的身体，飞舞着唱出青春之歌；在地上，柴火接受自己的使命，沉默着准备献身炉灶；哪怕进了灶膛，那貌不惊人的柴火也会跳起灿烂的舞，探索生命的意义。

工作后，城市里干净的厨房自然容不下脏乱的柴火，因而我也很难再吃到有草木清香的柴火饭了，时常咽痛上火。每至此时，我便开始想念家里柴灶煮出的香糯的玉米粥，那是我治疗上火的良药啊！有一次家里来客人，我去市场买些卤味熟食，发现柜台右边的熟食明显比左边的贵不少。询问原因，摊主说："左边是卤的，右边是用果木烤的，那木柴多贵，两块钱一斤呢！"我不禁讶然，原来柴火的身价也暴涨了呢！

温情土炕

灶屋里占地儿最大的物体要数土炕。北方农村在寒冷的冬季缺乏取暖设施，老实巴交的土炕轻易就解决了这个难题。家乡农村的土炕常设在灶屋里，与锅灶的里侧相连，将烧锅做饭时产生的热气二次利用，充分体现了庄户人家勤俭节约的智慧。

土炕在灶屋里的地位颇有些尴尬。锅灶是灶屋的主角，柴火作为附属物自然得跟着。土炕却不然，它既不是烧锅做饭的主角，又不能为锅灶提供能量，反而要借助人家的热量取暖，难免惹得锅灶、柴火厌烦。今日柴火在炕席上落一层烟尘，明日锅灶给被褥抹一些水汽，尽给它找麻烦事儿。然而土炕并不在意，它就像厨房里默默劳作的老大哥，面对淘气的弟弟妹妹，只淡然一笑，依旧默默立在屋角，为整个灶屋提供温暖。

在农村，支灶和盘炕是一体的活计。支新灶时，人们常会加些钱，让师傅顺便盘好土炕。过去是用碎麦秸掺黄土脱出的土坯盘炕，土坯垒成方柱体搭建烟道，上铺平整的方形石板，最后将四周与顶部抹上和好的泥浆，用泥板子抹平，待其自然干透，土炕便盘好了。用了两年，旧炕的泥坯被烟火熏得黑乎乎，粉碎后可与旧灶土一同留作基肥。以前农民买不起化肥，常将盘了两三年的旧炕拆除粉碎，与粪水混在一起喂田土。后因土坯易塌，且化肥渐渐取代了粪肥，土炕开始用砖砌板搭。炕面抹一层水泥，更结实也更干净了。话虽如此，"土炕"这一名字却沿用下来。

因要借助锅灶的余热，土炕必与锅灶相连。有些人家灶屋小且没有隔间，土炕只能憋屈地立在锅灶的一侧，每日烧锅做饭产生的烟尘水汽都落到炕上。聪明的主妇自有办法，她们做一块与床同样大小的布单，每日叠被铺床后将布单整个儿覆在炕上，待晚间睡前再掀开，以免被褥沾灰受潮。也可以在炕墙钻钉拉线，绕着炕边挂一方帐幔，将土炕隔成独立的小空间，以隔绝烟尘。灶屋大的人家就比较舒坦了，挨着锅灶里侧砌一堵墙，土炕盘在墙的另一侧，将锅灶和土炕隔开，打造一个既暖和又干净的小隔间，在寒冬时节极为惬意舒适。

别看土炕在灶屋里不起眼，在庄户人家心里却有举足轻重的地位呢！旧时人们理想中的幸福生活就是"两三亩地一头牛，老婆孩子热炕头"，这里面的"热炕头"自然是指土炕。如今也是，去别人家串门，主人家表示欢迎时总是亲热地拉着客人，满口说着："快到炕上坐。"这是有原因的。以前庄户人家缺椅少凳，客人只能坐在小矮凳或墩子上，屈着腿脚，难免有些不舒服。去炕上坐就舒服多了，炕沿高度正好，炕上暖和舒适，由此可见主人家的热情待客之意。

土炕也因此成为一个家庭的门脸儿。单看炕上的归置摆设，便知这家人是勤是懒。我家的土炕是新盘的，红砖支柱、水泥炕面，下面垫了苇席，上面铺着棉褥与浆洗得平整干净的床单，炕上的被子被叠得方方正正摞在炕头，炕墙周边贴着清一色的"童子送福"年画，既彰显喜庆，又可防止墙灰弄脏被褥。过年之前，母亲都要将土炕周边墙上的旧年画换成新年画，再铺一领新炕席，搭块新床单，整个土炕就焕然一新了。

冬日的早晨，我总喜欢窝在炕头上，前面包着被子后边靠着枕头，只露出一个小脑袋，听大人闲拉呱儿或看电视，身上暖乎乎，心里喜洋洋。大年初一那日，母亲必早早叫我起床。红红的被面，喜庆的年画，把这朴拙笨重的土炕打扮成花枝招展的大姑娘了。待母亲整理完毕，各家叔婶哥嫂正好来约我们一起去拜年，进门一看整洁吉庆的土炕，连连夸赞："嫂子，你家这炕拾掇得能娶媳妇了。"母亲听了自然高兴，这是客人们对她的认可和赞美！

因土炕是农村冬日的主要取暖工具，只要有隔间或灶屋够大，一般人家的土炕都盘得较大，足够几口人歇息。炕头是烟气最足最热乎的地方，一般留给老人、孩子，其他人便依次排开，像一排茁壮的小杨树一般。冬日寒夜，双脚冻得冰凉，钻进炕上的被窝，立马被一股融融暖意包围，如同窝在母亲的怀里。土炕的暖早已印在心里，久久难忘。

土炕最暖的时候是过年前。俗话说："省了盐，酸了酱；省了柴火，凉了炕。"柴火是土炕的温暖源泉。然而，过去庄户人家视柴火为家力的象征，常只借着一日三餐烧饭的余热温暖炕头，哪儿舍得为暖炕单独浪费柴火呢！因此在平时，土炕只是温热的，当次日早晨热气散尽，便散发凉意。过年前则不同，每日蒸馒头、炸丸子、炖肉，锅灶基本闲不下，锅底的烟气在炕道里飘荡，把整个炕熏得热气腾腾。每次蒸馒头或炸东西时，母亲总要将炕头的被褥掀起散热。我不解，热气散了到夜里炕还热吗？母亲说："过年烧锅用的是劈柴，一天要烧好几锅，晚上炕头不烫人就不错了。要是不掀开席褥，回头万一火大了，烟气能把席子点着呢！"我听得一阵心惊，内心却不大相信。当天夜里，母亲撤掉一床被，我仍被烤得翻来覆去，像"贴饼子"一般。第二日醒来，半个身子都露在外面，仍感觉热烘烘。自此，我再也不敢睡那么热的炕了。

睡热炕解乏，这是老人们常挂在嘴边的话。父亲就非常喜欢滚烫的土炕，他说有那热得烫人的炕暖暖地烤着，平时经常酸痛的腰背舒服多了。有一次，我受凉感冒，母亲将炕烧得滚热，又给我灌下一碗姜糖水，让我捂上被子在炕上发汗。我闷头躺到下午，醒来只觉身子轻快了许多。看来，土炕还是一位妙手"神医"呢！

炕热屋子暖。一盘土炕暖了整间灶屋，融化了冬日的严寒，加深了主客的情谊。过年回家，我放着自己的房间不睡，仍与大家一起在炕上挤，任那丝丝暖意从背后传遍全身，温暖着质朴的心。

（原载《时代文学》2018年第6期）

乡食记

一方水土养一方人，一离开故土，人就有了乡愁。可不光人，舌尖也有乡愁。离家远了，那素来觉得平常的乡食，在记忆中竟愈发鲜活起来。于是，舌尖上的乡愁扑面而来，凝注笔端，击中心灵最深处的乡恋乡情。

咸菜岁月长

在我家灶屋桌子下面的角落里，摆着两口陶瓷缸：一口呈直上直下的桶状，古拙朴素得很难引起人们的注意；另一口则窄颈宽肩大肚子，棕色的表面刻着端正的"福"字，蹲坐在那里像极了笑口常开的老者。这两口缸是父母分家时带出来的，当时年轻的小两口刚开始过日子，米、面、油、盐置办齐全后，就用这两口缸腌咸菜。于是，我家就多了这两口咸菜缸。

　　咸菜缸是母亲的宝贝。缺油少盐的日子里，咸菜缸里的咸菜能唤醒人们迟钝的味觉；蔬菜断季的时候，咸菜缸里的咸菜能让我们补充必需的营养；吃腻了日常的饭菜时，咸菜缸里的咸菜还能让我们换换口味。腌香椿、腌咸蛋、腌黄瓜、酱豆子……你方唱罢我登场，在这两口咸菜缸里演绎着酸辣咸香的农家生活。

　　每年初春，家里的椿树开始冒出翠生生的小芽儿，几天工夫便长到一拃长。嫩芽切成碎末炒鸡蛋，是乡间一大美味。天气渐暖，香椿叶子越长越大，越来越旺盛，眼看马上到谷雨，香椿就要长出筋丝了。母亲摘下香椿叶，洗净晾干，然后撒上盐巴、味精一起揉搓，待调料充分渗入，香椿叶渐渐萎蔫，就可以放进咸菜缸里压实储存了。待要吃时，把香椿拿香油、醋、麻油一拌，浓郁的香椿味伴着油醋香，十分下饭。

　　等腌香椿吃完了，腌咸蛋也将登场了。母亲常说，清明过后、端午之前最适合腌咸蛋，蛋黄易起沙冒油。每当母亲要腌咸蛋时，我总是积极地帮忙。母亲先选出蛋壳光亮的鸡蛋或鸭蛋，然后用八角、花椒、生姜、粗盐等熬制盐卤水。我则听从母亲吩咐，仔细地将蛋一个个洗净，沥干。接下来将洗净的蛋一个个小心地摆到大肚子咸菜缸里，齐整整地摞起来，直至缸口。最后将冷却的盐卤水倒进缸里，直到没过最上面的蛋。母亲将咸菜缸放回角落里，用黄泥封上盖子，我便开始眼巴巴地看着它数日子。待二十一天后，母亲将咸菜缸启封，捞出几个咸蛋煮熟。将煮好的咸蛋敲碎空壳那一端，拿筷子一扎，黄澄澄的油就要淌出来，我急忙用嘴一啜，真香！母亲擀了薄薄的面饼，然后或蒸或烙，做出的薄饼韧性十足。薄饼卷咸蛋是绝配，饼子的软韧加上咸蛋的油香，让人食欲大增。晚饭时父亲常要喝点小酒，取三四个咸蛋一切为二，这就是一道可口的下酒肴。就着淌油儿的咸蛋，父亲的小酒儿喝得真恣儿。一来二去，两满缸腌咸蛋很快就见了底。

盛夏，酸溜溜、脆生生的腌黄瓜是咸菜缸的主角。此时正值黄瓜大量上市之际，对于很容易蔫萎的黄瓜来说，腌渍无疑是很好的保存方式。腌黄瓜讲究不多，可以将新鲜黄瓜从中间剖开，切成大段，也可以用弯弯曲曲的黄瓜扭儿。用酱油、冰糖、白醋和盐熬好料汁，煮开放凉，然后将切好的黄瓜用盐杀水，最后把黄瓜和姜片、葱段、辣椒一起加入料汁里，腌一两天便可以吃了。腌好的黄瓜酸辣得宜，脆嫩合适，让人胃口大开，能多吃一碗饭。

母亲做的咸菜里，我印象最深的是豆瓣酱。闷热的暑天，母亲一开始刷咸菜缸，我就知道她要做豆瓣酱了，因为父亲就好这一口。黄豆煮好晾干，与面粉搅拌，均匀地平摊在大簸篮里，严严实实地盖一层报纸，整个儿放在桌子底下捂着。几天后，豆子会霉变长出白毛。我心急，总想掀开报纸看看白毛长出来没有，母亲严厉地制止我，说："温度不够高，豆子捂不好。"豆子终于捂好了，它们穿着毛茸茸的衣裳挤挤挨挨，就像一群雪白的小鸡仔争着抢着要跳出箩筐。生出白毛的豆子与放凉的大料水、西瓜瓤搅拌均匀，一起放进咸菜缸。接下来就要晒酱。日头毒烈的白天，将盛着豆子的咸菜缸放在院里充分曝晒，晚上才搬回屋。晒十几日，能闻到酱香味时就可以吃了。

我最喜欢母亲炒的豆瓣酱。从咸菜缸里取出一碗黑乎乎的豆瓣酱，加入辣椒、葱段、鸡蛋一起炒，有时还可加些肉丁，热乎乎、香喷喷的菜肴一下子就勾起了肚里的馋虫。豆瓣酱可以就馒头、卷煎饼吃。上中学时我住校，每次回家，母亲都会多加鸡蛋、肉丁，给我炒一瓶酱带到学校去，和外面买的咸菜比起来，这简直是人间美味。

萝卜、蒜头、蒜薹等都是咸菜缸的常客。咸菜缸是时间的魔术师，它静静地蹲坐在桌下的角落里，一天天数着发酵的日子。无论是蔬菜还是蛋肉，它们经过咸菜缸的滋养，最后总会以更醇厚的滋味走上餐桌。

离家后，我总是怀念家里的咸菜缸，它们看似古拙笨重的肚子里存放着家的味道、母亲的味道。有时偶尔在超市里买些包装好的咸蛋或豆瓣酱，可吃起来却总是感觉缺了些什么。后来说起这事，母亲说，咱家的咸菜缸用了二三十年了，里边有老卤的味道，腌的咸菜自然好吃，不是那种新缸能比的。每次回家，母亲总要给我带一些咸蛋或两罐豆瓣酱，用咸菜缸里百变的咸菜，化解记得住的乡愁。

待时光在一茬茬咸菜里渐渐远去，浓厚的乡情却绵延不断。咸菜缸用时光腌渍出生活的百般滋味，将平平淡淡的日子酿出葡萄美酒一般浓烈的醇香。

忆煎饼

在山东，煎饼可算是鼎鼎有名的面食。提起山东的吃食，人们不免想起煎饼卷大葱，可见煎饼已成为山东美食的代表。于我而言，煎饼也早已成为舌尖上的乡愁记忆。

煎饼是饼类食物，但不是烙的，而是摊出来的。

摊煎饼用的是鏊子。鏊子是一种大如锅盖的圆形平面锅具，配着一个木刮板。煎饼鏊子多为生铁铸就，在村里是稀罕物什，大约因其大而沉重、不好存放，所以并不是每家都有。

我们胡同里只有兰奶奶家有鏊子，鏊子只有在摊煎饼时才会架在灶上，大伙儿要摊煎饼也只能就着她家的时间。摊煎饼有多道工序，且火候、摊糊、揭煎饼等步骤都有讲究，一两个人干不过来这么多活儿，因此总是几家主妇一起搭伙儿做。

秋收后刚打了新粮，又逢农闲清静，捣鼓点新鲜吃食似乎正是时候。腊月也要多摊些煎饼备着过年。因此，人们常常在冬天摊煎饼。不过说到底，选择冬天摊煎饼，最重要的原因还是天冷，煎饼能放得住。

兰奶奶要摊煎饼了，就向胡同里各家各户招呼一声。母亲听到招呼，连连答应，吩咐我和父亲往兰奶奶家送柴，她自己则忙着筛面、拌面糊。我家的柴送到时，兰奶奶家的灶屋里已撤去大铁锅，支起鏊子，灶边堆满柴草，就等着各家主妇忙活了。

母亲和胡同里的其他大娘、婶子一起，根据自己家的喜好，把筛好的高粱面、玉米面、白面或小米面加水和成面糊，一盆盆端到兰奶奶家的灶屋里。面糊稠稀适中，拿勺搅起一扬，以能挂在勺上却又能均匀地淌下来不断流为最佳。塑料盆、铝盆、陶盆、搪瓷盆……盛着各色面糊的容器排好队，一家一家轮着摊。

摊煎饼讲究火候，摊煎饼的火不能太急，否则易糊；也不能太小，不然面糊熟得太慢，容易粘在鏊子上不好揭下。必须有一人专门负责烧火，烧火所用的柴草也得是玉米芯、秸秆等软柴。五婶性子温和，烧火的活儿常由她包揽。

一切准备就绪，五婶把鏊子预热好后，就到兰奶奶大显身手的时候了。兰奶奶手巧，煎饼摊得干净利落。她用油抹布飞快地给鏊子擦一遍油，左手舀一勺面糊倒上，右手快速转动木刮板，把面糊在鏊子上转着圈儿摊开，最后剩的一点儿面糊，让木刮板轻轻一撇，又丢回盆里去了。她摊的面糊极薄，十几秒就凝固熟透。煎饼摊好后，用木铲沿鏊子边把摊好的煎饼铲起揭下，顺手叠在盖帘上。兰奶奶的双手在鏊子间左推右摆，如蝴蝶飞舞在花丛中，一个个煎饼翩翩飘落到盖帘上，像一个个金盘子。

刚刚摊出的煎饼薄如纸片，色泽金黄，满是粮食的香气，吃起来香甜绵软，很有嚼劲儿。将热气腾腾的煎饼卷成筒状，不用加大葱和酱，一口咬下去，口中充满白面的甜香味夹着玉米面的醇香。倘若不喜欢这样吃，便老老实实卷上一棵水灵灵的香葱，蘸着辣酱或豆瓣酱吃，热辣咸香，很下饭。

摊煎饼时，我们小孩子最喜欢来凑热闹。一开始摊好的煎饼总是刚出锅便进了我们的肚子，一点儿也剩不下。眼看盆里的面糊只剩底儿了，我悄悄去拽母亲的衣袖。母亲心领神会，从盆边摸出一个糖罐，往面糊里撒两三勺糖，搅拌均匀，给我摊了几张糖煎饼。刚出锅的糖煎饼绵软香甜，我顾不得烫手，赶紧拿出去跟小伙伴分享，心里感到美滋滋的！

煎饼水分少，耐贮存，可放几天后，就会风干变硬，难以咬动，很考验牙口。这可难不倒母亲，在她手里，再普通不过的煎饼也能翻出新花样，做主食、零嘴乃至加餐，都是小菜一碟。

最常做的自然是主食。煎饼放到笼屉上稍微馏一馏，被水汽一润，跟刚摊出来时一样香软可口；拿咸鸭蛋或咸菜丝一卷，煎饼的层次就更丰富了。有时，为了给我们解馋，母亲会把煎饼掰开放在炉火上烤。煎饼烤得微黄时，焦香酥脆，一咬就掉渣儿，这简直是我们童年最美味的零食。农忙时常常来不及做饭，母亲拿两张煎饼掰成小块，用滚水冲泡后焖一会儿，撒上葱花、盐巴，滴上几滴香油，一碗泡煎饼就做好了。泡煎饼既可口又饱肚，是制作方便的小食。

煎饼不仅在平常占有重要地位，在过年时也扮演着重要角色。腊月里备年货，煎饼是非摊不可的，因为过年要炸丸子、炸鱼，为避免油污难以清洗，需要在盛炸货的陶盆里铺几张煎饼垫底。等炸货吃完，垫底的煎饼已吸收了丰富的油脂，拿到炉火上一烤，香脆可口，比炸货还受欢迎。

于我们而言，每年冬天摊煎饼，似乎成了一种习惯，就像时间刻在生命中的印章，提醒我们冬天来了，又快过年了。

煎饼，从农家的柴草里吸收了粮食的香味，成为我们最深沉的乡味记忆。那一张张朴实平常的煎饼上，写着秋天的丰收，写着日月的流转，盛满了浓浓的乡愁。

冬来粉条香

冬天，粉条一直是我们家饭桌上的主角。它外表纯净透明又泛着些青黄，一折一绕地盘叠在一起，朴实无华又必不可缺，默默滋养着平凡的冬日生活。

在我的印象里，一到冬天，胡同里便时常传来"卖粉条喽"的吆喝声。倘若母亲在家，定要出去看一眼，我也跟出去瞧热闹。母亲和邻居大娘、婶子们围在卖粉条的车子旁，拿两根掰掰，捏一截嚼嚼，七嘴八舌地评判一番。若那粉条一掰就断，一折就碎，嚼一嚼有生红薯的甜香，那么这是真正的红薯粉条，母亲便让我回家拿口袋。口袋定要拿大的，因为粉条在冬天跟大白菜的地位相差无几，这两样组成了庄户人家的当家菜，顿顿离不得。

粉条质地干脆，几乎无水分，容易保存，挂上房梁或用袋子装好堆在桌角都可以。备好粉条，才有了过冬的感觉，似乎那一把把青白色的粉条里藏着火炉的热和阳光的暖，在隆冬能吃到热乎乎的粉条，便不再惧怕严寒。

不错，冬天有了粉条便能拥抱温暖。一家人围着炉火取暖，我们小孩子常常从篮子里抽一把粉条，用手一根根拿着在火上烤着吃。看那一根根干硬的粉条在炉火施展的魔术中渐次膨胀起来，变白变黄，小伙伴们不由得发出一阵欢呼。干烤的粉条酥脆可口，很受我们这些小孩子欢迎。烤好的粉条纷纷下肚，带来阵阵欢声笑语，漫漫冬夜似乎也变短了些。

干烤粉条只是孩子们的零食，在铁锅里烹煮炖炒才能让粉条惊艳地绽放。

粉条的绝配是大白菜。最家常的白菜配最家常的粉条，便组成庄户人家饭桌上最家常的滋味——白菜炖粉条。先炝好油锅，把切好的大块白菜往锅里一倒，油的香气扑鼻而来，再放入红薯粉条，加些酱油、盐等，咕嘟咕嘟地烩成一锅，吸了白菜汤汁的粉条饱满筋道，散发出阵阵香气。热腾腾的白菜炖粉条端上桌，劳累的人们在大快朵颐中享受着美味带来的幸福时刻。

若条件好些或逢年节，白菜炖粉条时可加几片猪肉。白菜融合了肉香，粉条又吸收了白菜的清鲜和肉汤的浓郁，筋道滑嫩，滋味丰富，这种做法备受大家喜爱。我在莘县农村教书时，村里只有一家饭店，其招牌菜便是粉条炖菜。那菜是用白菜、粉条、五花肉片、豆腐等杂烩在一起，加葱、姜、蒜、辣椒等作料熬炖的。我至今记得，那炖菜滋味浓郁、鲜美异常，粉条在其中功不可没。

粉条也是做汤时不可或缺的食材。面对冬日严寒，午饭时的一碗白菜粉条疙瘩汤能让人吃得浑身冒汗。首先仍是用白菜炝锅，白菜炝锅后要多加水，煮沸后打入搅好的面疙瘩，再下一把粉条，青白相配，清清爽爽，既能当汤，也能饱腹。若是再讲究些，可将汤中的面疙瘩换成氽肉丸。丸子鲜香味美，粉条软嫩丰腴，吸吸溜溜就一起进了馋嘴孩童的肚儿。孩子吃得心满意足，撑得小肚儿滚圆。

包子或饺子也经常用粉条当馅儿。红薯粉条易碎，吃到最后往往剩下一堆碎粉条。庄户人家勤俭过日子，自然舍不得扔。用碎粉条做菜做汤都显得糊弄，撑不起整道菜或汤。碎粉条当馅儿，好吃又便宜，用温水泡软剁碎后，可搭配各种食材。白菜肉、韭菜肉、韭菜鸡蛋、茴香苗、小白菜、南瓜丝等，都是粉条的完美搭档。无论荤素，加了粉条的包子或饺子，总有一种熟悉的味道——家常味。

一般粉条在馅中多作为配菜点缀，用多用少均可，看主妇的手艺和习惯，我也一向这么认为。可后来吃到的一种包子颠覆了我的认知，那就是济南的长清大素包。长清大素包比家常的包子大些，成人吃一个就饱，里面的馅儿却很新奇，粉条竟成了主料之一，配着油炸豆腐丁、白菜或菠菜，加了胡椒粉、盐、姜末、味精等调料，香辣微麻，却又清鲜爽口，令人称奇。

粉条的吃法，大约就是炖、煮、烤、蒸这几种，但无论是哪种吃法，粉条都是配角。即使是长清大素包，其中粉条、油炸豆腐丁、菜蔬基本三分天下，粉条的地位也并不算高。我私下为粉条鸣不平，这么好吃又筋道软滑的粉条只能当点缀和配菜，实在是辜负了它的美味。但仔细想想，粉条之所以好吃其实缘于借味，借菜蔬的清鲜，借肉片的肥美，借汤汁的浓郁，将这些味道融合在一起，成就了一道道家常美味。

冬来粉条香，年年如是，但永远不会腻。的确，粉条是深入人心的家常菜，是吃不腻的。在漫长的岁月里，厨房里飘出白菜粉条的香味，经年不散，历久弥新，传递着平凡日子里的幸福。

（原载《辽河》2022年第10期）

元夕的灯火

　　赏灯、猜谜、吃元宵，向来是正月十五上元佳节的传统习俗。于孩子们而言，最有意思的要数赏灯。

　　毕竟，北方村庄过年，在吃食上向来以面食为主，饺子独占鳌头，元宵嘛，买几个尝尝滋味也就罢了。孩子们对猜谜这项活动倒有兴致，奈何庄户人家识字不多，只有老辈人口口相传的几个谜语，"麻屋子，红帐子，里面住着个白胖子"之类，年年猜，便也不稀奇了。每年只有赏灯时有这么繁华热闹的场景，自然令人神往。

　　身披红装的蜡烛是元夕灯火的先锋。天色一暗，一根根红蜡烛从门口燃起，就像一个个红色的小精灵，带着对新一年的向往，袅袅婷婷地从远处走来，照亮每家每户，成为平凡日子的点缀。蜡烛是火红的，是鲜艳的；点燃蜡烛的人心里却是庄重的，是肃穆的。这可是正月十五的蜡烛，它们承载了庄户人家对日子红红火火的期盼，轻易怠慢不得。

这慎重首先体现在买蜡烛上。正月十五，村庄的女人相约去赶集，菜啦肉啦倒是其次，首先要买红蜡烛。在一个个蜡烛摊上，女人们挑挑拣拣，品评着，总能凭着经验和智慧，选出既好用又实惠的蜡烛来。选蜡烛有讲究，要选软硬适中的，蜡烛不能太软，软了易变形、不耐烧，燃的时间短。谁愿意自家门口的红蜡烛早早熄灭呢？还得透明度高，透明度越高，杂质越少，蜡烛点燃后越亮。若看到有被压得轻微变形的蜡烛，她们立马掉头走开，再便宜也不买，谁不想家门口的蜡烛整整齐齐呢。

终于选好了蜡烛，买多少呢？女人们心里有数，扳着指头数一数，大门、堂屋门、东屋门、灶屋门、放工具的小屋门，有多少门，就要数出多少对来。还不够，总要再买几根来，放到香台子上，茅房里，粮囤旁，井台边，把整个家照得灯火通明才可以。哦，还要再多买一两根，给孩子做一盏纸灯笼。

夜幕一降临，一轮金黄的满月就从东边探出头。是时候点蜡烛了。

点蜡烛的活儿向来少不了孩子的参与，毕竟，一年到头，也就这天能被大人允许点火。大人擦火柴，孩子们就忙着递上蜡烛，随后将一根根蜡烛依次引燃。蜡烛不是灯盏，怎么固定在门磴上呢？庄户人家有自己的经验，将燃着的蜡烛放平，让蜡烧融几滴，滴在早已用抹布擦干净的门磴上，等滴落的红蜡油差不多有蜡烛底部面积大时，趁热将蜡烛按上去贴住，冷却后的蜡烛即使被风吹也纹丝不动。

孩子们看得心痒，跃跃欲试。拿过点燃的蜡烛这边倒一滴，那边倒一滴，滴落的蜡油已经铺了一大片，蜡烛却仍然立不住，不是摇摇欲坠就是片刻即倒。孩子有些沮丧，做父亲的笑了，说："蜡油要往一处滴，你铺了这么一大片，中间的蜡油却不厚实，蜡烛底座不稳，自然立不住。"说着，他稳稳地握住拿着蜡烛的小手，让烛泪滴落成一片小而厚的圆，蜡烛放在上面轻轻松松就立住了。蜡烛火焰在夜风的拂动下一跳一跳，映到孩子们眼睛里，就成了一颗颗亮晶晶的小星星。孩子也许还在懵懂中，但红蜡烛知道，在它微弱的火焰下，大人又给孩子上了人生中的重要一课：做事要脚踏实地，方能成功，一味求大，常常会一无所获。

等到门口的蜡烛都点燃了，夜色就被蜡烛的光焰撕开许多道口子。小小的蜡烛怎么会这么厉害呢？孩子们想到了老人讲过的一个故事，古代有一位老师给每个学生一个铜钱，让他们各自去买一样东西，看谁买的东西能把一间屋子装满。最后获胜的人买的是蜡烛。是啊，蜡烛能发出光芒，光无处不在，能把黑暗驱散，有光就有希望。这是对来年丰收的憧憬，是庄户人家最朴素的心愿。

门两旁的石磴上，一边放着一支点燃的红蜡烛，像小小的"门神"，守护着一家人的兴旺日月。红蜡烛的火焰星星点点，整个村庄仿佛成了璀璨的星河。红蜡烛爆出灯花时，噼里啪啦的爆竹就炸起来，开始下饺子喽！正月十五的灯火里，充满了庄户人家的祈盼。

总有一两根剩下的蜡烛，它们常用来做灯笼。灯笼并不是集市上卖的那种，在买几根红蜡烛都要思量一番的年月，灯笼总是奢侈而罕见的。庄户人家的钱都要花到刀刃上，不会舍得花钱买灯笼。耐不住孩子们的缠磨，大人只好朝门廊下准备卖废品的纸酒盒那一指："要灯笼，自己去做。自己动手，丰衣足食。"小小灯笼，居然也承载着庄户人家对孩子的教诲。

过年时酒场多，纸酒盒就成了最常见的做灯笼的材料。酒的品牌不同，盒子也花色各异，做出的灯笼也各有特色：红色的鲜艳，白色的干净，棕色的庄重……颜色鲜亮、花样新奇的纸酒盒最得孩子们青睐，往往成了兄弟姊妹间争抢的对象。

选好纸酒盒，先在正面的最下端开一个五厘米见方的小门，用来放蜡烛，再将最上面的盖裁去，左右侧面分别钻一个米粒大小的孔，缀上毛线细绳当提手，最简单的灯笼就做好了。

孩子们少不得要再装饰一番，在酒盒的前后左右四面做一些镂空设计让烛光透出。有心灵手巧的，先在酒盒上画出星星、月亮、爱心等图案，再用剪刀沿着图案剪下来，灯笼就有了漂亮的小窗，这样透出的烛光最好看；有喜文爱画的，就写上"福""年年有余""平安吉祥""万事如意"等吉祥话，或画上小兔子、小老鼠等简笔画，拿祖母纳鞋底的针锥，沿线条戳出一个个连续的针孔，这样透出的烛光幽雅温和，灯笼像一件精致的艺术品；若是懒怠些，直接沿着酒盒上的字戳也可以，手里的灯笼就透出"东阿王""孔府家""浏阳河""景阳冈"之类的亮光，倒也有趣。

点完蜡烛，孩子们急匆匆扒两口饺子，立马提着灯笼冲出门去。蜡烛的光从镂空的空隙和针孔中透出来，明晃晃的，煞是好看。孩子们呼朋唤友，游街串巷，相互之间还不忘比一比，你的灯笼光最亮，我的灯笼上有个小兔子……谁的灯笼得到大家众口一致的夸赞，那孩子定要高兴好几天。最引人瞩目的灯笼，是一个邻家小姑娘用橘子皮做的一盏小橘灯。烛光透过橘子皮，发出艳橙色的光，引得大家啧啧称赞。有人问小姑娘怎么想出来这种制作方法，小姑娘轻笑："从书上学的呀。"淘小子们这才知道，做灯笼也要靠学识呀！于是他们暗下决心，定要认真读书，说不定也能从书中学几个做灯笼的巧法子，在明年元夕一举夺魁呢。

圆月已渐渐升高，变得又白又亮，皎皎清辉洒下来，就像给大地铺上一层乳白色的霜。月亮照着在胡同里手提灯笼乱窜的孩子们，就像天空提着月亮这盏大灯笼，欣慰地冲提着小灯笼的娃娃们笑哩。

"走啦，看撒河灯去。"不知谁吆喝了一声。听到这话的小伙伴灯笼也不比了，急急地随着队伍往黄河大堤奔去。路上，时不时碰到去看撒河灯的人。

正月十五撒河灯，是这里流传已久的习俗。刚上大堤，就远远看见黄河里灯光点点，一盏盏红色的河灯随水流往下游漂去。

到了跟前，浮桥上人影攒动，桥下是壮阔的黄河水。目送盏盏河灯逐流远去，祈盼黄河让明年大伙儿的日子会更好吧！心里默默许着愿，再看那已远去的星星点点的河灯，真像是星星点点的希望。大伙儿都懂，祈盼只是祈盼，庄户人家真正的好日子还是要用汗水来浇灌。孩子们不懂事，一个个对着河灯许愿，要好吃的，要新自行车，要漂亮衣服，要考个好成绩……小小的愿望落在河灯上，也落在大人们的心上，沉甸甸的。

河灯随波远去时，烟花也一同绽放。砰砰砰，一下又一下，有"天女散花"，也有"众星捧月"，烟花照亮了半个天空。

呀，月亮真大真圆呀！抬头看烟花时，人们才发现，正月十五最亮的灯是月亮。这是新年的第一轮圆月，具有特殊意义。不然，唐伯虎也不会写出"有灯无月不娱人，有月无灯不算春"的诗句来。新的一年头一个月圆之夜，要有灯有月才算圆满。一盏圆月盛满乡村的光亮，也盛满人们的憧憬。

河灯远逝，烟花落幕，元夕夜也就静下来了。孩子们被大人催促着回家，明天要开学了，要早睡早起。孩子手里的灯笼早灭了，不少人家大门两侧的石头旁也早已没了光亮。唯有那轮满月还在默默地照亮夜空，照亮大地，照亮人们回家的路。

夜已深，灯熄烟火消，屋门旁的石磙上只留下一片红烛的残痕，像暮春时节的落红，又像零落的鞭炮皮。村庄终于又静了下来。人们摒弃之前的龃龉，忘却旧年的艰辛，奔向新一年的锦绣日月。

有时也会想，为什么正月十五要赏灯呢？莫不是因为到了此日，年基本就过完了，元夕的灯火为这团圆的节日画了一个完美的句号。应该是吧！毕竟，上元过后，年真的过完了。此时，正值大地回春，万物复苏。春天，真的要来了。

粮囤

一

对庄户人家来说，粮食就是生命。可秋收的时候，粮食虽已收获，却不能一下子吃完，要留点家底以备不时之需。况且人们也有自己的打算，刚收获时粮食供大于求，卖不上价，存在粮囤里，待来年春天青黄不接、粮食价格上涨时再卖，能多卖几百块钱，虽然不多，但总能多扯几尺花布、喝几顿小酒。于是，农村人家院落里常常立着两个大粮囤。粮囤，也成为庄户人家院子里一道独特的风景。

粮囤的位置有讲究，一般在堂屋前西墙根或东墙根。原因无他，只因乡人向来在屋顶上摊晒收获的麦子和玉米，粮囤安在离屋顶近些的堂屋前，粮食入囤时只需一条大筒子袋，就可以轻松方便地将晒干的粮食收入囤中。庄户人家富有生活智慧，他们的力气从不会白白浪费。

以前的老粮囤是用泥巴、麦秸、麦糠等和成泥糊的，下窄上宽，像个朝天开的大布袋口。没分家前祖父家就有一个泥粮囤，是祖父请人帮忙打的。乡邻中有很多能工巧匠，提前跟人家打好招呼，谁也不会推辞。毕竟，指不定哪天自家就要别人帮个什么忙，互帮互助、礼尚往来才是为人的根本。泥粮囤打好之后，在阴凉通风的地方晾干，就可以使用了。麦收过后，全家一齐上屋顶，将大筒子袋沿着囤沿放到囤里面。然后，把屋顶上晒干的麦子倒进口袋，伴随哗啦啦的声响，不过半晌，粮囤就被灌满了。每到这时，祖父总是笑得跟朵花似的，那是一家人的口粮，那也是庄户人口袋里的钞票。泥粮囤虽然看着土气，却很实用，防潮、防虫、防火，而且粮食本就从土地里来，储存在泥粮囤里可以保持其本身的粮食香。

父母结婚不久就出去单过，分得一亩三分承包地，就开始自己过日子了。一开始，他们身边只有母亲的一些嫁妆柜子和铺盖、衣服，连口锅都没有。只是，锅碗瓢盆容易置办，眼看就到麦收季节了，没有粮囤怎么收麦子呢？父亲急得嘴角上火，可也急不来粮囤啊！那年麦子虽然丰收，父母也只能留点口粮，剩下的就拉到粮所卖了。

那时候，村里已经有人用水泥粮囤了。水泥粮囤有的像泥粮囤一样上宽下窄，有的则呈直上直下的圆柱形。水泥粮囤比泥粮囤体面得多，外面光滑干净呈灰白色，中间有坚固的钢筋铁条撑住，内里也磨得齐齐整整，顶上盖个斗笠一样的水泥盖或大铁帽，既漂亮又防雨，比泥粮囤好用。辛苦了几年，父亲买了几袋水泥，准备自己打粮囤。

父亲找了几个泥瓦活做得好的乡邻，约好日子打粮囤。和水泥、注模子、磨平面，这些人分工明确、手脚利索。中午母亲准备了四个蒸碗、四个热菜、两个凉菜，外加当时颇为流行的孔府家酒当酒菜。毕竟打粮囤是与粮食相关的大事，定要用好酒好菜来招待，在推杯换盏中表达自家对帮忙者的感激。

打好的粮囤立在东墙根，颇有些神气的意味，麦收时正好用上。父亲买了些药包在几个小布块里，拿绳子扎上口。随着麦子一层层入仓，药包也被分层扔进粮囤里，据说这样可以防虫蛀。后来发现，药包果然有效，麦子一直吃到来年都不见有虫咬的痕迹，仍颗粒饱满。第二年春天，父亲趁着麦子价格上涨，将囤里的麦子放出来卖了。父母看到了粮囤的好处，每年不辞劳苦地将麦子入囤、放出、装袋，只为多卖几百块钱。

朴实的粮囤，代表了"家有余粮心不慌"的踏实和心安。粮囤对庄户人家来说，是一种难得的心灵安慰。

二

我对粮囤的记忆常常与二月二有关。对小孩子而言，每一个节日都是他们欢乐的源泉，因为有那么多关于吃的节俗。可于我而言，二月二吃料豆只是一种消遣，那天最重要的一件事就是在院子里打灶灰粮囤。

每年二月二这一天，母亲总会天不亮就起床，将院子扫得干干净净。听到母亲扫院子的声音，我急忙穿衣起床，生怕错过打灶灰粮囤这件一年一度的盛事。院子里很干净，连一片树叶都很难看见，大扫帚在泥地面上划过一道道细痕，仿佛泥土里泛起的一圈圈涟漪，一下子就荡漾到我心里了。这是打灶灰粮囤前的准备工作。

打粮囤用的是锅底的灶灰。若在往日，灶灰常被撒到猪圈里沤肥，可今日不同，那灰黑色的灶灰似乎也有些体面了。母亲早已将昨晚的灶灰盛到竹簸箕里，然后在院子里找一个中心点，围着那个点将灶灰撒成一个有缺口的圆圈，大圆圈里套着小圆圈，形成同心圆的样子。缺口处有一个向外延伸的梯子，有棱有角，层次分明。按照母亲的吩咐，我用小铲在同心圆的中心挖一个小坑，将一小把麦粒和两枚硬币郑重地放进小坑里，盖上几个石片。母亲又在院子的其他空地上画了两个粮囤，在中间的小坑里埋了玉米粒、豆粒和硬币。院子太小，三个灶灰粮囤不得不交错着，你压了我的囤沿，我压着你的梯子。我不太满意，不住地嘀咕。母亲却笑着说："这说明我们家今年肯定会粮食满囤，没看见三个囤都盛不了各自的粮食了吗？"我这才高兴起来。

吃完早饭，我便急匆匆地跑去祖母家和云姐姐家，看她们家打的粮囤多不多、大不大。祖母年岁长，经验多，她打的灶灰粮囤总是圆滚滚的，看着就喜人，只因院子小，所以比我家的粮囤小了些。我顾不上别的，眼睛只盯着粮囤中间的小坑，两只脚不老实地踢踢踏踏，终于把石片下的麦粒、豆粒和毛票一起踢了出来。祖母忙把东西归置回原位，郑重地嘱咐我："这些东西给你留着，下午再来拿，现在可不能动，要不然影响了今年的收成可了不得。"看着祖母严肃的样子，我不敢再打那毛票的主意，心里却在窃喜，小卖铺里那软软甜甜的泡泡糖今晚就要被我收入囊中了。

云姐姐的母亲是我二大娘，打扮得干净但干活却不利索，她家的灶灰粮囤总是打得不圆，有时还线条交错，乱成一团。可二大娘生活殷实，手头宽裕，粮囤中间的小坑里埋着两元纸币。农村人用灶灰粮囤祈求丰收的仪式大抵如此，年年我都能在傍晚时分收获几张毛票和几枚硬币，作为节日礼物犒劳一下自己。

用灶灰打粮囤的习俗不知从何时兴起，只是在年幼的我看来，每当二月二母亲虔诚地手捧灶灰在院子里打囤时，都怀着对自然的感恩。灶灰粮囤让我从心底对土地充满敬畏。

三

那两个水泥粮囤在为我家服务十三年后，终于还是被抛弃了。

由于家里的老房子总是漏雨，一家人常常胆战心惊。最后，父亲终于决定要翻盖房子。当四间亮堂堂的瓦房建起来后，那两个水泥粮囤的归宿成了父亲的心事。挪回东墙根吧，刚好挡了大卧室的阳光，谁都不喜欢自己房间里阴暗潮湿；挪到南墙根吧，一来麦子入囤不方便，二来会影响前邻的窗户通风，容易造成邻里关系不和谐。于是这两个曾是家里功臣的粮囤，一下子没有了立足之地，只好被随意丢弃在屋后一片空地上。

上次回家，趁着日头好，母亲让我帮她晒晒麦子。我们从西屋里抬出六七袋麦子，摊在院子的水泥地面上，麦粒中立马窸窸窣窣爬出许多黑色的虫子。我有些诧异："麦子怎么不灌进粮囤呢？都生虫子了。"母亲皱皱眉头，叹息一声说："家里没地方放粮囤，今年麦子收完就卖了。现在粮食价格差不了多少，留着也多卖不了几个钱，还得搭上人工、存储的费用，耗时耗力，还不如打几天工挣的钱多呢。这几袋留着准备磨面用，谁知还是存不住。赶明年，一点都不留，全卖完。"许多饱满的种粒都被虫子吃了，只留下一撮撮碎末。想起早些年粮囤里的麦子从不生虫，我心里一阵惋惜，为麦子，更为粮囤。

"粮满囤，谷满仓"曾是所有庄户人家向往的日子，也是他们祖祖辈辈传承下来的心愿。从名字中可以看出端倪，哪个村哪个庄没有叫"满仓""满囤"的孩子呢？他们从孩童长成青年，最后在粮食满囤的祈盼里须发皆白，步履蹒跚。随着生活越来越好，曾抱有"家有余粮，心头不慌"信念的父母轻易放弃了"储粮入囤，来年贵卖"的习惯，丢弃了圆滚滚、朴实敦厚的粮囤谷仓。我怀着一丝期望，希望我的父母只是个例，不能代表所有庄户人家。然而，春节回家拜年时见到的场景打破了我的幻想。除了几户人家，粮囤已经消失在大多数庄户人家的院子里，不知被扔在哪个角落盛着用不着的杂物。

然而，这还不是粮囤的最终命运。原来我们屋后那片空地是人家的宅基地，他们要建房打地基，那两个粮囤放在那里实在碍事。父亲说："送给你们了，谁想要谁拉走。"人家说："现在收了麦子都直接卖掉，谁家还要粮囤啊？送给人家都嫌占地方。"不得已，父亲只得将粮囤拉回来，一家人商量怎么办。弟弟说："砸了吧，这么大也没法扔！"

父亲和弟弟一人拿一把锤子开始对粮囤进行"肢解"，锤子砸在水泥粮囤上发出的"咣咣"声仿佛传到我的心上。我想，粮囤应该很疼吧，那"咣咣"的声音是它们痛苦的呻吟吗？在经历了多年的传承，荣享了多年的敬重后，它们的命运竟变得如此坎坷。

经过半个下午的劳动，两个粮囤终于变成了一堆碎片。弟弟说："泥粮囤还能砸碎沤肥，这玩意儿真是一点儿用也没有，还得费劲巴拉地扔到山旮旯里去。"是啊，水泥粮囤已经成了累赘，不知道那些碎片在听到弟弟的抱怨时心情会是怎样。是愤怒？是羞愧？还是淡泊平静、无动于衷？或许是第三种吧，因为它们总是那样安静地立在墙根下，不争名利，不出风头，用自己的身体保护粮食免遭风吹雨淋，免受虫咬鼠害。

粮囤已成碎片，关于粮囤的记忆也成了久远的回忆。水泥磨的地面无法挖坑埋谷粒和钱币，另外也怕灶灰污染地面，因此母亲已好几年没打灶灰粮囤了。那一圈圈的扫帚印和灶灰粮囤的影子，终是难以再现。

　　然而，粮囤是打碎了，可庄户人家希望风调雨顺、五谷丰登的心愿没有变，对粮食和大地的尊重和敬仰没有变，对富足生活的祈盼没有变。

（原载《山东文学》2017年11月下半月刊）

村庄在时光中老去

一

村庄坐落在东阿县的最南边，依着东南泰岳蜿蜒伸展的余脉，守着从西南奔腾而来的黄河，像一枚镶嵌在鲁西平原这个绿绒毯上的宝石。村庄拥有悠闲的田园生活，平凡又潇洒自在。我深恐自己这个村庄的孩子将来记不住母亲的样子，便用记忆的胶片定格下那遥远的画面，留待日后想念时，一解乡愁。

村庄不大，却前依小山，侧拥黄河，背靠原野，显出雄浑阔达的气魄。实际上，村庄分为两部分，一部分是民居，另外的便是田野。虽然山上不能耕种收粮，却可以免遭黄河水涝，所以民居一开始都建在山上。儿子长大要分家，山上的房子逐渐不能满足村民繁衍的需要，民居便开始向山脚和田野的方向延伸。山上的民居大都是几十年前盖的，多是老人在住。山上石头资源丰富，因此那些老屋多用石头盖成，年久失修，常坍塌了屋顶或院墙，就像上了年纪的老人，秃了头顶或脱落了牙齿，显出破败萧条的景象。与山上的老屋相反，山下的新房都是年轻人的居所，最早的也不过盖了十几年，都是高墙大屋，整齐美观。田地则沃野千里，按户切割成一块块，如绿翡翠一般，守护着村庄的后方。

村庄的人勤劳得紧，每日五六点钟便早早起床，此时天边刚刚出现曙光。山上的人起床后第一件事是去井里挑水，将水桶挂在辘轳的绳子上放下去，再摇动上来，便有新汲的清水。山下人家都有压井，便省了挑水这一麻烦事，他们早已抱着柴火去烧火做饭了。太阳刚刚冒出头，村庄的上空已经升起袅袅炊烟，伴着喜鹊的叫声，村庄开始了新的一天。

女人烧饭时，男人就去拾掇拾掇院子，做一些杂活。村里人的早饭不讲究，熬一锅玉米粥，再拌点儿小咸菜或白菜心，简简单单。一家人吃了饭，孩子们去上学，有的跟要好的朋友相约同去，有的在胡同里遇见三两个同学结伴而行。大人收拾好碗筷，也带着锄头下地了，在田里看见张家二叔或邻居大嫂，就边锄草边说笑。人们常说，哪里有人哪里就热闹。这话真是没错，此时的田地里人影攒动，胡同和民居里只剩下不能劳动的老人带着年幼的孙辈。

村庄的生活是悠闲而与世无争的，街坊邻居友善而亲切，一个胡同就是一个小小的社会。白天年轻人下地干活，看孩子的老人三五成群地聚在胡同口，感受着从田野吹过来的风，拉呱儿聊家常。

夕阳下的炊烟掀起了夜晚的红盖头，喜鹊归林，星星出工。吃过晚饭的人们都三三两两地串门，冬天在屋里，夏天就去麦场上或胡同口。人们谈着一天的趣事或明天的活计，悠闲自在，羡煞清风。

村庄的情况大致如此，农家生活简简单单，但人们却从未觉得单调。在他们看来，日子就该这样过，在这个山美水美的兴旺之地，还有什么不知足的呢？

二

村庄前面的山被称为关山，因为村庄在山的北面，中国人以山南为阳、为前，山北为阴、为后，故而村庄就借山得名"后关山"。可人们借的不仅仅是山的名字，还有山上的石头。

几十年前，村里穷，地少人多，粮食产量又低，人们将目光投向山上的石头。无论修桥还是盖楼，石头都是必不可少的原材料，因此开采石材成为村里人的增收方式。据说，这在20世纪六七十年代养活了不少人家。后来，土地已经能够满足人们的需要了。石山渐渐矮下去，小下去，以前那些开采石材的匠人也都成了耄耋老者。然而年轻人不愿意学那烦琐又卖力气的石匠活，毕竟，出去打工就能挣钱，为什么还要盯着那死沉的山石不放呢！

开采过的地方遗留了一个个洼坑，每至夏天，坑里积满雨水，人们称之为"石塘"。石塘清澈幽静，塘边长出青翠的绿草矮树，映在水中，煞是美丽。大人们已经不大到山里来了，石塘便成了孩子们的乐园，孩子们打水漂、游泳、捉鱼，让这里充满笑闹声。

对村庄而言，虽然村名带了"山"字，但其实这里的山已经被开采得差不多了，现在人们更看重土地。每年初春冰消雪融之时，经过冬雪滋养的麦苗在东风的呼唤中睁开眼睛，猫了整个冬天的人们舒舒筋骨、伸伸懒腰，开始给返青的小麦施肥、锄草。若是自家麦子长势好，人们保准整个春天都心情愉悦，好像心里装满了明媚的春光。

春来万物生，虽然春天农活繁多，但人们仍很喜欢春天。此时，他们除了忙地里的农活，还趁着天气回暖收拾院子。女人吩咐自家男人在院里开辟一方向阳地，种上两棵枣树或核桃树，插几枝月季，移几棵薄荷或凤仙花，再用锄头开几垄地，种几畦韭菜，栽两垄小葱，还可种两行豆角和茄子。过一阵子，月季花开得娇艳妩媚，韭菜苗长得青翠可人，小葱绿油油惹人喜爱，若是豆角花和月季花再引来几只嗡嗡的蜜蜂或飞舞的蝴蝶，整个院子可就更热闹了。

小菜园生机勃勃，小麦也渐渐成熟。种玉米、收小麦的双抢时节，村庄逐渐热闹起来。以前，机械化收割还不普及，连三轮车都是稀罕物，一家只有一头牲口。人们常常三两家合伙，共用两头牲口集体收割。我们家有一匹枣红色的马，叔祖父家有一头大黄牛，一头牲口力气不够，因此我们两家常常合伙耕种、收获。麦子收下来摊在场里，马和牛套上石磙，围着打麦场一圈圈地转，似要转到地老天荒一般。打麦场里的麦子全部脱粒后，祖父就给马套车，将自家的麦子拉回家去。那时候，牛和马是村里人心头的宝贝，干完活儿会受到百般优待。傍晚回家，祖父总是先把大门口扫干净，让劳累了一天的马打几个滚儿，松松筋骨，再给它拌一槽新鲜的草料。枣红色的马打个响鼻儿，满足地吃着草料，悠然进入梦乡。

麦收过后，是一段短暂的悠闲时光。待玉米苗长成绿油油的绒毯，人们就又要在地里辛苦了。玉米的生长期短，辛苦三个月，人们就盼到了丰收的季节。这时，圆满的收获和团圆的节日相遇，中秋成了人们心目中仅次于过年的重大节日，家家忙着收玉米、买月饼、准备节礼。中秋夜，人们吃着香甜的月饼，看着金黄的玉米，收获了人生中小小的幸福，心头不觉一阵欢喜。

如今，枣红马和大黄牛早已不在了，而村庄的秋收活动依旧在延续。机械化的生产方便了人们的生活，但那种在共同劳动中不断加深的亲情暖意却悄然降温。

三

秋耕后的田野一览无余，那一道道犁过的田垄笔直地伸向前方，就像画家在白纸上勾勒的素描，奠定了画面的基础。用不了多久，在雨露的滋润下，绿油油的麦苗会齐刷刷钻出地面，集体向阳光报到，向村庄报到。

　　小麦早已种上，只等待来年收获。这时候才是真正的农闲时间，人们开始享受生活。灰头土脸了大半年的女人们将下地干活穿的旧衣服收起，换上平时舍不得穿的好衣裳，携儿带女，去娘家看父母。孩子们开心极了，农忙时节除了上学就是帮父母干农活，现在终于可以撒开脚丫好好玩儿了。说话间，仿佛看到许久未见的表哥表姐带自己去捉鱼，一转眼又看到姥姥姥爷准备了满桌子鱼肉菜蔬，他们简直有些迫不及待了。这一次回娘家，足以让辛苦了大半年的女人绽开明媚的笑容，也足以让淘气的孩子品味到童年的美好。

　　收获的农作物都已进仓，人们的生活开始好起来。趁着农闲，已定亲的小伙子、大姑娘们开始商讨嫁娶事宜。在村庄，婚嫁可不是一件简单的事。冬闲季节人们有的是时间，收拾新房、买家具、下请帖、摆酒席，一直到结婚当日，简直忙得不亦乐乎。每到这时，就有人发愁，有好几对新人结婚，每家都要随几十或一两百的份子钱，当家真是难！可仔细想想，新婚的小两口毕竟年轻，这份子钱就是大伙儿给他们凑出的过日子的家底。再回头看看身旁的儿女，便又释然了。因此，只要亲朋好友、街坊邻居们娶媳嫁女，人们还是笑呵呵地去随礼、祝福。

　　在后面半年甚至更长的时间里，新媳妇仍然是新媳妇，因为村庄的人还不太认识她，要挨个儿地请过新人后才算是熟识。并不是每家都请，只有新人的祖父祖母、姥姥姥爷、叔伯舅姑等近亲才请，这是新媳妇最应该认识的家里人。再就是村庄里和新媳妇娘家同村的媳妇们，毕竟人家姑娘刚嫁过来，认识一下，以后也好相互照应。请新人那日，婆婆拎两袋糖果，提两包点心，陪新媳妇到主人家去。主人家早已准备好蒸碗酒席，请几个近门的媳妇作陪，一番寒暄、几杯酒水喝过后，新媳妇跟大家就算是一家人了。

娶媳妇和请新人的人家热闹，其他人家也并不寂寞冷清。在冬闲季节，搭台看戏是人们最期待的乐事。村口场院边有个大戏台，年年冬天请戏班"唱念做打"一番，为村民消闲解闷。场上在唱戏，场下却如同集市庙会那么热闹，卖爆米花的、卖包子的、卖豆腐脑儿的、卖玩具的……摊贩们各占一方天地。来看戏的人总不会让嘴巴闲着，买包瓜子或喝碗豆腐脑儿，热热闹闹、欢欢喜喜，也算一场消遣。来看戏的多是老人，他们带着孙子孙女，拿着板凳马扎，在戏台下整整齐齐坐成一片。老人们是真的爱看戏，边看边可怜那甩着水袖、哭哭啼啼的青衣小姐，看到关键的地方甚至要大声责骂那作恶的人。他们可能触景生情，想起了自己的一生。孩子们却不管那些，他们平时上学被拘束得紧，好不容易有了看戏这么热闹的事，怎能不来凑个热闹？凑热闹还是小事，更重要的是那一个个小摊上的吃食零嘴。孩子在老人们看得入迷时往他们怀里一扑："我要吃包子和豆腐脑儿。"正沉浸在戏里的老人哪里有时间管这些，从口袋里摸出两张毛票，眼睛不离戏台，随口说："去，自己吃去！"于是，孩子大饱口福。待那祖父或祖母看完戏回过神来，才明白又被这小家伙算计了。可下一次，依旧如此。

戏台上的人物演尽了人生的悲喜，然而青衣小姐的水袖毕竟只能在戏里挥甩，等人们回到了自己家，关心的仍是自家的饭菜好不好、孩子孝不孝。没过多久，日子又恢复了往日的平静。当年的老人早已走不了那么多路，当年的孩子也已经不愿去听悲切的说唱，唯余那上下飞舞的水袖和鲜艳精致的戏服还留在人们的记忆中，时时映现。

四

冬闲的日子，人们紧一天慢一天地过着，不知不觉中，日子就从身边溜走了。元旦前脚到，腊月后脚就跟来了。与其他冬闲的日子相比，腊月本身没有什么特别，特别的是它后面跟着的大年三十和正月初一。整个腊月，村庄都笼罩在浓浓的年味中。

腊月初八，女人们开始腌腊八蒜。选用瓣大匀称的蒜头和沴口的醋，将剥好的蒜瓣放进广口瓶里，加入没过蒜瓣的醋。待二十天后，白生生的蒜瓣里渗进醋汁，变成翠玉的颜色，酸辣可口。腊八蒜是为过年吃饺子准备的，过年的饺子常是肉馅儿的，吃多了容易腻，酸辣爽口的腊八蒜是它最好的搭档。

赶年集是过年前的重头戏。过年要准备许多蔬菜、肉食、调料、点心以及鞭炮、烟酒，村庄没有大超市，这些东西都要从集市上买。村庄逢五逢十是赶集日，从腊月二十开始，年集就开始了。卖肉的、卖鞭炮的、卖蜜饯点心的，从集头一直摆到集尾；他们将广告做得铺天盖地，这边喊着"新鲜的青椒啦"，那边就传出几声"卖春卷啦"，让平时冷清的街道热闹起来了。

女人们带着孩子，在人群里挤来挤去，她们盘算着：蔬菜和肉食要买，年后待客用；糖果和水果也要买，大年初一甜甜嘴；点心必不可少，回娘家哪次不得带十斤八斤的；孩子爱吃春卷和鲅鱼，得多称点；还有小丫要买红头绳和新发卡……挑挑拣拣，称称算算，等一袋袋年货拎在手里，衣兜也快空了。男人负责买烟酒、鞭炮、鸡鱼等，他们不擅长挑拣砍价，总是接过东西直接付钱走人。

每年春节前，人们总是一趟趟地从集市上把各种东西买回家。虽说过年需要的东西多，但其实有些待客用的菜蔬肉食可以年后现用现买，放久了容易坏。一些主妇年年抱怨过年的东西放坏了或是吃不完，可她们还是年年大包小包地往家里搬。也许，她们并不在乎年货的新鲜程度，她们追求的只是一种年味，一种欢喜和心安的感觉。

从腊月二十三开始，过年的气氛日愈浓厚。扫房子、蒸馒头、打花糕、炸丸子炸鱼、写春联，每天的日程排得满满的。

在打扫干净的房子里，女人们开启了过年前的忙碌生活。蒸馒头、打花糕是必不可少的劳动。随着大铁锅腾起蒸汽，刚蒸好的馒头散发出清香，雪白柔软，像一个个胖乎乎的娃娃。花糕则是给来拜年的客人压篮子用的。将发好的面揪成小剂子，擀平打上刀花，切成均匀的长条，卷起一枚煮好的红枣，就做成一个枣花。一个个枣花紧挨着铺在打底的面饼上，摞上三四层，最后在花糕"金字塔"的顶端镶一枚红枣。馒头和花糕蒸了一锅又一锅，幸福的炊烟在村庄上空飘了一圈又一圈。

炸丸子、炸鱼则提前让小孩子大饱口福。两口子一齐动手，一个团了丸子往油锅里下，一个负责烧火。白色的面糊团在油锅里被炸成金黄色，散发出的阵阵香气把贪玩的孩子引来了。大人们只好盛一碗炸好的丸子，赶紧将这些"淘气鬼"支走。丸子炸毕，再用地瓜粉勾点芡，裹在早已用盐腌了半天的鱼和鸡块上，随后放入锅中炸，一会儿就飘出肉的鲜香。这些要留着招待贵客。所有的炸货都是那样美味，让人不由得期待春节的来临！

等到年三十贴完对联，人们用菜蔬、炸货准备了丰盛的年夜饭，年就真正到来了。对村庄的人而言，一整年辛苦工作只为过个好年。尽管现在人们早已不再缺衣少食，年轻人也厌倦了烦琐的过年流程，但过年的食物仍是那样丰繁，只因这是乡村最团圆的盛宴。

五

在村庄的人看来，新年指的是农历新年。如果说腊月是春节的序曲，那么正月初一就拉开了新年的序幕。

大年初一的主要活动是拜年。拜年讲究早起，预示一年都在前面。初一早晨，人们都早早起床，穿上新衣服，吃完水饺，出门与亲人一起挨家拜年。这时的村庄真是热闹，大街上来来往往都是拜年的人，大家彼此问候着"起得早啊""过年好啊"等吉祥话。那些接受拜年的人往往是村里的长辈，他们在八仙桌上摆两个茶盘，盘里装满瓜子、花生、糖果，等着子孙小辈来拜年。来拜年的人像潮水一样，那一波刚走，这一波又来了。人们聚在堂屋里说说笑笑，问候平安，祝福老人健康长寿。等到把该转的几家都转完，拜年活动也就到了尾声。人们在最后一家停下来，喝茶、吃瓜子、拉呱儿，聊着一年收成的好坏，谁家儿女考上了大学，谁家小子娶了媳妇等话题。屋子里红红的炉火漫出暖意，人们心里也充满了幸福。

初二是女婿给丈人丈母娘拜年的日子，非常重要。一般来说，女婿给丈人家的节礼是最多、最重、最好的。结婚三年内的新女婿，往往要给丈人家送整箱的好酒、二十斤肉、十斤点心以及其他零碎礼品。而对丈人家来讲，女婿是贵客，要盛情款待。丈人家用年前炸制的鸡、鱼、丸子等做蒸席，以示尊重。吃饭时，女婿居上座，还要接受小舅子和侄甥们的敬酒。等到女儿女婿要走时，母亲赶紧把年前打好的枣花糕装进女儿的篮子里，期望两家年年高升。新女婿送的礼重，岳家回的礼也重，刚刚嫁了女儿的人家往往要打十几斤重的大花糕，全家人能吃好几天。

后面几日，亲友之间的聚会不断，你来我往，说是拜年，实际上不过是一起喝喝酒、说说话，增进感情，图个热闹。这期间有些老辈传下来的旧俗也不能忘：初五要放鞭炮，接"财神"；初八要吃花糕，希望年年高升……新春的热闹一直延续着，吉祥的气氛弥漫在大街小巷。

转眼到了正月十五。村庄的人向来把元宵节称作正月十五。正月十五这天恰好是村庄的集日，别的还好说，两包红蜡烛是家家户户必须买的东西。傍晚，天光渐暗，到了该点灯的时候。人们打开所有屋子里的灯，然后吩咐孩子去门口点红蜡烛。蜡烛要从大门口往家里点，代表将光明带回家。小小孩童手持红蜡烛，点燃后，在门旁的石磴上滴一小摊烛油，随即将蜡烛按上去，蜡烛就轻巧地立住了。随后，堂屋门口、厨房门口、杂物间、厕所、井台，到处都立着两支燃烧的红蜡烛，整个院子都被照亮了。等孩子们点完蜡烛，女人也将饺子、面片煮好了，做母亲的这时总是嘱咐孩子："多吃点，吃饺子就代表有元宝，吃面片就代表有票子。"可孩子们哪有这个耐心，他们急着去黄河边看河灯，应付地吃几个饺子、嚼几张面片，就跑出家门，呼朋唤友向黄河边跑去了。

这时的村庄，到处都很明亮。讲究的人家还在树上或大门旁挂两个红灯笼，更添几分喜庆味道。黄河边也灯火通明，璀璨的烟花一个接一个绽放，映得天地间一片光明。黄河岸边的烟花飞得太高，人们隔着河堤就能看到那绚丽的焰火。他们抬头看着烟花，心想，新一年的日子定会像这烟花一般，绽放出精彩和璀璨。

后面的日子，年味慢慢淡了，村庄又恢复了往日的平静与悠闲。村庄的人们知道，新的一年就要开始了，忙碌的生活也即将到来。

一天又一天，一年又一年，树上的叶子落了一茬又一茬，地里的庄稼收了一遍又一遍，那些节日过了一个又一个。村庄的老人走了，稚嫩的孩童在眨眼间成为亭亭玉立的少女或挺拔强壮的青年，只有那亘古不变的风呼啸着告诉人们：村庄在时光中老去，生命在岁月里成长。

（本文入选《2014中国高校文学作品排行榜·散文卷》）

陌上人家

第二辑

The
Second
Series

皎皎秋月华

一

初秋的乡村，一轮圆月高高挂在空中，月华霜一般皎洁，从窗子透进来，映照得房间静谧而亮堂。天尚未完全凉下来，咬人特狠的花蚊子嗡嗡地绕着人打转，我和表姐睡不着，缠着大姨让她讲故事。

"有什么可讲的呢，我又没上过学，没你妈肚子里墨水多。"大姨把纳鞋底的麻线拉出来，笑着说。

我们不依，大姨用针锥在发间挠了挠，想了一会儿，终是开口讲起来。这次讲的是穆桂英挂帅的故事。大姨温和的声音伴着麻线穿过鞋底的声音，像抑扬顿挫的童谣一般，我们就坐在故事的小船里进入了梦乡。

这是大姨留给我最深的印象。纵然斗转星移，当年缠着大姨听故事的孩童早已长大，那初秋之夜的皎皎月光和大姨边纳鞋底边娓娓讲述的模糊剪影，早已深深镌刻在我的心头，历久弥新。

大姨是母亲的姐姐，因生在秋天月华皎洁之时，便唤作秋华。

小时候母亲忙，每逢放假，常把我寄养在大姨家，因为大姨家的表姐与我年龄相仿，可作玩伴。有一年春天，院子里种的几簇月季都开了，粉的、白的、红的、黄的，鲜艳明媚。花儿引来了蝴蝶，我和表姐饶有兴趣地去扑蝶，大姨则自顾自忙着洗晒被褥，只偶尔朝我们这边看一眼。谁知，她突然间停止了动作，盯着盛放的月季花没头没脑地开口说："还是你妈好，生在春暖花开的季节，名字叫'英'。不像我，生在秋天，又是大晚上，不好。"我只觉得以名释意有趣，便问："大姨你叫什么名字呀？"大姨尚未回答，表姐已抢过来说："我妈叫秋华，秋天的秋，华丽的华。"我那时刚学过"皎皎河汉女"这句，不知怎的，脑海里一下子就浮现出一轮皎月高悬于秋夜苍穹的画面。我不由得说："皎皎秋月华，想想，一轮又圆又亮的月亮挂在天上，照得到处都亮堂堂的，这是多美的场景呀。"表姐也随声应和。大姨显然也被我说得高兴起来，笑道："是不错。"随即愣怔了一下，补充了一句，"还是有文化好，看妮儿说得多好。"说完，接着埋头扑打晾在绳上的被子。不知是不是因为阳光太亮晃了眼，我似乎看到大姨微微皱了一下眉。

后来我才想明白，其实我并没有看错，大姨当时的确皱了眉。"还是有文化好"这句话后来我曾不止一次从大姨口中听到，每每说起这话，大姨总是叹口气，表现出落寞的样子。我知道，她肯定又想起了往事，那些遗憾是漫漫岁月的影子，留在她脸上，也印在了她心上。

二

大姨没上过学，不识字。

姥爷姥姥生了四个孩子，大姨居长，下面依次是我母亲、大舅、小舅。当年，姥爷与姥姥成婚不久就分家另过，家境本就不富裕，又添了几张嘴，生活愈发艰难起来。姥爷姥姥整日劳作，也不过勉强糊口。我的母亲不到三岁尚且懵懂，下面还有正在吃奶的大舅，家里劳力不足，作为家里长女的大姨虽然到了学龄，却毅然承担起家中重担，做饭、割草、拾麦子、照看弟妹……样样在行。

这些都是我听姥姥的邻居莲妗子说的。莲妗子虽与我母亲平辈，却只比姥姥小几岁，大姨和母亲基本是她看着长大的，那些逸事也就都攒在她肚子里了。她说："你大姨小时候真能干，你妈跟你舅舅都是你大姨带大的。你妈从小长得胖，身子又笨拙，你大姨照顾她时可没少受罪。我还记得有一回，你妈在胡同里摔倒了，自己起不来，喊你大姨拉起她来。别看你妈是两三岁的小娃，但她身子沉，你大姨那会儿也就五六岁，身板又瘦，拉了半天没拉起她来。我那会儿正好出门，你大姨看见我就喊，莲嫂，快来帮帮忙，俺妹妹摔倒了，俺拉不动她。我去帮了把手，你大姨这才把你妈拉起来，要不是我看见，她还不知道急成什么样儿呢……她领着你妈去拾麦子，大人拾一筐，她也得拾半篮。回了家，要是见大人还没回来，也知道先给锅里添上水烧火做饭。"她边说边拿手比画着："小小的人儿，也就比灶台高那么一点儿，真是懂事。"末了，加上一句，"你姥爷姥姥真是亏待了你大姨。"

我母亲渐渐长大，也到了学龄。她是个有主意的人，眼见家里不让大姨读书，她一声不吭自己拎着个小布包进了学堂。直到母亲伸手向姥爷姥姥要学杂费，他们才得知此事。木已成舟，且母亲态度坚决，姥姥考虑到家里暂且有大姨顶着，不差母亲一个帮手，便同意拿出八毛钱的学杂费让母亲上学，同时要求母亲上学前、放学后割回一篓猪草补贴家用。那时候家里并未养猪，猪草可以卖给生产队换取工分，也算是抵销一部分上学的费用。

母亲上了学，大姨又开始看护大舅、二舅。大姨当时年龄渐长，已有几分力气，大舅、小舅都是在她背上长大的。长姐如母，莫不如是。

看着我母亲背着书包去上学，大姨十分羡慕，可她背上背着年幼的弟弟。那时学校就设在大场院西侧的破庙里，与姥姥家相隔很近，大姨就常常背着年幼的大舅过去，把他圈在一个倒立的椅子里，自己在教室门口偷听。据大姨后来讲："你妈那时候是真笨，那道算术题老师都讲了好几遍，我拿石子在地上写写就算出来了，你妈还在那里迷迷糊糊地扳着手指头数呢。这个笨二妮呀！"

学校门口闲聊的人见了，都说大姨头脑聪明，不读书真是可惜了；倒是二妮，笨笨的，读了书也没见聪明几分。听了这些话，大姨并未心生怨怼，她总觉得自己身为长女，应当为父母分忧，自己已经错过读书的时机，还不如让弟弟妹妹们好好念书，也好有出息。后来母亲常常说，没有大姨在家里顶着，她肯定读不了书。说这话时，母亲眼里亮晶晶的，似有星光闪烁。

家庭的重担在肩，大姨实在抽不出半点闲暇。尤其是姥姥手拙，对针线之事并不擅长，倒是大姨在带弟弟妹妹时常向一起闲坐的大娘婶子们偷师请教，织毛衣、缝衣裳、纳鞋底等针线活样样精通，一家六口的针黹活计都成了她的分内之事。我母亲和两个舅舅都在上学，姥爷姥姥每日要出工，在家忙碌的只有大姨一个人。然而，大姨那时也不过是个十岁出头的孩子。

后来队里办夜校，大姨也曾去过几次，识得几个简单的字，但家里事多，她学习也只能"三天打鱼，两天晒网"。又过了两年，大姨满十五岁，可作为半个劳力去生产队挣工分了，白天忙了一天，晚上有时还要帮着做家务，夜校便无暇顾及，只好半途而废。

如大姨所期盼的，母亲和小舅都读到初中，大舅甚至读了高中，尽管未有什么大出息，但好歹识文断字，遇到写写算算之事不至于两眼一抹黑。大姨虽名唤作秋华，却从不知秋月皎皎为何意，她每天不是在地里干活，就是在昏暗的油灯下来回穿针引线，没时间欣赏皎洁的秋月。未曾念书，不仅误了她的青春，也负了她的芳名。

后来，在生活中遇到记账、签字之类的"拦路虎"时，大姨常常会不由得发出一声低低的叹息，眉头紧锁，不像平时那样豁达爽利。我知道，没有文化已经成了大姨心头的一块陈年旧伤，伤口虽早已结痂，但每当吃了没文化的亏时，伤口的痂又会被揭开，她就又要经历一次刻骨铭心的痛。

三

岁月如梭，在生产队劳动了两年，大姨的花期也到了。

大姨聪慧能干，带大了三个弟弟妹妹，又帮父母撑起了整个家。街坊邻居都看在眼里，暗暗赞叹。纵然未念过书，她也是大家眼里数一数二的好闺女，提亲的人几乎要踏破姥姥家的门槛。最终，大姨却嫁给了个头不高、脸黑老实的姨父，着实让人费解。

小孩子总是充满好奇心，那些往事从母亲的只言片语里露出个头，让我心里痒痒得不行。我在姥姥家住着时，就喜欢让姥姥给我讲大姨年轻时候的事。

姥姥说："你大姨当年真是水灵，身段苗条，个儿又高，走路都带风，再加上眉清目秀的一张脸蛋，浑身上下透着一股子爽利劲儿。"随即转头看我一眼，接着说，"到你妈就不行了，一个胖闺女，个头矮，性子木，做事又慢，熬到二十好几才嫁出去。"

我撇撇嘴："让您讲大姨的事,老扯我妈做什么。"姥姥笑了,摸摸我的头,继续讲。回忆的幕布在姥姥的娓娓道来中慢慢拉开,一场关于大姨前途命运的人生大戏徐徐开场。

上门给大姨提亲的人多,姥爷姥姥都糊弄过去了,没给任何一家准话儿。他们想,大女儿为家里付出这么多,家里着实愧对她,定要千挑万选,给她择一个好夫婿。

这时,姥姥娘家一个远房姊妹托人上门,为她的次子提亲。那小伙子看上去踏实稳重,五官也算周正,就是矮了些,脸面黑了些,最重要的是家里兄弟多,日子过得比姥姥家还凄惶。虽是远房姊妹,但因姥姥没有亲姊妹,她们又是自小一起长大的,所以堪比嫡亲姐妹。姥姥不好驳她的面子,与姥爷商议:姊妹家的情况自己知道,彼此知根知底,倒是比别的不知底细的人家强些;她家老二小时候没少跟秋华一起玩,是个老实厚道的孩子,定不会让闺女吃亏;最后一条顶顶重要,婆媳关系自古是个难题,碰上个难缠的婆婆,还不是新嫁娘受委屈,自己姊妹性情温和,就算日后婆媳之间有点什么,姊妹看在自己的面子上,也不会薄待了闺女。

姥爷有顾虑:"家里兄弟四个,着实穷了些。"

姥姥说:"结亲都讲究个门当户对,咱家这情况,上门提亲的不都是差不多的家庭。再说,穷怕什么,只要两口子好好的,早晚能把日子过好。"

姥爷又说:"小伙子个头不高,又黑,长得不气派。"

姥姥气笑了："都是庄稼人，有把子力气就行，又不靠脸吃饭，要那么气派做什么？"

姥爷还是犹豫不决，他翻来覆去，最后决定问问大姨的意见。没想到大姨竟然同意了。姥姥说："你大姨说，你姨父那时候看起来就厚道、老实，是个正经过日子的人，自己嫁过去也不会受气。你姥爷还劝你大姨，他家里可是兄弟好几个，如今家里连给老二结婚的房子都没盖起来，让她想清楚。谁知你大姨爽快地说，家里穷不算什么，只要踏实肯干，夫妻一条心，早晚能把日子过得红红火火。"

大姨和姥姥说的话一样，她不怕穷，只是看中了姨父这个人。在大姨朴素的认知里，以她这样的条件，自不必妄想去攀什么高枝，找个勤谨能干的老实人，踏踏实实过日子就行。她支撑家庭这么多年，里里外外都是一把好手，她有信心把自己的小家经营好。

就这样，大姨带着对未来生活的期盼嫁给了姨父。结婚时，姨父家只给他们夫妻俩置办了些家具，小两口还是在老房子里结的婚。姥爷姥姥心里心疼闺女，赶着马车给闺女女婿送去了两车红砖，让他们把房子建起来。

婚后，大姨与姨父齐心建了新房，好得蜜里调油一般，过了一段时间的神仙日子。大姨接连生了两个儿子，后因本家一个妯娌难产去世，又收养了她刚出生的小女儿，也就是我的表姐。那时，姨父在邻村的水泥厂干活，大姨就在家里干农活与家务，照顾孩子们。大姨对生活很满意，男人能干，儿女双全，夫复何求呢？那时的大姨爽朗和顺，我经常看到她眉眼含笑的模样，她像皎洁光明的月亮，亲切抚慰着每个孩子，照亮了整个家。

谁知，就在她以为日子会这样按部就班地过下去时，载着一家人命运的马车突然在路上遇到一道深深的沟壑，这道沟壑让他们一家陷入泥潭。因为，这道人生的沟坎夺去的，是家里的顶梁柱——我姨父的生命。

那天晚上，姨父和同村的其他四人从水泥厂下了夜班骑车回家，在路上出了意外。肇事者酒后驾驶，逆行撞向正常骑行的姨父，姨父不幸去世。我清楚记得姨父出事的时间，是在春末夏初之时，就在我得知大姨名唤秋华的那个春天后不久。

那次，母亲去大姨家待了很长一段时间，某天傍晚她终于回来了。母亲回来的那天天气不太好，浮云缭绕，朦胧的月光洒下来，仿佛给地面上的一切都蒙上一层尘埃。我问母亲怎么这么多天才回来，她抹着泪，半晌才说："你姨父没了！"听了母亲的话，我惊呆了，看见那轮被浮云半掩的月亮，泪一下子就落下来了。姨父没了，家里的顶梁柱倒了，大姨这轮秋月不知还能否像往日般明净皎洁。母亲没再说什么，但我知道，大姨的天塌了！

四

孤儿寡母的日子实在难过。姨父去世时，大表哥才十二岁，大姨收养的与我同龄的表姐才九岁。大姨家有十几亩责任田，两个男孩子又尚未成人，田里的劳作、家里的浆洗炊爨等事，桩桩件件堆成一座小山，压在大姨的肩膀上。

姨父去世时大姨才三十多岁，那时大姨风华尚在，且为人爽利能干，在四里八乡有口皆碑。有人就来探口风，大姨让人递过话去，无论如何，她都要带着三个孩子。自此无人再上门。大姨自己反倒松了口气，她跟母亲说，往前走一步，说得容易，孩子们怎么办？孩子父亲的赔偿金保不保得住？还不如自己一个人拉扯大三个孩子，倒更妥帖。

父母依旧很忙，放了假，我还是常被送到大姨家。母亲还是那套说辞，大姨家只有表姐一个女孩，让我去跟她做个伴。不过，母亲把我送到大姨家，临走时会嘱咐我："写完作业，没事就帮你大姨干点活儿。"虽然要帮着干活，我仍愿意寒暑假去大姨家住，因为大姨虽未读过书，却有满肚子故事。这些故事有些是她小时候带孩子时听大娘婶子们讲的，有些是从说书的或唱戏的那里听来的。大姨白天干一天农活，晚上就抽空做点针线活。伴着动听的故事，她飞针走线的双手在皎洁的月光下如翩翩飞舞的蝶，灵巧而轻盈，做出一双双柔软的布鞋，也为困意蒙眬的我们织出一个个甜美的梦。

平日，田地里的农活没那么多，秋收时却不同。那是大姨最难的时候，家家户户都在抢收，谁也没空去管别人家的事。眼见别人家一车车地往家里拉玉米，自家地里的玉米却只能撂在地里，大姨愁得不行。

那年秋天的一个周末，凌晨五点，父亲叫醒睡眼蒙眬的我：
"走，去你大姨家帮忙。"秋天的早晨清寒寂寥，天尚未大白，一
轮皎白的圆月还遥遥挂在天际，清冷地注视着即将苏醒的世界。
路边的水渠里漫起袅袅雾气，让人愈发感觉清冷，我不由得裹
紧外套。到了大姨家的地头，却见一幅热火朝天的景象，大姨和
表哥、表姐正把玉米棒子从秆上掰下来，堆在一旁的田垄上。秋
晨寒凉，他们沾了尘屑的头上却冒着汗。见我们来了，大姨很是
欢喜："你们来了。这块地快掰完了，剩下的让孩子们掰，咱们
直接装车。"母亲惊呆了："姐姐，你们干了一夜？怎么不等我们
来了再掰呀！""还行，夜里有月亮照着，不耽误干活，还不热
哩。"大姨顾左右而言他。母亲没再问，只帮着装车。父亲开车
往家里拉，我和表哥、表姐又去另一块地掰玉米，一天下来，愣
是收完了一半责任田里的玉米。那天回去后，母亲抹着泪悄悄跟
父亲说："姐姐真是受苦了，那块地将近四亩，她跟三个孩子得掰
了一整夜。"我眼前浮现出大姨和表哥、表姐在地里掰玉米的画
面。一轮圆月高高地挂在夜空中，像一盏灯笼，为劳作的他们照
亮脚下的路。那天父亲沉默了一会儿，只说了一句："明天我们早
点去。"

下一个周末，我又跟着父母去大姨家帮忙，这回是往家里拉
玉米秸。大人们去地里忙碌，我们小孩子在家剥玉米皮。这次除
了我父母还有大舅来帮忙，大姨专门从地里早回来一会儿，忙进
忙出做了六碟子菜，打算好好犒劳一下来帮忙的弟弟妹妹。

　　大姨让表哥、表姐在桌上陪着，自己借口去烧汤，倚靠在院里的一棵大杨树下，望着夜空中的月亮发呆。我悄悄站在后面看着，院子里堆着刚收获的带皮的玉米，大姨看看月亮，又看看玉米，表情既欢喜又忧愁。欢喜的是到了收获季，金灿灿的玉米换成钱，能解决燃眉之急；忧愁的是家里没有壮劳力，秋收的活重，眼前玉米收回家了，后面需要出力的地方还多的是，难免求东告西。就算今年好歹撑过去了，明年呢？我走过去拉着她的手，说："大姨，以后我年年来帮你干活。"大姨摸了一下我的头，说："好孩子。"随后，她转身进了厨房。

　　后来听母亲说我才知道，农忙尤其是麦收时，大姨经常在晚上借着月光下地干活。月亮是大姨艰辛生活的见证者。此时，苍穹中的皎皎秋月已是一弯半月，却依旧默默地洒下遍地银辉，似温柔地轻抚世间万物。我想，月亮一定是大姨最好的朋友，它嵌在大姨的名字里，也常常陪伴大姨劳作，默默抚慰她疲惫的心。

五

　　日子艰难，大姨却并未一蹶不振，她一如既往地下地劳作、操持家事，从不抱怨什么。母亲说，你大姨心里憋着一股劲儿呢，她觉得日子已经这样，那就加油干，一家人一定能过得越来越好。

　　我常住在大姨家，感受到她在生活的重压下依然坚强乐观的生活态度。她在辛勤劳动中让自己成为一棵遮风挡雨的大树。我莫名觉得，姥爷给大姨起的名字着实不错，秋月皎皎，真是大姨人生的真实写照。姨父走后，大姨就是那轮悬在浩瀚夜空中的月亮，为这个失去顶梁柱的家带来光明和慰藉。

孝顺是大姨照亮这个家的第一束光。姨父走后，大姨坚持与其他大伯、小叔轮流奉养公婆。轮到自家时，大姨就赶紧吩咐表哥去接老人。有街坊见了，说："男人没了，你还年轻，就是再走一步都没啥说的，拉扯大三个孩子就够仁义了，俩老人其实用不着你管。"大姨却笑着摇头，只说了一句："还有孩子们呢，我替他们孝顺爷爷奶奶。"老人接来后，大姨家的一日三餐就有了新花样，多了适合牙口不好的老人的吃食。有一次我在大姨家住着，那位远房姨奶奶突然对我说："你大姨真是个好媳妇，唉，都是你姨父没福，耽搁了她。我们对不住她啊！"说着，几乎要掉下泪来，见大姨从外面走进来，忙忍住了。

慈爱这束光照亮的是孩子们的人生。大姨自己小时候没有机会读书，因此对孩子们的学业很看重。姨父刚去世时，有人建议别让表哥上学了，让表哥早点去打工也能给她减轻一些负担。大姨坚决不同意，生活中遇到的那些难处让她明白上学的重要性。上学能识字，读书能明理，甭管能不能考上大学，她总要让自己的孩子成为通达明理的人。

那年暑假，十五岁的大表哥心疼大姨一个人养家糊口，与同学商量着南下打工。他悄悄地收拾好行李去了同学家，准备第二天就走。大姨见大表哥没回家，发动一家人里里外外地找，最后通过大表哥的另一位同学透出的口风才找到人。那天，大姨找邻居帮忙连夜把大表哥带回家。大表哥回来后，她一没打，二没骂，只去厨房做了一碗卧了两个荷包蛋的面条端过来，温声细语地对大表哥说："饿了吧，快吃吧。"大表哥边吃边流泪，泪和面条一起吞进肚子里。二表哥和表姐也在哭。大表哥吃完面，大姨对三个孩子说："外面可没有家里这么好吃的面条。以后，谁也别提出去打工的事。谁敢擅作主张，我打断他的腿。"语气平和，却掷地有声。

后半夜，我被嘤嘤的哭声惊醒，睁眼一看，睡在另一头的大姨在哭。月光透过窗户照在她脸上，闪烁着晶莹的光，那是她的泪。我这才知道大姨心里有多苦，这么多年来，她都在假装坚强。姨父走了，她就是这个家里的天，再苦再难也要撑起来，她不能让孩子们发现她的脆弱，只好在夜深人静时偷偷哭泣。这是我第一次看到爽朗能干的大姨偷偷地哭，也是最后一次。

在大姨的教导下，表哥表姐们虽未能考上大学，但都读完了中学，表姐后来还去考了自考本科，这对目不识丁的大姨来说应该有些许慰藉吧。表哥中学毕业后，各自学了电焊、水电暖安装等技术，也算有了养活自己的本事。

孩子们渐渐大了，按说大姨该有一些清闲时间了，她却更操心忙碌了，因为她准备盖房子。大姨白天去打零工，晚上回去还要收拾刚买回来的砖瓦木料。我母亲看着心疼，劝她悠着点。大姨捋捋鬓边垂下的头发，说："不能停啊，两个小子要成家，得给他们一人盖一座新房，置办点家业。"说完，低头继续干。不过几年时间，大姨的鬓间竟染了点点斑白——那是岁月留下的霜雪吧，岁月为这个勤劳奉献的女人戴上了纯洁的绒花。

两个表哥成家后，开始自己挑起生活的担子，两处宅院也都有了自己的女主人，大姨终于将顶梁柱的重担从身上卸下来。

两个表哥后来都去了城里，大姨便开始了候鸟般的生活，先是去大表哥家带孙子，孙子上了学，又去二表哥家帮着看孙女，回老家的次数寥寥。姥爷忌日那天，大家都回来了，上坟的时候，大姨哭得痛不欲生，几个人都拉不起来。母亲拭拭眼角的泪，说："别拉了，让大姐痛快地哭一会儿吧。"周围的女人们没再劝，她们都知道大姨这辈子过得很苦，她却从不抱怨什么，也不让泪水成为淋湿生活的雨。大姨用善良和坚韧，为这个家撑起一片艳阳天。如今，借着姥爷的忌日，大姨终于可以畅快淋漓地哭一回了。

晚上，母亲和大姨在树下闲聊。皎皎月色透过树叶，斑驳地落在地面上，似一幅信手而作的写意画。一束月光照在大姨脸上，让她坚毅白皙的脸庞呈现出一种历经沧桑而满怀希望的美。

皎皎秋月华。那一刻，我终于明白，皎皎秋月从未辜负大姨。大姨的一生如皎洁的月华般纯粹而绚烂，完美地诠释了她的名字。

（原载《时代文学》2024年第4期）

云姨

一

云姨是我姥姥的隔房侄女，比我大十多岁。幼年时，因父母忙，我是姥姥家的常客，而云姨家在姥姥家对面，我便与她熟识了。

我至今记得与云姨初次见面的那一天。那年夏天，刚放暑假，我就缠着母亲把我送去姥姥家，母亲说："去姥姥家住可以，但要带着作业，写完才能回来。"我惦记着姥姥家园子里酸甜可口的苹果，忙点头如捣蒜地答应了。到姥姥家的第二天，我便开始写作业，看到题目才想起我忘记带彩笔了——小学低年级阶段为了引起孩子的学习兴趣，总会设置一些要涂涂画画的内容。我问姥姥有没有彩笔，可姥姥翻遍了家里的抽屉，也只找出一截5厘米左右的铅笔头。正当我心凉了半截时，姥姥说："没事，妮儿，我领你去对门借，对门你云姨上过高中呢，她肯定有，正好她今天休班回家了。"我胆小怕生，紧紧跟在姥姥身后，刚进邻居家门，就见一个漂亮姑娘迎出来。她一边热情地招呼着"大娘，来了"，一边给我们掀门帘、搬凳子。姥姥说明来意，她很爽快地到自己房间找出一盒彩笔，说送给我了。

回家后我问姥姥："这是我什么姨？咋这么俊哩？"姥姥说："云姨是你妈四爷爷家的叔伯妹妹，是这一大家子姑娘里最俊的。"姥姥所言非虚，云姨确实出落得好，个子高挑，鹅蛋脸儿，唇红肤白，喜欢扎个清爽利落的马尾辫或两条摇曳生姿的麻花辫，一笑便露出两个甜甜的酒窝，显得甜美娇俏。那时她才十几岁，名声便已传遍十里八乡，一说起姥姥庄上的俏姑娘，大家立马会想到老刘家那个排行十三的云妹子。

姥姥说起云姨便打开了话匣子，说得眉飞色舞、神采飞扬，仿佛人们称赞的是她自己的闺女。姥姥说，云姨模样好，性格又亲和爽利，嘴甜，见了街坊四邻立马"大娘""婶子""四爷""三叔"地喊，人们都喜欢她。"你云姨可是到现在为止我们一大家子里最有文化的人。"姥姥最后不无得意地补上这句。

云姨如此优秀，可上门提亲的人却不多。一是因为云姨之前在高中读书，自然以读书为重；二呢，云姨模样美、性格好、有文化，村里人都觉着她是一只"金凤凰"，迟早要飞出村子去城里，便没人去费那个心了。

"金凤凰"自然要一飞冲天。后来，云姨果然有了条好出路，赶上"农转非"政策成了城里人。这事得从云姨的小姑说起。当初云姨的小姑嫁给了当民办代课教师的小姑父，没几年，正好赶上政策转变，云姨的小姑父从代课教师摇身一变成了正式教师；加上小姑父教得好，第二年随即被抽调到县城，成了名副其实的城里人。那时候"农转非"政策规定每人可带三个家属一起转成非农业户口。小姑向来最怜爱云姨这个小侄女，认为她高中毕业没考上大学，实在可惜。小姑在心里盘算着，自己算一个，大女儿算一个，儿子尚小，现在转非农业户口没啥用，等大了再说，省下的一个指标给侄女。于是，云姨的户口迁到了小姑父家，这下就更没人去云姨家提亲了。人们都知道，云妹子这只"金凤凰"羽翼已丰，早晚得飞出农门。

云姨在户籍上成了城里人，人却还在庄里，每日也得跟着大人下地干农活。一日，云姨的小姑回娘家，看到俊俏的侄女正跟着大哥干活，太阳晒得她小脸红扑扑、汗津津的。小姑心疼，怨哥哥不该让孩子下苦力。哥哥两手一摊："不干活咋办，总不能在家闲着。"于是小姑回城时带上了侄女。没几日，城里传回消息，小姑父给云姨在县城酒厂找了份工作，云姨当上工人了。

家里人得知消息，都高兴地说："云妹子有出息了。"人们见了云姨的父亲——我志民姥爷，都会高看两眼。我初见云姨时，她刚去酒厂几个月，正是春风得意的时候。人生一帆风顺的云姨成了庄上人人羡慕的对象。

二

进酒厂当工人，是云姨的人生大幸也是大不幸。说幸，自然是因为她摆脱了面朝黄土背朝天的命运；说不幸，是因为那一飞冲天成为城里人的梦想就像虚幻的肥皂泡，一根随意飘落的松针就轻易将其戳破。

初进酒厂，漂亮的云姨就引起了年轻小伙儿的注意，不断有人偷偷给她寄情书、送小东西，云姨同宿舍的女工友也成了小青年们巴结的香饽饽。渐渐地，私底下云姨被大家称作"厂花"。云姨知道众人的羡慕，也享受这种被人追捧的感觉。

而我自从借过一次彩笔，便常找云姨玩，因为她会讲故事，还带来很多外面的稀罕物。今年流行喇叭裤，明年时兴格子衫，这些知识我都是从云姨那儿知道的。有一次，吃过午饭，姥姥领我去云姨家串门，听到志民姥姥说："小云说她在厂里是'酒花'，啥是'酒花'啊？"志民姥爷正就着一碟花生米喝小酒，闻言道："酒花就是倒啤酒的时候涌出的白沫子。"只见云姨从里屋出来，满脸通红地说："爸，您不知道别瞎说，我说的是'厂花'。""那'厂花'是个啥？"云姨没回答，甩手进屋去了。

的确，就像春天漂亮璀璨的花朵更容易被暴风雨摧残一般，酒厂里最出挑的"厂花"云姨，也被人生的风雨吹打得叶落花残。二十岁之前，云姨的人生一帆风顺，多少女孩子羡慕不来。可后来，似乎是"月老"不小心打了个瞌睡，将云姨的红线打了个死结。幸运的云姨被锁住，从此命运多舛。

云姨的美貌让她成了酒厂年轻小伙的追逐对象，周围爱慕者如蜂似蝶，其中最狂热的要数小李。小李对云姨痴心得很，送手绢，寄情书，约吃饭……最后还把云姨宿舍的女工友挨个儿"贿赂"了一遍，让她们在云姨面前替他说说好话。按说小李的条件也不错，父母都是厂里的老职工，算是正经的城里人了。可云姨认为小李太圆滑了，感觉不适合过日子。在被云姨多次拒绝后，小李渐渐淡了心思。

女孩儿大了，长辈们也开始思量了。志民姥爷思来想去，就把女儿的婚事托付给自己的妹妹，也就是云姨的小姑。

小姑本就疼爱侄女，自然想着能给侄女找个好婆家，于是满口应下。小姑拉上小姑父扳着指头算，谁家有年龄合适的优秀男青年。突然想起老友老周家有一个男孩也在酒厂工作，父母都是公务员。小姑父跟老周是极好的朋友，双方大人、孩子见了面，都很满意。云姨跟小周又出去吃了一次饭，看了两场电影，之后就把亲事定下了。

云姨对小周很满意，感觉他是个实在人。小周的确很好，高大英俊，温厚稳重，待人接物极有风度，更重要的是，他对云姨好。那段时间，她整日高兴得不行，每日在酒厂的车间与实验室之间穿梭，像一只飞舞在花丛中的蜜蜂。

一个阳光明媚的周末，酒厂的一群年轻人相约去爬山，云姨和未婚夫小周都在其中。开始时大家欢欢喜喜，你争我抢地往上爬，生怕自己会落后。小周考虑到云姨是娇弱的女儿家，时不时地拉她一把，带她一段。一伙人说说笑笑地走着，爬山的路似乎就没那么漫长了。

在此起彼伏的笑声中，一个人的声音刺破了和谐的氛围："刘香云，你怎么这么水性杨花，明明在跟我处对象，怎么还跟小周牵手拉胳膊？"说话的是之前被云姨拒绝的小李，他将一只手搭在云姨肩上，摆出一副嬉皮笑脸的样子。

周围瞬间静了下来，大家都不知道怎么接话。云姨急得满脸通红，推开小李的手说："谁跟你处对象了，我……我一直跟小周在一块。"

小李说："怎么没有，前天咱俩还在厂里的葡萄架下约会了呢。"

云姨气急了，却百口莫辩，只能连连说："你胡说八道，你……你……"

云姨这边还不知道该怎么证明自己的清白，小周却信了小李的谎言，他满脸怒色，转身就走，云姨在后面连声喊他也不回头。

小周是老实人，恪守规则，态度严谨，听闻此事立马觉着云姨不是个清白女子。第二日，老周夫妇去小姑父家退婚，并送还了订婚时云姨送给小周的手表、钢笔、笔记本。小姑忙打圆场说："我敢保证我们云妹子是个老实自重的孩子，小李是开玩笑的，他说的话不能当真。"老周说："开玩笑也开不到这上面来，这种事不是空穴来风。"

小姑说不动周家，只能去找惹出事端的小李。小李一听闹到退婚的份儿上了，立马答应去周家澄清事实。小姑带小李登门，周家冷脸相对，听完小李的解释也不为所动，仍坚持退婚。老周说："婚必须得退，这是小周的意思。"

事情发生后，云姨一直躲在屋里以泪洗面，也不敢去厂里上班，怕有人对她指指点点。婚到底还是退了，云姨的工作也辞了。她在城里没了盼头，只能重新回到村里，一切又回到了原点。

回家后的云姨郁郁寡欢，整日以泪洗面，任谁劝都不肯听。她将自己锁在屋里七日，再出来时精神便有些不正常。志民姥爷联系妹妹把云姨送到医院检查，检查后发现云姨在大喜大悲之后，所受的委屈憋在心里难以抒发，导致精神上出了问题。

一家人很愤怒，为什么退婚的小周没事，说出那句玩笑话的罪魁祸首小李也好好的，只有自家闺女疯了。小李承认了自己的错误，赔偿了一笔钱作为云姨的精神损失费，但这样也换不回一个健康的闺女。小姑无奈，只能拿了钱去给云姨治病。我不知道大人们是怎么想的，我只知道，在云姨眼中，那个明媚的春天一下子失去了所有颜色，变得一片灰暗。

三

云姨虽有两个哥哥，但志民姥爷最疼的还是云姨这个小女儿。他带着云姨到处求医，经过近一年的治疗，云姨康复得不错，只要不受大的刺激，平时与常人无异。

女儿这么大了，老是留在家里也不是个事儿。再说两个儿子都已娶妻，精神不稳定的小姑子也就成了嫂子们的眼中钉，大家都想甩掉这个包袱。志民姥爷开始重新考虑云姨的婚事。

云姨被传过流言，后来精神又出过问题，后来虽说治好了，但许多人介意这些，志民姥爷给云姨物色对象时只能从外村找。终于，有媒人给云姨介绍了一个双河村的男青年，家里兄弟两个，日子过得紧巴巴的，算是个不挑剔的主儿。见面那日，志民姥爷隐瞒了云姨曾有精神问题的事，只说因流言导致退婚才耽搁了，而云姨也表现正常，再加上她本身就生得漂亮，婚事顺利地成了。

婚后，男人对云姨百依百顺。云姨日子过得舒心熨帖，精神也越来越好，小两口的日子如蜜里调油一般。没出半年，云姨有孕，足月生下个大胖小子，婆家对她更好了。云姨心情愉悦，脸也变得圆润粉嫩，仿佛回到少女时期。

命运大约喜欢跟人开玩笑，幸福的日子没过多久，云姨的人生又跌入低谷。

原来，云姨的男人还有个弟弟。不像云姨的男人一样老实木讷，小叔子头脑灵活、能说会道，一见家里的窘况，便知娶妻无望，一咬牙拿卖麦子的钱做资本去县城闯荡，没两年居然靠做小生意闯出些名堂，还娶了个当老师的姑娘。

小叔子他们两口子自然比云姨两口子过得好，手头也宽裕。过年时，妯娌俩都给婆婆买了身衣服，云姨是在镇上供销社买的，弟媳妇则是在县城商场里买的。婆婆问了衣服的价钱，闲聊时不经意就说出云姨买的衣服不如老二家买的衣服好这种话来。

　　世上没有不透风的墙，一传十，十传百，最后这话传到了云姨耳朵里。云姨不好去跟婆婆理论，便向男人抱怨此事。不料男人不哄媳妇打圆场，反倒怪云姨不买好一点的衣服。云姨生气了，说："你要能挣来钱，我也不用委曲求全啊？再说，谁也不是故意不买好衣服，镇上供销社能有啥好东西，我也不能为了给娘买衣服专门去一趟县城啊。"

　　云姨之前就因为退婚的事精神出过问题，后来虽然康复了，但还是不能受刺激。这回遇到这种事，她有一股窝囊气憋在心里，又渐渐显出抑郁的症状来。

　　有一天，男人回家后，见云姨站在院子里发呆，眼睛直愣愣地盯着前面。进了屋内，看到锅空灶冷，孩子在床上哭得昏天黑地。他上前拉扯云姨，刚要开口说话，却被云姨扯了个趔趄，看到云姨两眼发直，他这才觉察出不对劲。事后，男人一打听，得知云姨曾有精神问题，便跟云姨离了婚。

　　离婚时，男方要了儿子，他们不要求云姨付抚养费，但也不许她随便去看儿子。志民姥爷无奈，云姨这种情况，自己都要靠别人照顾，哪里还有余力去照看孩子，还不如让孩子跟着他爸爸稳妥。于是，他便替云姨应允下来。

　　云姨离婚后，只能回到娘家。好在志民姥爷家境不错，又疼爱闺女，再加上云姨的小姑也不时帮衬，云姨又接受了一段时间的治疗。据医生说，云姨的病情加重了，平时要多顺着她些，让她宽宽心，这对她有好处，但难保不再犯病。

云姨回家后，两个嫂子有意见，一怕她治病要花钱，二怕她在家影响自己孩子的婚事，三还怕她回来会跟哥哥争家产。听闻此事，志民姥爷摆出家长的权威，召集全家开会，说："这是我家，云妹子是我闺女，谁再说三道四，滚出去！"儿子儿媳统统噤声，但兄妹嫌隙已在此时生根于心。

四

回到娘家后，云姨时常坐在西屋的门口晒太阳。人仍然漂亮，可那双灵动清澈的眼睛已经布满茫然，就像一只受惊的羊羔一般，对世界充满警惕。

看着女儿这般模样，志民姥爷心痛不已。他责怪自己，如果不是自己将女儿嫁出去，她也不会再受刺激病情加重。不就是多一双筷子的事儿嘛，自己养着闺女有谁敢说三道四？但他低估了家人们对这个疯女儿的排斥。

在云姨面前，两个嫂子从来没有好脸色。两家的孩子眼看都大了，也到了该说亲的年龄，但由于他们有个精神有问题的姑姑，媒人躲都躲不及。妯娌二人一合计，偷偷托媒人给云妹子说亲。没几日，媒人上门找到志民姥爷，告诉他附近村有个离婚带着一个男孩的男人，男人条件不好，也就不在乎云姨的病。志民姥爷开始很生气，他怕女儿再受委屈，可全家都认为云妹子在娘家会给孙子说亲带来大麻烦。在征求了云姨的意见后，他应允了婚事。在他心里，女儿跟孙子比起来，分量还是差一些。在父亲心里的天平上，云姨高高地跷起，就像天边无根的彩云，轻飘飘地随风而散。

云姨后来的婚姻生活过得平平淡淡。男人比前夫成熟稳重些，家里没有那么多是非。男人前妻留下的男孩终究是大了些，比较懂事。白开水般的日子过了没多久，云姨怀孕了，随后生了个女孩。对云姨和男人来说，算是儿女双全了，云姨的继子也很喜欢初生的妹妹。日子，渐渐有了些甜蜜的滋味。

只是，日子再甜蜜，也总有不如意之处，云姨又与婆婆产生了矛盾。云姨的婆婆也是个老实人，只是过惯了穷苦日子，有些抠抠巴巴，剩菜剩饭哪怕隔夜也不舍得倒掉。云姨虽不算生在蜜罐中，却也曾生活优渥，刷锅洗碗时就把剩饭倒了。只是婆媳生活在一个屋檐下，婆婆一见云姨倒剩饭便开始唠叨。一开始，云姨还小心地听着，时间长了，这唠叨声仿佛成了唐僧的紧箍咒，日日在云姨耳边响起，云姨的精神被压垮了，又犯了病。

由于反复发作，云姨这次的病情很严重，有控制不住自己行为的苗头——家务活不做，自己跑到街上乱窜，不是拔了这家的菜，就是吓到了那家的小孩。街坊邻居纷纷来告状，男人没办法，只能将一双儿女交给母亲照顾，把云姨锁在西屋里，交代母亲看紧了云姨。

尽管如此，云姨还是常偷偷打开门锁跑出来。不知是不是因为记着父亲对自己的疼爱，云姨一逃出来就往娘家去。好多次，志民姥爷见云姨自己上门，又惊又喜又痛，定要留云姨在娘家住几日后才让女婿接走。后来，云姨还是老往娘家跑。志民姥爷十分心疼女儿，便让云姨在娘家长住。

志民姥爷执意如此，两个嫂子反对不了。可有一次，云姨突然发病，志民姥爷家一片混乱，混乱过后，云姨还是被强行送回了婆家。据说，发病的云姨打了自己二哥的女儿，哥嫂们这才生气地将她赶回婆家。犯病的云姨做错了事，哇哇大哭的小孙女和她身上的伤痕就是证据，志民姥爷无法反驳。

哥嫂们不敢再让云姨回娘家了，但大家没想到，云姨对回娘家这件事执着得很。没几日，便见一身脏污的云姨拖着个破包袱出现在家门口，哥嫂立刻给妹夫打电话来接人。人接走没几日，前面的情景又会重现。每次送走云姨，志民姥爷都难受得掉泪。

后来，云姨找不到家了，因为志民姥爷病了。志民姥爷病得很重，一家人都在医院陪护，家里常常是"铁将军"把门。再次出逃的云姨来到娘家门口，进不了门又无处可去，便蹲在门口等，只能等到哥嫂回家或被人发现后联系男人来接走。姥姥说，有一天早晨不到六点，她开大门时突然看见云姨又跑回娘家了。她蜷缩在门口睡了一晚，冻得瑟瑟发抖。姥姥忙叫醒她，给她拿了两个包子，端来一碗热水，她吃完就瑟缩着离开了。

志民姥爷的病让一家人愁云惨淡，谁也没空理会跑回娘家的云姨。哥嫂们挨个儿通知邻居和亲戚，以后谁见了云妹子都别管她，别让她进门。进不了门，她转一圈就回去了。大家都说云姨的哥嫂心硬，但也没人再去蹚浑水了，毕竟人家的亲兄长都发话了，若再多管闲事，出了问题谁也担不起。姥姥说："云妹子的命也忒苦了，在婆家过不舒坦，回娘家还不让进门。"

志民姥爷最终没能战胜病魔，撒手走了。哥嫂们跟妹夫商定，不让云姨来参加葬礼，免得惹出什么乱子。那日，云姨被男人锁在家里，连父亲的最后一面都没能见着。云姨的小女儿倒是去了，因无人照料，孩子脸蛋通红，腮边不知怎么抹了指甲盖大的一片灰。云姨与前夫生的儿子也去了，因平日走动不多，孩子一脸茫然，在大人的安排下给姥爷磕了个头就离开了。周边知道云姨旧事的亲友看见两个孩子，都悄悄感叹云姨命苦，忍不住为其流泪。志民姥爷走了，云姨难回娘家，她成了天边的一抹残云，被风吹得七零八落之后，只能流浪漂泊。

后来，听姥姥说，云姨夫家的人还算厚道，送她去省城治病了。姥姥说这话时透着一丝欣慰。当年春风得意的云妹子一生坎坷，如果能治好病，哪怕病情轻些也好啊！国家给免费治疗，大约康复的希望又多了几分吧。

母亲说，云姨的名字起得不好，云没有根，风往哪儿吹云就往哪儿飘。我没有作声，抬头望着湛蓝的天空中飘浮着的那朵白云，又想起第一次见云姨时她送我的那盒彩笔。我想，等云姨治病回来，我要用那彩笔给她画一幅缤纷绚丽的春景，愿她迎来一个崭新的春天！

（原载《山东文学》2022年第3期）

十字路口

一

每个村庄都有十字路口，那里往往是村里人烟最旺的地儿。我们村的十字路口是南北街的交叉口，因村小路窄，十字路口便显得有些小气。好在这是村里人南来北往的必经之地，东南角又有旺叔家的代销点，倒也平添了不少人气。年轻人都在外工作，落寞的村庄里剩下的老人最多，他们茶余饭后常常聚在此处聊天，乘着南风消暑，借着冬阳晒暖。

许是为了招徕顾客，也给乡邻们提供一个相聚的地方，旺叔在代销点门口用青石板搭了几方石凳。有了石凳，老人们不必自带马扎，来得更勤了。十字路口的老伙计们成了村里的一道风景。

金堂爷是十字路口的常客。他是退休的中学教师，月月有退休金，按他自己的话说："睁眼二百。"意思是，只要每天早晨一睁眼，就有二百块钱进了腰包。所以他每天要做的就是保持身体健康，让自己活得长长久久。为此，退休后，他专门去找学校的体育老师学了一套太极拳，没事就在十字路口练一练，倒是越发和蔼可亲起来。

拉呱儿不能干拉，就像吃馍要就点咸菜一般，呱儿得就着烟拉，才能"说者侃侃而谈，听者津津有味"。十字路口的老伙计们多抽卷烟，他们将孙子孙女写完的本子裁成一块块方纸，捏一撮碎烟丝，轻轻卷起来，最后用唾沫一抿粘好。卷烟烟气大，点燃后自有一种滋味。碎烟丝便宜，大伙儿都抽得起。只有金堂爷特别，他只抽盒烟。也正因这一点，金堂爷在十字路口这一方地界瞬间有了话语权，当中最宽大的一方石凳是他的专座。

金堂爷善谈，肚子里墨水又多，老伙计们喜欢听他拉呱儿。金堂爷练完太极拳，往石凳上一坐就开始说，聊他以前教书时怎么管学生，说他教的学生有了大出息。当然，说得最多的，还是自己儿子儿媳如何孝顺体贴。似乎为了验证这一点，金堂爷不是穿件新衣裳，就是带来点心分给大伙儿吃，还炫耀般地说一句："儿子（儿媳）给买的。"对十字路口的这些老伙计来说，活一辈子就图个儿孙孝顺。因此，金堂爷在十字路口很有威望，老伙计中间有点矛盾都要让他来调解。

有人艳羡有人妒。有人说，金堂老爷子的退休金在村里可是独一份，为了那退休金，儿子儿媳能不好茶好饭地伺候着吗？这话一出，老伙计中就有人反驳，有本事你也月月领退休金啊！传话者顿时哑口无言，满脸羞恼。

金堂爷的快活日子过了没几年，就出了变故。事情出在金堂爷的老婆身上。虽一辈子相夫教子，但因为老爷子腰包鼓，老太太的腰杆子也硬起来了，说话做事格外强势。儿子儿媳虽不与他们同住，但老太太仍时常去儿子家"视察"，对儿媳横加干涉，今儿嫌弃她人懒不收拾家务，明儿又指责她不会做饭。一开始，儿媳还顾着丈夫的面子只听不接话，后来儿媳妇坐月子，她还整日叨叨，终于惹怒了产后抑郁的儿媳。儿媳妇扔下小孙子，决绝离去。

儿子工作忙，老太太只能担负起带孙子的活儿，本来滑润的脸硬是被忧愁和操劳联合挤出一朵菊花来，看上去十分苦涩。再加上小孙子长大了见别人都有妈妈，也天天找妈妈。金堂爷老两口开始犯愁，张罗着给儿子再找个媳妇。只是，儿子再好，也成了二婚，还拖着个一岁多的娃儿，高不成低不就的，就一直没找到媳妇。儿子离婚后，金堂爷照旧在十字路口晒太阳，只是脸上多了几分落寞，也不用那么洪亮的嗓门说话了，甚至不肯再坐那方最宽大的石凳了。

二

金堂爷唱独角戏的时代，柳奶奶也常在十字路口。柳奶奶沉默寡言，但在十字路口的地位仅次于金堂爷。她虽年逾花甲，但心态平和，只是鬓发斑白，脸上却没多少皱纹，反显出一种雍容的姿态。

如果说金堂爷的地位是自己挣来的，那柳奶奶的地位则是儿孙捧起来的。早年柳奶奶丧夫孀居，独自一人拉扯儿子长大，操碎了一颗慈母心。那时，虽说村里人心善，不会主动欺负她们母子，但遇着分地、抓阄类似的事，孤儿寡母总免不了吃些小亏。但她从不说什么，一心一意拉扯儿子长大，督促他上进好学。

柳奶奶从年纪轻轻熬到鬓发花白，从柳嫂子熬成柳婶子最后成了柳奶奶。儿子也不负寡母期望，一路从大学本科读到研究生，最后获得博士学位，成了我们村学历最高的人。博士毕业生相对来说好就业，柳奶奶的儿子不费什么力气就拿下了一所高校的教师职位，成了一位大学老师。在高看文化人一码的农村人眼里，柳奶奶的儿子就像"文曲星"下凡。

作为高校引进的高学历人才，学校给柳奶奶的儿子提供了宽敞的住房。夫妻俩要接母亲同住，可柳奶奶死活不去。她的理由是在城里找不到人说话得闷死，还是踩在家里的土地上心里踏实，平时还能去十字路口跟大伙儿拉拉呱儿。说是这么说，但据柳奶奶的邻居透露，因为生活习惯不同，老太太怕住一起会有婆媳矛盾，才不肯去城里住。儿子一听母亲这样说，便也不再坚持，只能常回家看看，把各种物品都给母亲备齐，另外每月给老太太两千元花销。博士儿子工资高，也舍得孝敬母亲，没过两年，就给柳奶奶盖了一幢新房，铺了实木地板，装了空调，置办了红木家具。

正因儿子有出息且孝顺，柳奶奶在十字路口的地位才水涨船高。柳奶奶自己也为人亲善，大伙儿有点什么事，她总是热心帮忙。因而在十字路口，柳奶奶比金堂爷更受大家敬重，大伙儿都说她是有福之人。但也有人不这么认为，那就是金堂爷的老婆。一次她带小孙子在十字路口玩，见大家都夸柳奶奶的儿子，她撇了撇嘴悄悄对旁边的人说："柳嫂子也是可怜，把孩子教育得那么好干啥，最后还不是远走高飞了？还不如孩子没啥大出息，好歹能留在身边帮衬帮衬。"旁边的人听了本想反驳，可一想起散场时别人拖儿带孙回家，柳奶奶却一个人落寞地回到她那栋豪华新房的情景，顿时不知该说些什么。

三

相比柳奶奶，常在十字路口晒太阳的秀婆婆就很没有底气了。虽然她在十字路口的老伙计中年纪最大，被大伙儿称作"嫂子"，却总是小心翼翼、胆小怯懦，似乎任何人她都得巴结奉承着。

她之所以缺乏底气，是因为儿子儿媳不孝顺。在十字路口，尤其是在金堂爷、柳奶奶跟前，儿子儿媳的不孝顺成了秀婆婆心里的一根刺。每每看到金堂爷、柳奶奶又穿了儿子媳妇买的新衣裳，那根刺就往她心上戳一下，虽然看不见伤口，却痛得尖锐。但她每日除了十字路口，也没有别的去处，因此只能任由那根羡慕之刺时不时地提醒一下自己：你真命苦。

秀婆婆年轻时身体孱弱。谁知嫁的男人干活还不如她，肩不能挑，手不能提。后来秀婆婆生了三个儿子，生活更艰难了。因此，秀婆婆种地很卖力，却攒不下什么，只能将就着一把野菜一把地瓜面地把三个儿子养大。为此，年轻时的秀婆婆着实为家庭出了不少血汗。

本以为儿子长大了，家里劳力多了，生活总能改善了，谁知还是不能如愿。因实在穷困，三儿子心一横，跟人去了关东，后来杳无音信；另外两个儿子结婚后分家过，却又成了尾巴长的"花喜鹊"，娶了媳妇忘了娘。早些年，秀婆婆夫妻俩还有力气，自己种地收粮食，也能过得去。没几年，丈夫因病去世，就留下秀婆婆一人孤零零过活。此时，年过古稀的秀婆婆早就体力不济了，三儿子又杳无音信，只能按着村里的旧俗，依附着两个儿子，由他们轮流照顾。所谓"照顾"，也不过是提供一日三餐以及一个能遮风避雨睡觉的地方。可即便这点小小的要求，她的儿子媳妇们也不愿满足。

一开始在大儿子家，据说秀婆婆每顿饭都是就着咸菜条啃干粮，有时炖点白菜粉条或凉拌个黄瓜；大儿媳嫌弃秀婆婆邋遢，居然让秀婆婆睡在地排车上。孙媳妇是个心善的人，多次劝说婆婆对奶奶好点，大儿媳才不情愿地拾掇出一间小西屋给秀婆婆，吃饭时也会盛上半碗菜送到西屋去。

夏天，轮到二儿子家照顾，二儿子出去打工，只有儿媳在家。有次在十字路口，柳奶奶见秀婆婆胳膊、腿上有许多被蚊子叮咬的疙瘩，说："嫂子，你睡觉不撑蚊帐吗？怎么给蚊子咬了这么多包？"秀婆婆蚊子哼哼般地说："贪凉快在屋外厦子底下睡觉，结果让蚊子咬得一夜没睡好。"柳奶奶说："厦子底下倒是凉快，就是蚊子多，'七月半、八月半，蚊子团成蛋'。你得让媳妇给你支上蚊帐。"秀婆婆点点头，光笑不说话。

不知是秀婆婆没找二儿媳说支蚊帐的事还是说了不管用，后面的日子，她还是常被咬得一身蚊子包，大约是被蚊子闹得，连精气神都减了几分。后来还是柳奶奶看不过眼，找出一顶旧蚊帐给秀婆婆支上，这才让秀婆婆熬过半个夏天。

秀婆婆性子怯懦，受了委屈总是自己默默吞下，一句话不多说。秀婆婆觉得，大约自己在家晃来晃去更碍眼，于是除了吃饭、睡觉，就在十字路口待着，与老爷子老太太们唠个嗑，疏解一下心情。

四

秀婆婆是十字路口的可怜人，虽然依附儿子过得并不熨帖，但她觉得自己有儿有孙，比小宝姥姥更有底气。小宝姥姥是邻村人，本有两儿一女，过着人人艳羡的幸福生活。儿子娶亲、女儿出嫁后，也都生了可爱的孩子。孰料没几年，两个儿子竟先后去世，一个因疾病，一个因夏天去河里游泳出了意外，只剩下两个儿媳带着孩子。

两个儿子结婚后早已分家，如今儿子死了，儿媳抚养孩子本就艰难，因此不肯养婆婆，小宝姥姥只好投奔女儿。两个弟弟接连走了，养老之事落到自己身上，让小宝妈感觉压力很大。她想，虽然弟弟已去世，但两个弟媳也应该承担养老责任。于是她去找弟媳理论，结果三家纷争推诿。最后，小宝妈一纸诉状将两个弟媳告上法庭。结果呢，用脚尖想想也能知道，儿女才有赡养父母的义务，儿媳没有。人家愿意赡养，那是为了情分；不愿赡养，也不能"牛不吃水强按头"。更何况，两个儿媳还年轻，还有可能再婚，带着儿女也就罢了，再养着婆婆就很难找到合适的人了。没法子，小宝妈只能把母亲接来赡养。

因为不是本村人，小宝姥姥在村里没几个熟识的人。又因她跟着女儿过活，十分没有底气，便不常去街上。小宝家紧挨着十字路口，那些老人的欢声笑语越过院墙传进家里，小宝姥姥便时常凑到大门口去听一听、看一看，久而久之，小宝姥姥就与十字路口的老伙计们玩到一块去了。

中午，大家要回家吃饭，小宝姥姥也回家。但有一次，柳奶奶去给她送蒲扇，才发现她中午居然就着白开水啃面包。原来小宝姥姥年老体弱，早已做不了饭。小宝妈要去做工补贴家用，常常一早出门至晚方回，也没时间给她做午饭，便买了一兜面包、蛋糕之类的零食搁在那里，让她饿了就自己去拿。柳奶奶很难过，回头在十字路口说起来，大伙儿才知道这回事。后来，不管哪家中午炸了丸子、包了水饺或烙了饼，都要给小宝姥姥送一些，心里才过得去。

　　小宝姥姥见不得白事，这让她想起早逝的儿子们。白发人送黑发人，着实令她心痛。这时她会止不住地哭泣，哭得身子歪到地上去，谁也劝不住。十字路口的老伙计们知道她的心病，因此说话时十分注意，但保不准谁嘴皮子一秃噜，就又提起生死之事。这时，小宝姥姥忙起身往家里走，如果稍晚一步，大伙儿就会看见她脸上悄悄滑落的泪。

　　看见小宝姥姥回家后关上门，十字路口的老伙计们开始议论感慨，有的感叹老太太命苦，怎么就摊上这样的事；有的夸柳奶奶好命，儿孙孝顺，日子顺心；还有的觉得小宝姥姥还算强些，好歹闺女能照顾她，不像秀婆婆只能忍受儿媳妇的刁难……只是，每个人都有自己的烦恼，怎么说得清呢。唠了一阵子，气氛一时有些压抑，大伙儿满怀心事地各自走开。

　　第二日上午，当温暖和煦的光洒满十字路口的石凳时，金堂爷、柳奶奶、秀婆婆陆续赶来，家长里短的悲喜剧又开始在十字路口这一方小天地热闹上演。没多大工夫，小宝姥姥推开大门，颤颤巍巍地走到十字路口，大伙儿热情招呼她："早啊，老嫂子。""快坐下，今儿金堂爷又有好多新鲜故事讲哩！"此时，老伙计们特意给她留的那张洒满阳光的石凳，已经被太阳温柔的手抚摸得有些温热了。她一坐下，一股暖意就弥漫开来，一直暖到心里……

　　　　　　　　　　　　（原载《参花》2024年10月下旬刊）

姐妹逸事

一

人们都说，严奶奶一辈子都在与她的姨表姐田奶奶斗气。

我们家附近总共五六户人家，竟有三对表姐妹。说起原因，大抵是两表姐妹关系好，先嫁到此处的表姐或表妹，舍不得姐妹，又恰在此时打听到邻家尚有未娶青年，便牵线做媒，把姐妹介绍给邻家，为两家关系锦上添花。若"男有情，女有意"，条件又正合适，那自然是水到渠成、皆大欢喜。我母亲与表姨即是如此，当然，表姐为表妹做媒的先例始于严奶奶的姨表姐——田奶奶。

据母亲讲，田奶奶的母亲田姨妈与严奶奶的母亲严姨妈是姐妹。田姨妈年长一些，性格爽利，模样又好，后来嫁给一个镇干部。作为干部子女，小时候的田奶奶生活优渥。与之相比，敦朴和气的严姨妈老老实实听从父母的建议嫁给一个普通农民，做了农妇。

不过，做了干部夫人的田姨妈并没有忘记自己娘家的弟弟妹妹，眼见妹妹嫁得一般，弟弟日子也过得捉襟见肘，她便时常拿出些零钱碎物贴补帮扶，还会把侄子甥女接到家里小住一阵。因严姨妈家计甚艰，而田姨妈又甚爱严奶奶这个外甥女，年幼时严奶奶是田姨妈家的常客，也因此与田奶奶更为熟稔，两姐妹那时关系极好。

田奶奶家境好，除兄弟外只有她一个女孩，常带些小傲气。到了谈婚论嫁的年龄，田姨妈与丈夫精挑细选，总算在我们村找到一个门当户对的青年——青华。双方一说合，都十分满意，喜悦全挂在眉梢上了。没多久，二人定亲并随之结婚。

婚后，中专毕业的田奶奶在我们村当老师。后来，她偶然间得知后邻家的小伙儿青泰尚未娶亲，便想起严姨妈家的姨表妹来。田奶奶想，青泰虽家境一般，但性格温厚，且与青华是近亲，与自己表妹简直是天作之合。

在田奶奶的大力撮合下，不过数月时间，身着新衣的严家表妹坐着自行车进了后邻家的门，成了当时的严嫂，最后变为小孩子口中的严奶奶。

二

正当人们以为青泰爷跟青华爷成了连襟，两家人会更亲密时，他们的关系却出现了变故。婚事成了，严奶奶和田奶奶之间的姐妹情谊却淡了，最后她们简直成仇人了，明里暗里较着劲儿，一见面话里带刺儿地你嘲笑我，我暗讽你。

这对表姐妹之间的关系从什么时候开始出现裂痕的呢？这还得从送媒人礼说起。

婚事一成，田奶奶就不仅是严奶奶的表姐，更是她的媒人。乡俗里，媒人算是男女双方的恩人，新人结婚时媒人不论辈分大小皆居上座。婚后三年逢中秋、过年，小夫妻还要送媒人一块肉和两瓶酒。开始，严奶奶夫妻照着乡俗礼节办，两家人来往甚多，关系越来越好。

但是，严奶奶夫妻结婚后很快添了一双儿女，日子过得有些紧巴，三年后就没再给田奶奶送媒人节礼。田奶奶不高兴了，逢人便讲："白操了那么多心，她真是喂不熟的白眼狼。小时候在我家白吃白住那么久，这会子连块肉都舍不得送，亏我还给他们当媒人。不敬媒人，早晚各奔东西！"田奶奶心胸狭窄，嘴巴又毒，在她眼里，别人只能奉承自己，若让她觉着自己被怠慢了，一准儿把你贬得一无是处，把事情宣扬得尽人皆知。

村子不大，哪有不透风的墙，这话很快传到严奶奶耳中，她气得浑身发抖。她虽和气，却也不容许被姨表姐这样诅咒。没错，是诅咒，田奶奶最后那句"早晚各奔东西"，对新婚夫妻来说是大忌。可田奶奶是表姐，是媒人，丈夫还是有权有势的干部，自己哪里惹得起？

严奶奶是个聪明人，不像有些人只会把气往自家人身上撒。为出这口闷气，严奶奶上房顶指桑骂槐地边哭边骂，一边哀叹自己命苦，一边怒骂奸人败坏自己的名声。田奶奶听了却不以为然，高声嗤笑道："某些人，自个儿没出息就说没出息，别拿命苦做遮掩。就你家那条件，谁稀罕搭理你们！"

从此两姐妹算是反目成仇了，彼此不搭腔不来往，见了面表现得比陌生人还冷漠。然而，两姐妹却在暗暗较劲，想着一定要比对方过得好才行！

三

田奶奶家本来条件就好，自然占据优势地位。严奶奶提着一股劲儿，想着自己家庭一般，一定要把小日子过得像模像样，才能让田家表姐不再小瞧自己。

打那以后，严奶奶拉着青泰爷尽心尽力地伺候那几亩地，只为有个好收成。但毕竟是庄户人家，苦心劳力一整年，地里的庄稼收成再好，也不过几千块钱的收入，去除农药、化肥、种子以及一家人的吃喝用度，剩不下多少。虽然家底薄了些，但男人体贴周到，做饭洗衣基本不用严奶奶动手，严奶奶日子过得倒是挺舒心。

而田奶奶夫妻俩都有工资，在农村花销寥寥，很快成了村里有名的富裕人家。有了充裕的资金，田奶奶夫妇联系工厂揽了编织汽车坐垫的活儿，把从厂家拿来的尼龙线等材料分发给愿意做的人，让其编织好之后再交回，按件算钱。这活儿在家利用空闲时间就能干，不仅误不了农活，还能照顾老人和孩子，很受农村妇女欢迎。田奶奶家作为中间代理挣差价，赚得盆满钵满。

胡同里许多妇女都去田奶奶家揽活儿，只有严奶奶例外。她之前与田奶奶闹成那样，自然不肯向对方低头赔笑。青泰爷安慰她说："没事，咱踏踏实实干，不比他们家差。"

我们村有采石场，开采的山石用錾子凿制后，可修桥、铺路、建屋，很受欢迎。青泰爷为了多挣些钱，农闲时就去山上采石场干活。严奶奶在家照顾一双儿女，把家里收拾得干净整洁，抽空做些零碎农活。可惜好景不长，就在儿子两岁那年，在山上干活儿的青泰爷出了意外，人当时就没了。在青泰爷坟前，严奶奶哭得撕心裂肺，三个女人都拉不起来。

过了青泰爷的"五七"，严奶奶从悲痛中走出。她对自己说，哭有什么用，抱怨有什么用，养大这一双儿女才是正经事。于是，她收起悲伤的情绪，开始干活挣钱，用瘦弱的肩膀撑起家庭的重担。她去建筑工地打零工，去大棚里帮人捆菜、择菜，但从来不给田奶奶家编垫子。她想用劳动捍卫自己的尊严。

谁知，屋漏偏逢连夜雨，青泰爷去世两年后，田奶奶家要盖新房，还没搭屋顶，单墙面就比后邻严奶奶家的屋子高出两米。我们那儿院子小，田奶奶家的新房一旦盖起来，严奶奶家的小院里就见不到日光了。

眼见自家又受欺侮，一日清早，严奶奶又上了屋顶。这次，她没有破口大骂，只是哭，边哭边哀叹自己命苦，年纪轻轻没了男人，孩子们没了爹。凄凄的哭声随着深秋的冷风飘荡在胡同里，似乎传遍了整个村庄。我母亲和其他邻居都去劝，却没有一点用。

下午，胡同里德高望重的张奶奶出面了。张奶奶没有直接去劝痛哭的严奶奶，反而去田奶奶家劝说调停。田奶奶不知是自觉理亏还是想起了之前的姐妹情谊，敛去一身高傲，提着东西去严奶奶家走了一遭。傍晚，严奶奶止住哭泣，下了屋顶。几天后，田奶奶新房的墙矮了半米多，严奶奶也退了一步，两家不再剑拔弩张，关系有所缓和。

两家人虽还有些生疏，但终归像正常邻居一般有互动了，只是严奶奶仍不去田奶奶家编汽车坐垫。我想，屋顶上的哭诉大约是严奶奶为捍卫自己的尊严做出的反抗行为，她一个没有人撑腰的孀妇，能让表姐家退一步，已经非常不容易了。

严奶奶一肩挑起家庭的重担，省吃俭用，挣的钱都用作家庭开支。那时，她什么累活儿都干，样样不落人后。母亲说："你严奶奶年轻那阵儿真是个要强的人，她憋着一口气要跟表姐一决高下。"可她一双手怎么能比得过人家一家人呢，田奶奶一家风光得意，有工资收入，汽车坐垫生意也做得越来越红火。

因住得近，表妹每日早出晚归的辛苦田奶奶都看在眼里，心里暗自得意。穿戴华丽的田奶奶，有时向表妹炫耀自己刚买的金银首饰，有时半埋怨半显摆地说刚给儿子买了套楼房，简直掏空了家底，又问表妹怎么为孩子打算的。严奶奶却神色平静，随口淡淡地说一句："那是你有福气。"田奶奶碰了个不软不硬的钉子，不再多说什么，可下回还是少不了炫耀一番。

四

跟幸福安逸的田奶奶相比，严奶奶浸泡在生活的黄连水里，拉扯着一双儿女，艰难前行。

女儿不忍严奶奶这么辛苦，想着如果自己不读书，出去打工挣钱，这样家里就不这么难了。可要强的严奶奶很看重孩子的学业，她对孩子们说："我受苦受累地干活儿，只为你们能多学点知识，最好考上大学，能有个好前途。以后家里的事儿你们少管，只管读好书就行。"就这样，两个孩子含泪苦读。严奶奶靠着自己打零工挣来的辛苦钱，供一双儿女读完高中。后来，严奶奶的女儿没考上大学，回村里当了代课老师，严奶奶的儿子考上了一所专科学校。

好运来了挡也挡不住，严奶奶的儿子一表人才，跟一个城里的女同学处上了对象。一开始，女孩家人还对严奶奶儿子的单亲家庭背景有顾忌，谁知见了一面后，女孩父亲立马喜欢上了这个能说会道、落落大方的小伙儿，对这个未来女婿赞不绝口，同意了他们的婚事。严奶奶本就发愁儿子的婚事，谁知天上竟掉下一个大馅饼，她乐得合不拢嘴。女孩家是做生意的，家庭富裕，知道严奶奶拉扯孩子读书不容易，不光不要彩礼，结婚时还给女儿陪嫁了一套房、一辆车。

严奶奶全家一片喜气洋洋，表姐田奶奶心里就冒出一股醋意。俩人别扭了这么多年，且她家一直占了上风，眼见严奶奶的好日子要来了，田奶奶心里不舒服了。我跟母亲去严奶奶家随份子，出门遇到田奶奶在跟几个女人说话："高门嫁女，低门娶妇。娶个城里的媳妇，门不当户不对的，后边有她受的！"有人连声附和。邻居兰婶悄悄说："虽然这话不好听，但没准会成真呢。"说完，她不由得为严奶奶叹息几声。

很多人都等着看严奶奶与新媳妇的笑话，可两个月过去了，严奶奶家里风平浪静，一派和乐。好事的兰婶去串门，回来却对新媳妇赞不绝口。她说新媳妇温柔大方，对婆婆和大姑子都很好，严奶奶真是一百个满意。严奶奶跟兰婶抱怨，有什么稀罕的、好吃的，儿媳妇都先拿给自己，一把屎一把尿拉扯大的儿子还不如嫁进来的儿媳妇知道疼人。母亲说："你严奶奶的福气来了，她有个好儿媳妇。"

新媳妇娶进门后，严奶奶的日子过得舒心。儿子在岳父的扶持下注册了一家运输公司，从事与岳父家生意相关的产品运输，背靠大树好乘凉，生意做得很红火。随着农村孩子越来越少，原本做代课老师的大女儿没了工作，便去了弟弟岳父家的厂里做事。

严奶奶儿子夫妻俩为了做生意方便，一直在城里住，后来因不放心老人自己在老家，小两口商量着把严奶奶也接去城里。儿子回来跟严奶奶说这事，本以为会费一番口舌，没想到严奶奶很干脆地答应了。母亲去送别，回来跟我说，你严奶奶愿意去城里肯定有跟表姐斗气的缘故，这样省得天天看见前面高大的房子挡着自己院里的阳光，心里堵得慌。

五

老话说，白云苍狗，世事无常。严奶奶家开始兴旺，田奶奶家却出事了。原来，田奶奶的儿子从小长在富贵乡里，不学无术，成家后仍不收敛，融资炒股，结果赔了一大笔钱。本来田奶奶家底也算丰厚，可他们前几年刚掏空家底给儿子在市区买了楼房，还时不时给儿子一家补贴生活费，也没剩多少积蓄。随着村里的年轻人越来越少，田奶奶家的汽车坐垫生意日渐萧条。不争气的儿子不光把老两口的银行卡攥在自己手里，掏空了他们的积蓄，还哄着老两口卖掉老家的宅院。

据说，田奶奶卖掉宅院搬走时垂头丧气，不住地低声骂儿子败家，仿佛从一只神采飞扬的凤凰败落成了一只无精打采的麻雀。房子卖后，田奶奶两口子无家可归，只能到儿女家轮流住。大家都说，田奶奶那么个精明人，谁承想竟败在自己儿子手上。

清明时，田奶奶回村给公婆上坟烧纸，整个人萎靡不振，一副唯唯诺诺的样儿，刚跟兰婶寒暄几句，竟落下泪来。可见她在儿女家住得并不顺心遂意。胡同里谁看见了，都叹息一声，之前严奶奶日子苦，谁知竟苦尽甘来；田奶奶早年过得多好，谁能想到如今会落到这寄人篱下的地步呢？

没多久，邻居兰婶的儿子结婚，严奶奶特意赶来随份子。一个胡同的女人凑在一起，不知怎么就说起田奶奶家的事。兰婶因买了田奶奶家的宅院，与搬家后的田奶奶联系较多，她叹息道："她住闺女家时，女婿阴阳怪气地说风凉话；住儿子家时，儿媳妇又时不时地指桑骂槐。那么个精明人儿，竟落到这个地步。"大家本以为严奶奶会落井下石，借着话头讽刺田奶奶一番，谁知她却一脸平和地说："她也不过是个可怜人。"说罢竟不再提此事。众人都十分惊奇，这一对老姐妹终于"化干戈为玉帛"了？

姐妹俩争了一辈子，严奶奶起初一直居于下风，如今眼见要赢了，却收了兵，不仅不跟田奶奶比了，话里话外还对其有维护之意。母亲点头赞许："你严奶奶是个厚道人。"

时间的脚步走得飞快，严奶奶和田奶奶都已不在胡同里住了，只有一新一旧两幢房子立在那里，讲述着这对姐妹曾经的恩怨纠葛。几年后，村里新房四起，一幢幢往高里建，田奶奶家原先鹤立鸡群般的房子竟显得矮了。兰婶将严奶奶家的旧院也买下，两处院子一起翻盖，让这点见证烟消云散了。

我站在兰婶家门口，看温暖的光照在朱红色大门上，仿佛看到严奶奶一脸平和地为田奶奶说话的场景。斗转星移，一切恩怨纠葛终将湮灭在时间的浮尘中，了无痕迹。然而，这段姐妹间的逸事不过是时光之河中的一粟，却在街坊们心间播下一粒宽容和善的种子。自此，街坊们愈发宽容和睦了。

陌
上
婵
娟
记

在乡村，一个个女子就是一朵朵开在田间阡陌的花。她们生于乡村，长于阡陌，本是鲜活丰润的存在，却常会遭到风刀霜剑的摧折。但她们从来不惧怕，无论风雨人生路如何坎坷，她们都坚强而热烈地努力在泥土中扎下根系，蓬勃生长，灼灼绽放。

疯女

春丽是个疯女子，这是村里人公认的。

但春丽又与其他疯了的人不同，打眼一看，你压根儿看不出她是个疯女子。春丽经常闭门不出，安安静静地缩在自家小院儿里，若不是院中有时会传出春丽娘的叹息或呼叫声，大家可能以为这小院已无人居住。若出门，春丽必穿一身干干净净的校服，夏天是浅绿色的分体式校裙，春秋便是蓝白相间的厚校服。她从不到远处，只在门口站着，许是久居室内的缘故，她肤色极白，面容恬静，马尾辫顺溜溜地垂在腰后，就像一个干净青涩的女学生。

但就是这样一个看起来文文静静的姑娘，大人们却都说她是个疯女子，让放学回家的孩子离她远些。更奇怪的是，春丽最喜欢和放学后的小学生说话，每每伸手招呼我们，我都会遵从大人的话撒腿跑掉，心中的谜团却像雪球一般越滚越大。

春丽家门外有个大场院，天气晴好时，村里女人们常到这里拉呱。和煦的日光晒在身上暖洋洋的，让倚在母亲身边的我快要睡了过去。这时，有人喊了一声："看吧，春丽这个疯女子又出来了。""真是作孽哦！""多好的闺女，可惜啊！"女人们七嘴八舌地议论着。从她们的只言片语中，我渐渐拼凑出春丽的故事。

春丽原本不是疯女，非但不疯，还是个品学兼优、聪慧文雅的姑娘。那时的她就是父母口中"别人家的孩子"，勤奋、好学、听话、懂事，就像一块美玉，简直挑不出一丝瑕疵。但正是这样一块美玉，却没经受住人生的重击，"哗啦"一下碎裂了。

春丽爹是个老实能干的汉子，做事勤勤恳恳，村里的包工头都愿意用他。可天有不测风云，有一年在工地干活时，他经常胃痛，吃不下东西，想到家里有两个年幼的孩子，他就没舍得去大医院，只在小诊所拿了些止痛药。年底回家，春丽娘催他去县医院检查，这一去就没再回来。癌症诊断书下来就住了院，还是没能救回这个老实人。春丽娘和一双儿女哭得撕心裂肺，也只能接受现实。当时，春丽正上高一，弟弟春明上初一。春丽娘拢了拢家里的钱，盘算着后面的日子该咋过。

在春丽娘的精打细算下，两年很快过去，春丽参加了高考，弟弟春明参加了中考。成绩出来了，春丽分数过了二本线，倒也能上大学；弟弟春明考上了县一中，成绩也很不错。街坊邻居都向春丽娘贺喜："他婶子，你终于要熬出头了，一儿一女都这么有出息，要是能出两个大学生，那就更好了！"春丽娘笑盈盈地听着乡邻们道贺的话，没有接话。

转眼七月过去，八月也过了一半，春明的高中录取通知书早就下来了，春丽的通知书却一点信儿也没有。春丽急得不行，她娘只劝她等着。九月，大一的新生早已开学，春丽始终没接到录取通知书。她娘说："肯定是你填志愿时报高了，人家没录取。家里还要供你弟弟上高中，你看怎么办？"话说到这份儿上，春丽也知道家里肯定不能供自己再复读一年了，心一横，第二天就背上准备好的铺盖卷去深圳打工了。在外打工的春丽省吃俭用，挣的钱只留下一小部分，其余的都寄回家。

后来有一次闲聊时春丽娘说漏了嘴，春丽的录取通知书其实收到了，是她藏了起来。她说："两个孩子都有出息是好事，可俺家那情况你们也知道。后面还要供春明上大学，给他娶媳妇，才算对得起那苦命的死鬼。姑娘大了读那么多书有什么用，以后找个好人家嫁了就行，只能先委屈她了。"街坊们不以为然，说："那也该让人家孩子自个儿选才行啊，小心日后落埋怨。"春丽娘说："她敢，日后她嫁了人还不是得靠娘家人撑腰。那录取通知书我还留着呢，就压在柜子底下。"

很快到了年底，春丽回到家里过年。春丽娘和春丽弟弟去给春丽姥姥送年礼，春丽帮忙收拾房子、整理东西。看着天气好，她就想把柜中的被子拿出来晒一晒，结果一搬被子便看见下面压着一封信——她的大学录取通知书。春丽那天两手紧紧攥着录取通知书，在门口呆呆地坐了一下午。

天刚黑，春丽娘回来，看了这情形就知道发生了什么事。她跟春明把冻得浑身冰凉的春丽架进屋里，烧了热炕。春丽娘找借口支开春明，便开始劝闺女，说得口干舌燥，最后春丽终于"嗯"了一声。春丽娘放了心，想着春丽别扭两天也就好了。

第二天，日头已老高，也不见春丽出门，春丽娘推门一看，春丽正在桌前认真地看书，手里还紧紧握着那个装着录取通知书的信封，俨然一副学生模样。春丽娘喊她去赶集买年货，她理都不理，自顾自地看书。因为忙着准备过年，春丽娘便没再管春丽，可一连数日都是如此，她终于看出闺女的不对劲来。因为没法将春丽拉出门，春丽娘便请村医去家里瞧。村医看了这情形，连连摇头："这不是头疼脑热的病，这是心病，我治不了。"说完提着药箱就走了。

之后，春丽的病更加严重了，她多数时间在家里窝着看书，那几本高中课本被她翻得都卷了边。偶尔出门站站，她却喜欢穿着校服，这身打扮在那么大的姑娘身上显得不伦不类。看到上学放学的小孩子，她非常热情，主动上前拉着他们说话，给他们拿糖吃。一开始人们还可怜这姑娘，后来见她的病愈发严重，怕她做出什么不妥当的事，便叮嘱孩子离这个疯女子远些。

春丽娘傻眼了，因为自个儿重男轻女，藏了录取通知书，让女儿变成这样！她开始带春丽去看病，家里没多少钱，只能找人求偏方。两年下来，春丽没有一丝好转。这时，春明高中毕业，高考分数没过本科线，他便去了省城打工。春丽娘心死了，儿子没考上大学，女儿又因自己呆呆傻傻，日子过得没滋没味。自此，那个曾被乡邻们羡慕的春丽娘不见了，她深居简出，除了日常叫春丽吃饭或睡觉，就只有自言自语和重重叹息。阳光虽明媚，却照不到住在这个小院的人心里。

听完春丽的故事，我才明白为什么她那么爱穿校服，那么爱招呼放学回家的小孩子。她心里一直有读书的梦想，当这梦想之翼被折断，她大约也只能以此来表达自己的不满了。

上次回家时听母亲说，春丽居然报名了自考本科，已经通过了几门考试，疯病也未再犯，像个正常姑娘了。我听了先是惊讶，随即心生钦佩，春丽梦想的羽翼因未能继续读书而折断，这次应当算找到对症治疗的良方了吧。

佳人

提起云英，村里人的心情是复杂的，赞许中透着谴责，歆羡中又露出轻蔑。但不能否认的是，她是村里排得上号的"佳人"。

被称为"佳人"者，或有才华，或有美貌，若才貌双全，便更名副其实了。云英便是这最后一种。当年的云英姑娘真称得上十里八村的"一枝花"，还没结婚时，就人人称赞。她长相俏丽，白净的脸蛋，精巧的五官，十分和谐地搭配在一起，让人想起阳光下的甘露。云英不仅俊俏，还爱读书，有才气。据说当年上中学时，学校图书室的书都被她看遍了，墙上的黑板报也多出自她的手笔，她作的诗词让老师拍案叫绝。腹有诗书气自华，那些才华融入她的俏美，让她就像出水芙蓉一般遗世而独立，也让她获得"佳人"的美誉。

见自家女儿出落得这么好，云英的爹娘有些想法——他家向来贫困，能借女儿攀一个好亲，说不定日后能帮一下自家。也是天意，云英虽有才华，但偏科厉害，数理化三科实在太弱，最终没考上大学。云英的爹娘不以为意，他们认为姑娘只要长得好，就能嫁得好，文凭这东西嘛，有就是锦上添花，没有也不落下风。因此，他们就想趁自家女儿年轻水灵，赶紧物色一门好亲事。

不管爹娘咋想，云英有自己的小心思。虽然她自己没考上大学，却中意读书人。村上读书人不多，除了几个"飞出鸡窝变凤凰"的大学生，还有村小学的老师。云英因爱读书，常去村小学找老师们借书看，一来二去，跟一个师范毕业后来村里教书的男老师树平谈起了恋爱。村里好事的女人说："云英经常晚上去学校找树平，两人不在办公室说话，专躲到村外场院的麦秸垛边嘀嘀咕咕，不知做什么勾当。"云英倒是大方，说："我们嘀咕我们的，总比你这偷听偷看的正大光明。"说闲话的女人灰溜溜地走了。

事情传开后，云英的爹娘很气愤，他们看不上清贫的树平。在他们心里，自家姑娘是多么娇艳的一枝花儿，怎么能被这个没钱没势的愣头青摘走？

云英被爹娘锁在家里，她的爱情成了一个虚幻的肥皂泡，本就摇摇欲坠，现在更因为父母的强烈反对濒临破灭。她是个有主意的女子，眼见爹娘不同意自己的婚事，就跟放暑假回老家的树平一起走了。

云英爹娘跟人一起去追，刚到车站，火车就开了，最后人还是没带回来。据说，云英爹当时隔着车窗放下狠话："走了就别再回来，我以后没你这个女儿。"从此，整天昂着头乐呵呵的云英爹开始低头走路了，他引以为傲的女儿成了他最恨的人。

之后，树平办了调动手续，他跟云英没再回来过。期间，云英曾给哥哥打过电话，说过俩月就回来，估计到时候爹的气也消了，说不定会同意自己跟树平在一起。哥哥去探他爹的口风，发现老爷子怒气不减，事情根本没有回旋的余地，就劝妹妹再等等。谁知等来等去，第二年冬天，云英娘因思念女儿哭瞎了眼睛，又常被老伴埋怨，一气一急一病，竟突然去世了。

云英从哥哥那里得知了她娘去世的消息，急着回家奔丧。她一路哭着往家里跑，到了门口却被收到信儿的云英爹给拦住了。

云英爹手持棍棒将她打了出来，边打边骂："我没你这不孝女，跟男人跑了不说，还气死你娘，你还回来干什么？要把我也气死吗！"街坊们拦的拦，劝的劝，护的护，终是没劝动执拗的云英爹。云英不仅没见到她母亲的最后一面，还没能为其服丧。非但如此，云英爹还当众宣布与云英断绝关系，从此不许云英踏进家门半步。

原本大家以为，云英被赶出家门，又背上了气死母亲的骂名，会嫌丢人远远地离开村子。没想到半年后，云英又回到了村里，还让树平也想法子调了回来，似乎有长久定居的意思。

很快，大家就明白了云英的打算，因为云英与树平要举行婚礼的消息不胫而走，传遍全村。《礼记》有云："奔者为妾,父母国人皆贱之。"许多人认为，云英想用这种方式来为自己正名。大家好奇云英爹的态度，云英爹气呼呼地说："跟我有啥关系，我没有闺女！"

婚礼没有娘家人送亲，没有街坊邻居添妆，没得到亲人的祝福，甚至都没有嫁妆。但云英到底是嫁了，这个曾被同村人鄙夷、唾骂的女子，孤零零地将自己嫁了出去。

云英跟树平在村里定居下来。可曾被逐出家门，又没给母亲戴过孝的子女，在乡村实在难立足。云英日子过得不错，与树平生了一个大胖儿子，一对才子佳人，小日子过得有滋有味。但村里很多女人对她充满敌意，联合抵制她，一见她出来，都撇着嘴说悄悄话，在背后指指点点；她若走近人堆，本来叽叽喳喳的媳妇们立马三三两两说笑着散去。正因如此，这个孤傲的才女从不掺和农村女人之间的家长里短，遇到熟人，她也只笑笑便独自离开。有时，我在人堆里看到她离去的背影，总觉得她在黯然神伤。

虽然自家在村里受到排挤，但云英的身板总是挺得很直，似乎在告诉人们：我行得端，走得正，不怕别人说闲话。她跟儿子说："人一定要自己立得住，别人才不会小瞧你；你若比别人做得好，他们还会高看你一眼。"在云英的教导下，她的儿子非常懂事，读书勤奋，成绩优异。于是，女人们在鄙夷、嫉妒云英的同时，也不免暗暗感叹她性子真强。

虽然别人说云英心硬，我却在偶然间窥见了她内心的苦痛。那天是十月初一寒衣节，我与母亲出门遛弯，偶然看到她拿了一沓黄纸骑车经过。母亲问她去哪里，她向母亲笑笑，说出去走亲戚。可是我清楚地看到她骑车往东边去了，那里除了田野就是黄河，没有别的村庄。我问母亲："云英姐去东边走什么亲戚？"母亲叹口气说："还用想吗，十月初一走什么亲戚，云英肯定是给她娘烧纸去了，她娘的坟在堤外呢！"我恍然，想想云英的遭遇，莫名地有点想哭。

离婚的女人

早些年，离婚在村里被看作是丑事。但玉霞婶还是离婚了，被她男人传坤叔逼着离的。

　　传坤叔与玉霞婶本是一对佳偶。玉霞婶是邻村人，经人介绍与传坤叔相亲，双方都很满意，没多久就结了婚。婚后，两口子美满和谐，唯有一点遗憾，那就是玉霞婶一直没怀上孩子。一开始他们没当回事，觉得还年轻，以后有的是时间。转眼传坤叔年届三十，玉霞婶的肚子还是没动静。刘家老太太着急了，催着要抱孙子。两口子去医院查，也没查出是谁的问题。但孩子问题却像横来一棒，把二人的婚姻击打得摇摇欲坠。玉霞婶汤药喝了不少，肚子却始终没有半点动静。

　　玉霞婶本来性子爽利，但因自己一直没怀孕，觉着对不住传坤叔，渐渐变得沉闷起来，最后竟有些小心翼翼了。

　　又过了两年，玉霞婶听了村里老人的劝，跟传坤叔商量领养个孩子。传坤叔也同意了，毕竟，因为没有孩子，他们夫妻之间的关系变得尴尬而难受。刘家老太太不大乐意，但架不住传坤叔坚持己见，就这样，两口子领养了一个女孩，取名秀丽。

　　那时，城里正流行装修房子。传坤叔有手艺，常跟着装修队干装修，后来熟悉了这行，见有市场空间，就东拼西凑开了家装修公司，做了小老板。可是，传坤叔挣的钱越来越多，心里却总有一个解不开的疙瘩——没有自己的亲生子女。若将家产都留给养女，他心有不甘。

　　于是，传坤叔就有了花花肠子，跟公司新来的一个女会计好上了。没两月，那女人竟怀了孕。这下可把传坤叔和他母亲高兴坏了。

传坤叔开始给玉霞婶施压，想要离婚给那女人一个名分。老太太也跟着劝玉霞婶，说："我知道你是个好人，这事是传坤对不住你，但我不能让老刘家的孙子流落在外头。"

平常在传坤叔面前唯唯诺诺的玉霞婶这次却极为果决，很干脆地同意离婚，但她跟传坤叔提出条件："秀丽归我，你出抚养费。我们娘俩继续住村里的宅院，作为回报，可以顺便替你照顾一下老人。"玉霞婶的要求可以理解，她父母早逝，若离婚回娘家，还带着个养女，必然遭哥嫂嫌弃。

传坤叔同意了，这样他算是占了大便宜。因为怕村里人说三道四，他本就不打算带那女人回来，房子由玉霞婶母女住着，总比放久了坍塌坏掉强，这样玉霞婶还能顺便替他照顾老人。于是，村里的房子留给了玉霞婶和养女秀丽，传坤叔与那女人在县城新安了一个家。传坤叔每月给玉霞婶一些生活费，玉霞婶则尽心照顾女儿秀丽和前婆婆。

渐渐地，大家都知道了玉霞婶离婚的事儿。有见识的就说："妹子你亏大发了，男人在外头挣的钱有你一半，离婚的时候你该多争一些。"玉霞婶平静地笑笑，说："到底夫妻一场，只要他肯给秀丽的抚养费，我就挺满足了。"也有看不过去的女人劝："玉霞嫂子，往前走一步吧！你还那么年轻，再找个好人家，犯不着给他养着小的，伺候老的。"玉霞婶抹去眼角的泪花，摇摇头说："我就是舍不得秀丽，再苦再难我也得把这孩子带大。"见玉霞婶铁了心要把秀丽养大，女人们都不再劝，只说："秀丽是个好闺女，日后肯定会好好孝顺你。"

养女秀丽渐渐懂事，知道了养父养母之间的往事，总是维护玉霞婶。这丫头是个直性子，当玉霞婶受人奚落和欺负时，秀丽就如小钢炮一般替她出头。

玉霞婶为了女儿又重新振作起来，跟着村里的女人去择菜、栽蒜、挖蒜、种草。农村人多活少，干一天才得四五十块钱，多的时候也不过是七八十块钱。但玉霞婶从不嫌少，凡是能干的活儿，她总不落人后。别人劝她别那么拼："你给传坤养着小的又伺候老的，他还啥都没分给你，就应该让他多出点生活费！"玉霞婶说："指望他不如指望自己，我能挣一点是一点，给秀丽攒学费和嫁妆。"说这话的时候，玉霞婶面带笑容，似乎一点儿都不觉得苦。就这样，玉霞婶用她柔弱的肩膀，扛起了自己与女儿生活的重担。

有时候，一群做工归来的女人说笑着从我家门前经过，玉霞婶也在其中。每次看到她的身影，我都会心疼这个可怜的女人。可再看看她脸上的笑容，我又觉得也许现在是玉霞婶最幸福的时候。因为她在经历男人的背叛后，自立自强地站了起来，为女儿撑起一片母爱的天！我想，当秀丽长大，玉霞婶一定能安享晚年！

不能说的秘密

一

在村里人眼中，我们身上有共同的秘密。他们顶多在我们背后窃窃私语，不多会儿，那悄悄话便随风而去，不留任何痕迹。

小昭是我年少时最好的玩伴。她是抱养的孩子，小伙伴中人人皆知此事。但这话究竟是谁传出来的，已经无法考证。对于自己听到的秘密，小孩子总想显摆显摆。终于有一天，这个秘密被我捅给了小昭本人："知道吗，你不是你妈亲生的孩子，你是抱来的。"她大哭一场，哭得哽咽不止、十分伤心。我害怕了，跑回家告诉母亲，被她狠狠骂了一通。之后，小昭并没有与我绝交，我们依然是最好的朋友，只是我再也不敢在小昭面前提起此事。

小昭父亲是村里有名的文化人，比我爸大八九岁，曾做过我爸的老师。他娶了一位出身书香门第的姑娘，姑娘长得天仙一般，但因身子弱，始终没有怀孕。为了小儿子传宗接代的事，小昭祖父祖母一直焦头烂额。小昭伯父屡次劝弟弟离婚另娶，小昭父亲死活不答应。小昭伯父气急了，斥道："你就守着这个中看不中用的花瓶吧！"自此他不再管弟弟家的事。但小昭祖母一直为此忧心，甚至在病入膏肓时也放不下心来。为让母亲安心，年届四十的小昭父母便去抱养了小昭。饶是如此，小昭伯父仍耿耿于怀："不过是个丫头片子，还不是亲生的！"面对大哥的奚落，小昭父亲没有放在心上，他给这孩子起名"小昭"，取"昭昭日月"之意，希望她长大后闪耀美好。

亲生父母眼中不中用的姑娘，成了养父母手心里的宝。小昭父亲有正式工作，家里就没有地，小昭娘每天只需把家里打扫得窗明几净，然后就围着灶台转。那时，在我们小伙伴眼中，小昭是最幸福的孩子：不用干农活，家里干净整洁，手里有花不完的零用钱，可以整天在自己的小房间里摆弄头花、发卡、项链。不像我们，父母干活忙，不光没空收拾家里，我们有时还要帮着下地干活！

小昭在蜜罐里长大，心里却揣着那个不能说的秘密。然而，天有不测风云，小昭高三那年，她父亲不幸因病去世。发丧时，小昭哭得撕心裂肺："爸呀，您怎么不等我挣钱孝敬您就走了啊……"听了这一声号哭，在场的人都泪流满面。小昭即将上大学，费用不低，而家里的钱都给小昭爸治病用了，这让小昭娘整日以泪洗面。

　　终于有一天，人们看到小昭家门前停了一辆小轿车，那时轿车在村里还不多见。小轿车在的时候，母亲严禁我去小昭家。后来我隐约听到，小昭认亲了，小轿车是她亲生父母开来的。母亲说："小昭娘把事情给小昭说了，不认不行啊，她又没收入，怎么供孩子上大学啊！"认亲后，两边亲戚开始走动。放了寒假，小昭回来过年，一到大年初二，小轿车便来接她们娘俩。

　　小昭娘陷入了更大的恐慌之中。自小昭父亲过世后，向来爽利的小昭娘像换了一个人，敏感而怯懦，对小昭小心翼翼、嘘寒问暖，怕小昭以后不养她。小昭见娘这样，心里酸得很，却又无可奈何。她说："娘把我养这么大，我怎么会不养她？可娘什么都不敢说，有一次，我看她用手摸了几下才摸到桌上的蒜瓣，才知道她不只近视，还患了白内障……"

　　陪娘做完白内障手术，小昭就要返校了。她在外读书，一年到头在家的日子不过短短月余，不知道她娘独自一人怎么熬过这漫长日月。临行前，她拜托我母亲平时多去她家坐坐，跟她娘拉拉呱儿。母亲应了："你不说我也会时常去看看的。"小昭眼中闪着晶莹的光，像她的名字一般光亮、耀眼。

二

　　抱养孩子是个不能说的秘密。养父母也忌讳别人提起抱养孩子之事，一则，怕孩子知道自己不是亲生的与他们产生隔阂；二则，他们虽然都有一颗善良的心，但多多少少有些羞愧，这是他们的疮疤，不能揭。但秋姨是个例外，她从不介意别人提起雯雯的身世。

雯雯是秋姨的婆家侄女，是她小叔子的女儿。秋姨小叔子已有两个姑娘，他一心想要儿子，不肯养活雯雯。秋姨说："这是一条命啊，你们不要我要，正想要个闺女呢。"于是抱了雯雯回家自己养着。在抱养雯雯之前，秋姨自己已有两个儿子，她养雯雯纯粹因为她善良。因此，这个"不能说的秘密"，她从来没有藏着掖着。大家对这位善良的母亲只有钦佩和敬重。

秋姨在生两个儿子之前曾怀过一个女孩，但孩子因故早夭。她把对女儿的思念寄托到雯雯身上，因此，雯雯深得秋姨夫妇的疼爱。雯雯也争气，比起两个哥哥，她干活麻利、懂事听话。放学后，两个哥哥忙着玩耍，她拿着镰刀割草、拾柴，农忙时还帮着做饭，实在是个贴心的"小棉袄"。

雯雯也有不争气的地方，那就是学习成绩一般。初中毕业没考上县一中，她死活不肯再读。当时两个哥哥都已打工，家里不缺打工挣钱的人，雯雯却坚决不肯复读，她自己说："俺就不是读书的料，一看那些蝌蚪字脑仁儿就疼。"气得秋姨咬牙切齿，跟我母亲说："这死妮子跟她两个哥哥不愧是一个祖宗，学习都这么不争气，拿棍子抽都不往前走。"

打工几年后，雯雯将婚事早早提上日程。上门提亲的人不少，经过一番勘察挑选，秋姨为她选了邻村的王姓小伙子。

这时，秋姨的丈夫已经去世，雯雯的生母也因病去世，作为生父的小叔子见送出去的小女儿长大成人，便想吃闺女的"一刀肉"了。此前，雯雯的身世虽然偶尔会被提起，但小叔子不敢提这件事，毕竟是他亏待了雯雯，他怕兄长训斥。

如今秋姨丈夫已逝，小叔子便无所顾忌起来。雯雯定亲那天，他喝得稀里糊涂，借着酒意对未来女婿说："你不能叫我叔叔，我才是你正经老丈人呢！"秋姨听见这话十分生气，却又不能在办喜事时发作，只能暗暗忍住。王姓小伙子听得糊里糊涂，经过秋姨和雯雯解释一番才明白怎么回事，他对秋姨说："妈，这事您不用揪心，他毕竟是雯雯的生父，过年多给他送一刀肉就是了。再者，就算是叔叔，也得送两瓶酒，这没啥。"好在未来女婿是个明白人，雯雯生父放浪形骸的表现，并没有影响他们的婚事。

也不能说完全没有影响，婚后的雯雯比别的出嫁女多了一些义务，比如逢年过节要带两份礼，比如叔叔家的弟弟结婚时，她要以亲姐的身份随份大礼，如此等等。雯雯不忿地说："小时候也没见他拿我当闺女对待，这会儿见我长大不用花钱养了又认闺女来了，便宜都让他占了。"秋姨劝她："他毕竟是你亲爸，满打满算还能吃你多少东西，就认下吧。"雯雯说："我不是心疼东西，就是气不过。"

后来有一次秋姨到我家说起此事，她和我母亲两人一起口头讨伐雯雯生父的行为："抱养的孩子就怕亲生父母来认，会多出多少是非啊！"我觉得挺有意思，在旁边听得津津有味。她们看了我一眼，那眼神深邃，似乎藏着许多秘密。

三

我与雯雯的命运是联系在一起的。但这些事情，我在二十七岁之前从不知晓。小时候，懵懂无知的我时常缠着大人问自己是从哪儿来的。大人开玩笑说："从堤外黄河滩里拾来的。"我不信，从来不信，父母对我疼爱得很，我怎么可能不是他们亲生的？却始终未料到，我的身世也是不能说的秘密。

在我二十七岁那年的春节，母亲突然跟我说我是抱养的，不是他们亲生的孩子。我认为她在开玩笑，嘻嘻笑着说："别骗我了，这么多年我还不知道吗，我可不怕您吓唬。"她又说了好几遍："真的，没骗你，你的亲生父亲就是你爸同学王叔的连襟，你们过年去王叔家有时候还一起吃饭呢。"我吓哭了："妈，你们是不是不要我了？这是骗人的吧？你们是不是出什么事了？"母亲一遍遍解释，终于使我相信：我也是抱养的孩子。

巨大的打击令我惶恐，当确认父母不会因此不要我后，我才镇定下来，接受了这个事实。母亲说，一般在结婚前爹妈都会把身世告诉抱养的孩子，你认不认亲是你的事，要是不说，可就是我们的错了。

母亲说，她很感谢我。在收养我之前，她曾经怀过一个女孩。当时家里活多，正赶上麦收时节，劳力都去地里收麦了。因母亲已有六七个月的身孕，便在家做饭兼照顾瘫痪在床的曾祖母。曾祖母要如厕，自己起不来，要母亲抱她去。母亲挺着大肚子勉强把她抱到便盆前，后来实在支撑不住，两人一起摔倒在地，当时母亲就见了红。祖母给母亲煮了一碗糖水蛋，母亲吃后果然不流血了。但到底是伤着身子了，临盆时母亲难产，疼了两天没生下来，家里人赶紧借了个地排车把母亲拉到卫生院。在医生的帮助下，孩子生出来了，却是个死胎，胎儿后背有个血窟窿。

那个素未谋面的姐姐成了母亲心里永远的伤疤，时不时地就让母亲痛上一回。有时我倔强发脾气，她会感叹："你个倔妮子，俺之前那个丫头要能长大，肯定跟小昭一样听话。"有时看见我稀疏毛糙的头发，母亲会说："看你这头'乱草'，俺之前那个妮漂亮，唇红齿白，头发又黑又多。"其实当年她并没见过那个胎儿，我爸怕她看见伤心，早就偷偷埋了。

那次生育伤了身体，后面好几年，母亲始终没怀上孩子。祖母四处给母亲寻药，找偏方。当时，母亲一碗接一碗地喝药，最后喝得头晕眼花。之后，母亲不肯再吃药，她打定主意，要去抱养个孩子。

当时母亲要抱养的孩子并不是我，而是秋姨家的女儿雯雯。后来经王叔牵线，母亲抱养了我，于是秋姨就养了雯雯。

我幼时极瘦，用姥姥的话说，就跟只大老鼠似的，且三天两头生病，一病起来就是急症，发烧烧得额头滚烫，上下牙打战。那时，父母经常彻夜不睡背着我求医问药。为了给我补充营养，母亲买了奶粉，那时奶粉八块钱一袋，而父亲一天只能挣两块钱。光吃奶粉钱不够，母亲就把白面蒸熟，鸡蛋黄压碎，将它们混合后过箩筛，只留下细腻的蛋黄面，然后将其封在小罐子里。

就这样，他们一顿奶粉、一顿鸡蛋面糊地把我喂大。

不怪我不信自己是抱养的孩子，母亲着实太疼我。过了几年，村里招女工学绣花，学成了可以进厂打工。当时家里日子过得艰难，母亲为了补贴家用，也报了名，白天把我托付给祖母照看。当时我小叔尚未娶亲，祖母为生计着想，天天忙着做豆腐，因此照看我时就不甚上心。有一天母亲回来，看到我被圈在一把倒放的椅子里，裤子尿湿了，哭得嗓子哑了也没人管。祖母解释说："摔不着、碰不着就行呗，小孩子哪有不哭的？"可母亲觉得不行，她心疼得要命，自己的孩子自己疼，哪怕不是亲生的，也是爹妈的心头肉。后来，母亲不再去学绣花，一心一意在家照顾我。

许是抱养我后心情放松的缘故，在我四岁那年，母亲居然怀孕了，后来生下了弟弟。他们认为是我给这个家带来了福气，对我的疼爱并未减少半分，所以我从未对自己的身世有所怀疑。我一边羡慕生活在蜜罐里的小昭，一边心里隐隐得意：小昭家里条件好，可她毕竟不是她父母亲生的孩子，而我是父母亲生的孩子，这点比她强。现在想想，幸亏这个秘密之前没被捅破，不然，我要怎样维护自己小小的自尊心呢？

在告知我身世后，母亲时不时地会提起一些抱养的孩子认亲的事。有个邻居大娘也把女儿送给人家养，后来这送养的女儿又嫁到我们村。大娘积极张罗认亲活动，那女儿认了爹娘，却因借钱的事与大娘产生矛盾。大娘跟我母亲说："还不如不认呢，认这闺女干什么，过年也吃不上她一块肉，就光给她钱了，上回结婚给她两万块钱，后来她生孩子我又给了一万。如今她婆家盖房子，还来跟我要钱。她还是跟她养母那边亲近。"

母亲对这种人深感不齿，曾悄悄跟我说："父母子女讲究缘分。你养孩子也不是为了专门吃人家那块肉的。生了不养，别人养大了却又要认亲，敢情好事全让你赶上了。"

母亲跟小昭娘一样怕我去认亲，我一直都知道。虽然我们再三表态会为她们养老送终，她们却还是担心，担心多年的养育之恩敌不过血脉相连的骨肉亲情。后来，经王叔奔走、斡旋，父母也劝我去认亲，他们说："你的亲生父母毕竟生了你，不认会寒了人家的心。"于是，我与亲生父母见了面，认了爹娘，这也算给两位老人一点心理安慰。不过，因为没有多少感情，我们终究还是不常来往，但我仍然感谢他们给了我生命。

我们是身怀秘密的孩子，那秘密就像天上的星星，眨着眼睛不说话。我们又是上天眷顾的幸运儿，一位师长跟我说："你有三对父母疼，多幸福！"是啊，算上我公婆，我有三对父母。亲情向来可贵，当有人满怀"子欲养而亲不待"的遗憾时，我三对双亲俱全，是多么富足啊！秋风送来金色的收获，我们长大了，曾经不能说的秘密早已随风远去，但养父母不生而养的恩情，百世难报。

（原载《鹿鸣》2021 年第 11 期）

姥娘

在我们鲁西农村，管姥姥叫"姥娘"，似乎加上一个"娘"字，便显得更亲了几分。

第一次见石头姥娘，是在我与石头结婚前一天。我们那儿的习俗是，结婚前一天，嫁妆要先送到男方家摆在新房里，到了下午，新嫁娘在本家嫂子的陪同下到新房压柜。那天我去压柜，被一群人簇拥着走进石头家，好像怀里揣着只小兔子。我正不知所措，忽然瞥见西堂屋门口站着一位老太太，她的头发梳得整整齐齐，看上去有些严肃。可这严肃却又被她脸上流露出的微笑冲淡了几分，让她多了些慈眉善目的感觉。在这热闹的环境中，只有她是安静、恬淡的。看到她脸上慈祥的笑容，我不由得放松下来。见我看她，她也许觉得不好意思了，忙悄悄拉开门躲进屋里。这老太太，还有点腼腆呢，我心想。

第二天，石头跟我说："咱姥娘说我找了个好媳妇，你昨天来时她偷偷出来看你了。"我才知道，昨天那个慈祥又有点腼腆的老太太就是石头姥娘。

其实姥娘并不腼腆，在亲友旧邻看来，她总是落落大方。我想，这主要缘于姥娘的勤快爽利。头发用发梳篦得齐齐整整，衣服虽不新，却浆洗得十分熨帖。任谁打眼一看，都知道这是个爱干净的老太太。

人如是，家亦如是。姥娘家的小院子一直是石头极为向往的地方，一个普通的农家小院被拾掇得整洁素净。推开小小的院门，就看到红砖铺砌的院落，东侧是厢房灶屋，西边和南边各植了一棵梧桐，遮住了一些阳光，却并不显阴暗。姥娘勤快且手巧，依靠西边的梧桐树，用高粱秸围了一圈齐整的篱笆栅栏，在里面养了几只小笨鸡。进了屋子，床、桌、椅、柜各有所属，归置得甚齐整，令人耳目一新。

姥娘总是闲不住，在她看来，人不能闲着，一闲就犯懒。姥娘年轻时吃尽了苦头，到了晚年，仍下地劳作。家里那几亩地，她和姥爷一直种到七十八岁，实在干不动了，才分给三个儿子。饶是如此，老两口仍留了几分地种点蒜，自给自足、节省花费的同时，也给自己找点事做，不至于荒废了力气。

种蒜时没法用机械化设备，只能人跪爬着往前一个个安蒜种，因此一般需要雇工。但姥娘那半亩地的蒜都是她跟姥爷一点一点自己种的。有一次，天下着蒙蒙细雨，我们跟婆婆去姥娘家，发现家里没人，婆婆说："到地头看看，保准在地里干活呢！"一看，老两口冒着细雨跪在地上种蒜呢！婆婆又气又心疼："又不缺吃喝，你们就不能好好享享清福，非得在地里刨这点食儿？"姥娘说："人活着不就是要干活的嘛。老闲着骨头散，不得劲儿。"家里人劝不动，只好由她去。

姥娘是个特别喜欢为别人着想的人。她对人总是很客气、周到，在亲戚中口碑很好。我们每次去，她总把家里好吃的都拿出来，让我们尽情吃，末了还不忘冲一碗红糖水。这些东西在我们小辈眼中早就不是什么稀罕物了，但我们若不吃，姥娘就开始不安起来，生怕自己哪里没做到位怠慢了来客，一会儿要去切水果，一会儿又埋怨姥爷不给孩子们把牛奶、火腿肠打开。我们不好驳了老人的心意，只好纷纷吃起来。这时，姥娘才会露出开心的笑容，她因我们大快朵颐而欣慰。

小时候，石头村里人均耕地少，收的粮食交完公粮再卖一些后就所剩无几，日子过得捉襟见肘。而姥娘村里地多人少，吃饭的嘴也少，生活宽裕些，她便悄悄拉着地排车给他们家送东西。有时是一袋粮食，有时是一堆地瓜，有时是自己种的南瓜、冬瓜、白菜之类的蔬菜，东西不多，但好歹是一份心意。过了几年，公公咬牙借钱买了一辆拖拉机拉货，日子好过了些，姥娘才不再悄悄送东西。公公对姥娘在自家困难时雪中送炭的接济行为铭记于心，现在姥娘家有什么事要帮忙，公公总是跑在前头，有钱出钱，有力出力，比舅舅和婆婆还上心。

姥娘是亲戚邻里公认的好人，在她眼里，别人永远需要她的帮助。这家盖房子，她早早赶去搭把手做饭；那家娶媳妇，她忙前忙后帮人家接待客人；哪家老人生病了，她就提上点心、鸡蛋去看望……不论谁家有事，总能在那里看到姥娘的身影。

姥娘家养的那几只笨鸡是她的宝贝。鸡下的蛋，隔几天就能攒一篮子。这鸡蛋就成了她走亲戚时的常备礼物。虽说不值什么钱，但"千里送鹅毛，礼轻情意重"。

有一次，在县城给二姐看孩子的婆婆不小心摔伤了腿，动手术后不宜挪动，只好在二姐家休养。因怕老人担心，大家约好了不告诉姥娘姥爷。见婆婆两个多月都没回过娘家，姥娘心里犯嘀咕，这在之前是极罕见的事。石头的小姨安慰她："姐姐去济南石头家了，回来不方便。"姥娘半信半疑。谁知舅舅一不小心说漏了嘴，姥娘立马着急了。第二天，她提了一篮子土鸡蛋，揣上写了婆婆手机号的字条就去县城看闺女。

到了县城，姥娘一下车就迷路了，本来知道二姐家的地址，却因转向迷糊了，回头去摸口袋里那张字条，却怎么也找不到。姥娘不知所措地等了一上午，下午只好又拎着那篮子土鸡蛋回来了。

姥娘回去时没与家里人提前通气儿，只好挎着篮子一步一步走回去。到家时已是暮色四合，姥爷已经睡了。姥爷耳聋，姥娘喊了半小时也没叫开门，最后还是邻居听到了姥娘的声音，爬上屋顶翻过去，从里面把门打开。

后来婆婆说起此事，对姥娘又是埋怨又是笑话，说姥娘的脚步不值钱。石头严肃地说："这事就说明做小辈的不孝顺。一个八十五岁的老人去城里看望受伤的闺女，自己累了一天，却因迷路没找到人，带着东西原样回来。姥娘回来的路上心里肯定很难受，你们居然还笑话她！"婆婆不语，她也很愧疚吧！

凡事总为别人着想的姥娘，却不想在自己的事情上给别人添麻烦。那年夏天，老两口的宅院东屋漏了，她就跟姥爷找了块塑料布搭上。婆婆见屋子漏了，问姥娘为啥不让舅舅来修，姥娘讪讪地说："他们都在外边忙着挣钱，等到过年没活儿的时候再修吧。"婆婆气笑了："冬天冷风往里灌，你俩受得了？万一冻出个好歹，大家还不得笑话我们这些做儿女的。"说罢就给舅舅打电话，让他们赶紧找人来修。

婆婆带她到我们家住几天，吃饭时她总说不饿，一桌子菜只夹跟前的一点。石头给她夹了大半碗菜，说要是不吃就得倒掉了，她才安心吃起来。她一是心疼钱，再就是不愿意麻烦我们。可她又看不得别人对她好，想着来后还没给孩子买点东西，临走时偷偷压在我家窗台花盆下一百元钱，回去后才跟婆婆说。我从花盆底下找到那张被姥娘叠得方方正正的纸币，看到它已被花盆底的水汽洇得潮潮的，我们的眼睛也被那红色纸币刺得润润的。

舅舅们的养老工作做得实在算不上好，婆婆姊妹俩在物质上孝顺姥娘，但有时也会对她发脾气。姥娘是个传统老人，她一直为子女着想，不肯让这些家丑外扬。因此，姥娘从来不说儿女的不好，打碎牙齿往肚子里咽，心里再酸楚，也只是多几声叹息罢了。

　　姥娘一辈子都在为别人而活，她从没为自己操过心。她就像一只不断吐丝的蚕，将自己织成一个厚厚的茧，以成就儿女们如蝴蝶般绚烂的人生。

阿木伯

一

　　说起村里的光棍汉，人们第一个想起的就是阿木伯，因为他的外号就叫"光棍木"。

　　在平辈人里面，阿木伯年纪最大，小一辈的孩子们就都叫他"伯"。阿木伯虽然年长，但因为是光棍，在村里不怎么受人尊重。

　　阿木伯虽被叫作"光棍木"，但从一些长辈含含糊糊的只言片语中，我隐约感觉，他之前有媳妇。抵挡不住我的刨根问底，母亲终是把阿木伯的曲折经历告诉了我。随着母亲的一声声叹息，阿木伯的曲折经历在我脑海中一一浮现。

　　阿木伯年轻时，家里穷得实在揭不开锅了，于是他想出去找活路。爹娘不肯，就这么一个儿子，走了往哪儿找啊？愣头小伙儿自个儿主意大，瞒着爹娘跟一个本家伯伯去了关东。那时候我们那儿十里八乡去关东的人不少，都知道东北地多人少，到了那儿，只要勤快能干，最起码饿不着。很多人怕家里来人把自己带回去，到东北落住脚才寄信回来。阿木伯在东北混得不错，时常往家里汇钱、寄东西，还来信说要把爹娘接过去。他爹怒骂儿子离乡忘祖，他娘也哭天抹泪地劝："孩儿啊，咱回来吧，'人离乡贱'，再说东北那么冷，在那里多受罪啊！"

禁不住爹骂娘哭，阿木伯到底是回来了，虽算不上衣锦还乡，但也算风光——他从东北领回来一个小媳妇。那小媳妇家里没了爹娘，就想找个男人当作依靠，便跟了刚去东北的阿木伯。小媳妇人长得不算漂亮，却圆脸大眼，皮肤白净，低眉顺眼，看阿木伯时十分温柔。阿木伯小时候营养不良，个头不高，在讲究外貌的农村择偶相当不易。按阿木伯的条件看，他委实占了大便宜。

饶是如此，他爹娘仍不乐意。他爹端着长长的铜杆烟袋，看了小媳妇一眼，话里有话地说："有媒为娶，无媒为奔。"那意思是，没有父母之命，你却带了个媳妇回来，还是外乡的，这让别人怎么说咱家呢？阿木伯低声反驳道："您二老都不在，伯伯也算长辈，他做主同意了。"他爹瞪他一眼，挥着烟杆喝道："谁让你多话的？哪有你说话的份儿？"说完，又对小媳妇进行一番教导，要她孝敬公婆莫多嘴，照顾男人要尽心，少去串门多做活等。待小媳妇唯唯诺诺地应下来，他爹才吩咐阿木伯去把本家长辈都请来，让小媳妇一一奉了茶，又给大家介绍一番，才算认下这个儿媳妇。

小媳妇在婆家落住脚，勤勤恳恳过日子，成了人们口中的"阿木嫂"或"阿木家的"。那段日子阿木伯精神焕发，媳妇每天把他捯饬得齐整鲜亮。看到阿木伯的小日子过得有滋有味，有人羡慕有人嫉妒。那时候的阿木伯，从未想到自己有一天会成为光棍汉。

老人都说，阿木的不幸是他爹作的孽，好好的儿媳妇愣是给打跑了。原来，阿木爹本来脾气就暴躁，给儿媳妇立了家规后，更是可着劲儿地使唤她。公婆的尿盆，儿媳妇倒；缸里的水，儿媳妇挑；一日三顿饭，儿媳妇做；圈里的猪，儿媳妇喂；全家人的衣服，儿媳妇洗；园子里的菜，儿媳妇侍弄……除了地里男人才能干的重活，家里的杂活都是小媳妇干。阿木娘跟老伴刚过五十岁就过起了让儿媳妇伺候的自在日子。有人跟阿木爹开玩笑："你家儿媳妇是万能的，你们老两口日子过得真潇洒。"阿木爹听不出人家话里的讽意，得意地回道："有本事让你儿子以后也领个这样的媳妇回家。"对方笑着摇摇头，意味深长地说："没你有福气。"

若光干活也就罢了，阿木爹还常对儿媳妇呼来喝去。饭稍不合口，他张嘴就骂；干活稍慢些，烟杆就招呼到儿媳妇身上了。阿木伯有心维护媳妇，却又无能为力：一来，壮年汉子要下地干活，难以时时在跟前盯着；二来，他爹是炮仗脾气，自己话说多了，那炮仗就随着引线炸到自个儿身上来了，谁也受不住。

成天受公婆虐待，男人又护不住自己，没一年，小媳妇刚来时丰润细嫩的圆脸已经瘦了一圈，大眼睛也深深地凹陷进去。

终于有一日，那个低眉顺眼的小媳妇跑了，此时离阿木伯从东北回来不过一年多的时日。

小媳妇偷偷收拾好自己的衣物、细软，在人们熟睡时跑了。阿木爹娘睁眼时天已大亮，见早饭没做，还以为小两口贪睡，对着儿子的房门猛敲一通："又偷懒啦，日头都多高了还不起床。"阿木伯赶忙下床开门，一说情况，才发现事情不对，赶紧去院里、胡同里、邻居家找，都没找到，就召集了一群本家亲戚沿出村的路去追。

众人皆知阿木伯家的小媳妇受的委屈，人们同情她就像怜惜一朵被风雨摧残的玫瑰花。因此，除了几个本家的男人，没人肯帮忙，结果当然是没追回来。出村的路有好几条，去追的人又少，再说人是半夜跑的，说不定这会儿早到县城坐车走了。

小媳妇还算厚道，只拿了自己的东西和私房钱，别的一概没动。那时候阿木伯蹲坐在门槛上悄悄落泪，又气又怒又悔，气的是这女人扔下自己跑了，怒的是爹娘打骂虐待硬生生逼走自己的女人，悔的是自己作为男人没护住妻子。然而，无论如何都改变不了他又成了光棍汉的事实。

二

小媳妇走后，阿木伯家的日子陷入混乱，他爹娘已经当了一年多的闲人，现在没人伺候了，只能自己干活。人越闲越懒，这话还真没错。懒人爹娘分别支使对方干活，常常话一出口就针尖对麦芒地骂起来。当然，最后总是阿木爹赢，原先由小媳妇干的活儿都落在了阿木娘身上。

到底是享受惯了，阿木娘干起活来常常力不从心，有一次去西院打水时竟不慎被装满水的桶拽进了井里，等阿木爹回来才发现她已经去世了。连着失去媳妇和娘，阿木伯对他爹怨怒渐深，觉得自己妻离母亡的现状都是他爹造成的。他招呼人埋了淹死他娘的井，在上面种了一棵柿子树，从此自己另起炉灶单过，路上碰到他爹都视而不见。

阿木爹虽暴躁蛮横，但对自己已长大成人的独子还有一些期盼，到老了就更依赖年轻力壮的儿子。眼看儿子对自己的怨恨愈来愈深，阿木爹的话越来越少，背越来越驼，头发越来越白，步履也越来越蹒跚。终于有一日，他一觉睡过去再也没有醒来。阿木爹发丧时，阿木伯号啕大哭，谁也劝不住，似乎他爹一走，他们父子的恩怨便消泯在这一场畅快淋漓的痛哭中了。

阿木爹走后，偌大的院子只剩阿木伯一个人。西院水井处种下的柿子树早已长得郁郁葱葱，一到秋天便挂满了红彤彤的甜柿子，却没有一只鸟肯来落枝。如果主人不做些什么，院子里就一片死寂。阿木伯在家闷了很久，才肯出门做活。

十几二十年过去了，阿木伯从青年小伙儿变成中年大伯，却始终没有再娶。有人说因他爹的缘故没人肯嫁他，也有人说阿木伯一直在等着小媳妇回来。阿木伯整日穿得邋里邋遢，日子过得潦草。村里人对他的轻视和同情总是那么显而易见，"光棍木"的名号渐渐在村子里传开了。

许是因为自己没有儿女的缘故，阿木伯喜欢小孩。他一人吃饱全家不饿，也没有随礼等多余花销，手头宽裕得很，赶集时常买些蛋糕、冰糖、猪头肉等平常人家舍不得买的吃食。平时孩子从他家门口路过，喊一声"阿木伯"，他便笑得合不拢嘴，递过一个柿子、一块蛋糕或冰糖。贪吃的孩子得到奖赏，飞快地说声"谢谢"，便跑到一边去享受那可口的美食了。因此，阿木伯门前常聚着许多孩子，有很多孩子装模作样故意来讨零食吃。阿木伯明知孩子们过来的缘由，每回仍乐呵呵地递过一把零嘴，贪婪地享受着与孩子们相处的短暂快乐时光。可孩子毕竟是人家的，天黑后，门口又只剩阿木伯一个人，与热闹的白日一比，此时更多了些寂寞和凄凉。

见他一个人孤独无依，有些本家长辈看不下去了，给他介绍了个附近村的寡妇，想着怎么着也得给他留根苗。阿木伯想，光看人家的娃子伶俐，但终归不是自己的孩子。再说，人家干完活回家都是"老婆孩子热炕头"，自己却是"锅空灶冷肚肠饥"，还是得找个媳妇。于是他卖了两囤粮食，再把前些年出门打工挣的钱拿出来，央了长辈当媒人，娶了那个寡妇。

那寡妇进门后，阿木伯就像改头换面了一般，衣裳齐整，头脸干净，腰背挺直，走路生风，似乎平白无故长高了一些。从这以后，没人叫他"光棍木"了，大家也很欣慰，阿木伯终于找着个知冷知热的屋里人了。

可这样的好日子也就维持了半年的时间，同样的剧情在同一地点上演了第二次——阿木伯新娶的媳妇跑了。她在这半年渐渐掌管了家里的钱财，走时把阿木伯的积蓄席卷一空。阿木伯被这"当头一棒"打蒙了，对着被翻空的抽屉、柜子愣神，随后一头栽倒在炕上。本家亲戚将他拉起来，说："赶紧去她之前的夫家找人啊，躲着有什么用？"找到那个寡妇的夫家，人家说那女人本就是外乡人，没人知道她娘家姓甚名谁，她又无儿无女，谁也不知道她去哪里了。

阿木伯这回彻底死心了，又开始过起没人照料的光棍汉日子。他整日浑浑噩噩，在穿戴上越发不讲究，在吃喝上却越来越大方，一天三顿小酒，下酒菜不是烧鸡就是猪头肉。本家长辈们也渐渐老了，没精力再为他操心了。阿木伯便顶着"光棍木"的名号一直混日子。

三

折腾来折腾去，阿木伯老了，仍然是孤零零的一个人。他已年过六十，也没法去打工，幸好前些年做小生意攒了几个钱，再卖卖粮食，也够一个人的花销了。可往远处想，再过几年养老送终的事还没个着落。

恰在这时，本家的堂弟看上了阿木伯的宅基地，对他说："阿木哥，你没个儿女，年老了生活不方便，说句不好听的，百年之后连个烧纸添坟的人都没有，多凄凉。"

阿木伯叹声气，说："那有什么办法呢？谁让咱没这命呢！"

堂弟说："我有个主意，你掂量掂量。你看你侄子也大了，我想翻盖屋子给他娶媳妇。可你也知道，我那地方小，也就能盖三间房，你这里地方大、位置也好，要不把你的宅基地让出来给你侄子盖新房，你先搬到我家住，以后让你侄子给你养老送终。你看咋样？"

阿木伯思量了一阵，觉着这样对双方都有好处，村里也不是没有这样的事儿，便答应下来。堂弟选定次年开春扒房盖屋子，阿木伯便先住在自己家。

不料，这年冬天发生的一件事，让阿木伯改变了主意。庄上一位老人——老广文去世了，说起来这跟阿木伯没关系，可老广文的死因却让阿木伯感到不寒而栗。

老广文无儿女可依靠，只能依赖兄弟、侄子。他腿脚不便，就将自己的屋院、田地等都交给了他侄子。侄子扒了老广文的屋子盖新房，老广文在侄子的旧屋中独居，侄媳妇答应给老人送一日三餐，伺候养老。新房建成后，侄子出去打工，侄媳妇也天天忙着打零工挣钱。一开始还好，可麦收时零活多，她一忙就把老广文忘了。几天不见老广文，一块抽烟唠嗑的老伙计便去家里找他。见大门反锁，众人以为他在睡觉，便没再打扰他。过了两天，老伙计们又去，看到大门仍旧反锁，在门外喊也没人应声。

大家心里慌了，害怕出事，便赶紧去告诉他侄媳妇。等侄媳妇领人翻墙进去，才发现老广文已去世多时。据知情的人说，他那侄媳妇整天忙着赚钱，不知道多久没给老广文送饭了，老广文变得十分干瘦。人们纷纷叹着老广文可怜，他侄子一家占了人家的屋院，说好照顾人家，却连人家什么时候没了都不知道，真是作孽。从此，老广文侄子一家在村里抬不起头来。

听了老广文的事，阿木伯生怕自己也会落到那般境地。屋院给了人家，自己便没了主动权，只能等着要吃要喝。受人白眼不说，若堂弟跟侄子心肠冷，将自己赶出家门也不是不可能。阿木伯反悔了，去堂弟家把之前商议的事儿否了。堂弟苦口婆心地劝，拍着胸口保证儿子肯定跟伺候亲爹一样照顾阿木伯。可任凭堂弟怎么说，阿木伯硬是不松口。

堂弟气坏了，逢人便说"光棍木"心眼多，连自个儿兄弟、侄子都防着，活该"打光棍"。拒绝了堂弟，阿木伯的养老问题仍是悬在他心头的一块石头，坠得心里沉甸甸的。

天无绝人之路，阿木伯最终有了好归宿。前两年村里新建了文化广场，又在文化广场的西侧盖了几座新房，每座两间，外带一个小院儿。这是村里给无儿女照料的"五保户"老人盖的，阿木伯被请进了小院儿。就这样，阿木伯成了人们羡慕的对象。

我过年回家，听人家说那小院很好，便好奇那里面什么样，缠着母亲领我去阿木伯那里串门。阿木伯还是那样喜欢孩子，他热情地招呼我们进屋，我四处打量屋里的陈设，大彩电、冰箱、新衣柜……忽然，写字台玻璃下压着的一张照片引起了我的注意：冰天雪地里，一对青年男女紧紧依偎着。照片上的女子略侧着头，微微笑着，一副"少年不知愁"的幸福模样。那男人从眉眼中看得出是年轻时的阿木伯，那女人呢？我正想着，却见阿木伯停止说话，走过来用手指轻轻摩挲着照片。我蓦地想起，这女人应该就是那小媳妇，这大概是阿木伯和她在东北时的照片吧。

阿木伯这一辈子经历了太多埋藏着欣喜与遗憾的磨难，有些事随着时间的风一一远去，有些人却镌刻在记忆深处，刻骨铭心……

嫁妆纪事

《诗经》云："之子于归，宜其室家。"如果说，结婚是一个女子人生中最美妙的乐章，那么嫁妆就是其中最动听的音符，那里面包含了许多女孩子从小到大的想象。

新房里，粉色的气球排成队列依偎在大红喜字拉花上，映衬得房间温馨又喜庆。母亲的表情有些微妙，似乎有些羡慕，有些失落，但更多的是欢喜。她轻微的叹息落在床头墙壁的粉色气球上，就像落下一粒粒灰尘。我们在等着石头家来拉嫁妆。

我结婚，母亲是欢喜的，女婿石头还算上进，跳出农门进了城，有份稳定工作。我们两家离得近，知根知底，她与父亲不必担心我受委屈。母亲现在的头等大事，是给我置办嫁妆。只有我知道，她那微微的叹息是为自己发出，她想起了自己的嫁妆。

可是，天知道，她的嫁妆也曾令祖母艳羡不已。

20世纪60年代初结婚的祖母，家中兄弟姊妹四五个，她是老小，到她结婚时，爹娘已无力再多给她置办东西，因而嫁妆少得可怜，只有一只黑色的大木头柜子。柜子是从上面开盖的，简单又笨重，倒是能上锁，只是随着岁月的流逝，一个锁片已经脱落，露出直愣愣的木头碴儿。小时候，祖母曾从木柜角落里摸出几枚带孔的铜钱给我做毽子。正是这次，我这才知道，这个黑不溜秋的柜子竟是祖母的嫁妆，那铜钱也是祖母的母亲给她压柜用的。

祖母说："那时候穷，能有个柜子就不错了，像你二伯娘那样娘家有钱的，也不过是多两个柜子。你妈她们的嫁妆才真让人眼馋。"祖母说的二伯娘与我们家未出五服，与祖母年岁相当，但二伯娘娘家曾是大户人家，她陪嫁的两个柜子虽然也是黑色的，她那能写会画的兄长却专门用金、红、绿等颜料在柜子上描画了牡丹花和荷花。

结婚陪送铺盖的习俗由来已久，祖母的陪嫁是两床粗布铺盖。蓝白色条纹的老粗布虽实用耐磨，却很粗糙，做成的被子又重又硌。可祖母却宝贝得很，在艰苦的年月里，这两床铺盖可是顶顶珍贵的东西。祖母说："那时候粗布铺盖都是好东西，有的人家因为怕弄脏铺盖，生孩子时都把铺盖卷起来，在地上铺一层麦秸和炒热的细沙土，就在那上面生。"

祖母十分珍爱那两床铺盖，并将那份珍爱延伸到了粗布被面上。实行家庭联产承包责任制后，祖母的三个儿子也渐渐长大，家里的条件渐渐好起来。尽管那时已时兴布料细腻、花样繁多的棉涤被面，祖母却又做了几床粗布被子，收藏了几床粗布被面。

相比祖母，20世纪80年代结婚的母亲要幸福得多。那时，改革开放的春风吹来，人们的生活水平提高，婚嫁之事自然也能办得更体面。虽然生活条件并不算特别好，但父母结婚时，祖父母准备了一床一桌一橱两椅，外祖家也陪送了不少嫁妆。

喜被自是少不了的。陪嫁的四铺四盖是用棉涤或锦缎当被面，被面花样繁多，有龙凤呈祥的，有鸳鸯戏水的，有红色双喜的。结婚陪送的喜被很讲究：男方催娶时要送来几十乃至上百斤弹好的棉花，送得越多表示诚意越足；娘家扯了被面被里，结婚前几日选一个好日子，请六个父母俱全、子女孝顺、家庭和睦的人给新人套喜被。套喜被得用红线，因喜事不宜用黑白线；缝的时候，必须一线到头，中间不能断线，不能接线，不能有疙瘩，代表"千里姻缘一线牵"；喜被四角还得各缝进两枚硬币，祝愿新人财运好，有钱花。因喜被得做一整天，中午主家会准备一桌酒席答谢。母亲陪嫁的喜被就是外祖母请人这样做的。相比祖母，母亲的陪嫁还算丰足，因此，母亲讲这些时有些自豪。只是，经过近三十年岁月的浸染，母亲陪嫁的喜被颜色已经暗淡，正如她付出青春年华后渐渐老去的容颜。

当年，母亲的陪嫁还有"蜜蜂"牌缝纫机、"大金鹿"牌自行车、一块小巧精致的"上海"牌女式手表以及暖瓶、茶具、脸盆、盆架等零碎日用品。

看过祖母和自己的陪嫁，母亲自然知道嫁妆的重要性，因而亲自给我置办嫁妆。只是，我的嫁妆中，衣柜、电视、冰箱、洗衣机、空调等物品都已买好，安置在济南的房子里了，老家的嫁妆不过是"六铺六盖"喜被、一些零碎物件以及为了拉嫁妆额外添置的一张写字台和一把椅子。她能插手的空间着实不多。

喜被是重头戏。被套花色是早就选好的，定要有一床大红的，其他花色就随我心意了。棉花是石头家催娶时送来的，整整一百斤。我问母亲："什么时候请人来套被子？"她说："不请人了，现在大家都在外边打工，村里哪有几个闲人。卖床单被罩的布店用机器做，机器缝得比人缝得还好呢！"也是，机器做被子，很少有中间断线的问题，我们也不必准备酒席，不必欠下人情，倒更便宜了。三十年的时间，陪嫁的铺盖已由人工转为机器制作，嫁妆上的手工劳动又少了一项。

九月初二，是上半月双日，正适合做喜被。做被子前，母亲先去淘换了一些崭新的硬币，以备缝在喜被的四角。母亲问我缝一角的还是一元的，我说要一角的，一元的硬币太沉了，我们怕睡觉砸脸。喜被以厚为贵，母亲结婚时流行做八斤或十斤的喜被。母亲又问我被子做几斤的。我说："不要那么厚，楼上有暖气，厚了没法用，四斤就行。"母亲说："做两床八斤的厚被铺床，剩下的棉花做四斤的被子，讨个'四平八稳'的口彩。"

布店老板将工作分派给几个人，我的任务是往被子四角安硬币。老板和帮工把棉胎套进被里时，我在四角各塞两枚硬币，帮工将其平整放置在机台上，牵引着走过缝纫机，那被里上就多了几趟红线，针脚细密平直，确实做得又快又好。这边被里套好，母亲便将其抱出去让老板娘帮着把被罩套好。如此流水作业，一床接一床，直至"六铺六盖"做完，居然才用了两个多小时。

最后，我们拉着一车花花绿绿的喜被回家。母亲把一床床喜被整理好，择去沾的棉絮，用床刷扫一遍，将被子整整齐齐摞在大床上。母亲用手摸了摸喜被的厚度，说："真轻便，我们那时候冬天冷，靠煤球炉子取暖，赶上数九寒天，十斤的被子都不顶用，还得盖压缝被。现在的日子确实好啊！"

喜被做好，母亲了却一桩心事，紧接着开始给我购置其他陪嫁之物：脸盆、台灯、暖瓶、花瓶、茶盘、面镜、皂盒、床刷等皆一对，枕头、枕套、枕巾等各两对，十床床单、一套茶具。眼见母亲跑前跑后地挑选、张罗，我打趣她："您这是准备把我这辈子要用的东西都给置办齐全吗？"她瞥了我一眼，道："这算什么，你连两件衣裳都没买，还嫌多。我们那时候没钱还置办了那么多呢，要是有钱，不得正经置办两车东西。"

嫁妆准备完，母亲和我趁空把所有陪嫁物什都系上红绸绳，结成好看的蝴蝶扣，以示吉庆。红绸绳不能系成死结，寓意不好。在不能系红绸绳的盆盘里面放上一张双喜字。写字台的每个抽屉和衣柜的每个隔层，都要放一张红纸，并在四角各放两枚一元硬币，这些硬币叫"压柜钱"。

按两家约定，九月初五上午，石头家要来拉嫁妆。一大早，母亲就在放满嫁妆的屋里转来转去，摸摸这个，看看那个，许是见一切准备妥当，她再也找不出问题，才看着满屋的嫁妆发了会儿呆，发出一声叹息。这声叹息最终被我捕捉到了，我想，她兴许是由眼前之物想起了自己当年的嫁妆——与我的嫁妆一对比，当年那些令她得意的陪嫁，如今看来实在算不了什么。我为了开解她，打趣道："您是不是看见我的嫁妆又多又好眼馋了？那可没法子，谁让我们的日子越过越好，当然嫁妆也越来越多啊。"

母亲被我的话逗得扑哧一下笑了："你个小丫头，咋不跟人家嫁妆更多的比呢？"母亲还是为自己不能给我最好的东西而遗憾，人家都陪嫁车子、房子，我们家条件普通，她只能给我陪嫁这些小物件。可我们两家条件都不算好，也算"门当户对"，我与石头把我们的小家经营好，才是最重要的，不是吗？我明白这一点。

一会儿，祖母来了，她带来了两床粗布被面，说要给她唯一的孙女当嫁妆。母亲说："都给她添过了，不用再拿东西了。"祖母执意要送，母亲只得收下，跟我说，粗布结实，以后做褥子时可以用。我知道，母亲觉得用粗布被面当嫁妆丢人，也怕我嫌弃。我忙应下接过，祖母才安心欣赏母亲为我置办的嫁妆，她被那些泛着光彩的嫁妆深深吸引住了，久久没移开眼。

九点钟，石头的四个叔伯开着两辆三轮车来拉嫁妆。车刚停稳，他们就在胡同口先放了一挂小盘炮，弟弟出去迎接，几人互相寒暄。听见鞭炮声，邻居都出来看热闹，我赶紧回家拿了喜糖和瓜子分给大家。叔伯们忙着抬嫁妆，花花绿绿的喜被映得人都喜气洋洋起来。

嫁妆装好车后，石头的叔叔在路上放了一挂小盘炮，随即开车离去，看热闹的女人们陆续散去。望着绝尘而去的车，我问母亲："祖母给我的两床粗布被面您放车上了吗？"母亲说："放上去了。"顿了一会儿又说，"没放在外面，搁你盛衣服的红皮箱里了，回头你别忘了。"

日子越来越富足，当年祖母视若珍宝的粗布被面终究被淘汰了。那两床粗布被面，我大约不会用到。不过，我会好好珍藏，因为它蕴含了女子对嫁妆最美好的期望，承载着我们祖孙三代人的嫁妆变迁史，是我们日子越过越好的见证者！

（原载《牡丹》2024年10月上半月刊）

闪亮的名字

一

历史的长河悠悠沉浮，总有一群人让自己的名字在岁月之河中迸发出美丽的浪花。他们中有的文采斐然，有的武功盖世，有的学识渊博……其中有一些人却是用孤勇胆气与慷慨正气，让自己的名字在历史长河中留下永远的印记。

见义勇为，即看到正义的事便勇敢地去做。扶危济困、助人为乐，本就是中华民族的传统美德。如果说中华民族的传统美德是一座五彩缤纷的百花园，我想见义勇为一定是其中一朵动人的奇葩。毕竟，它将义与勇相融，同时又由内而外地散发着仁爱善良的馥郁芳香。

我们嗅着这朵奇葩的芬芳，顺着历史的河流，首先来到齐鲁大地，看到了孔子以及他的弟子仲由（字子路）、端木赐（字子贡）。他们的名字在摊开的《吕氏春秋》的书卷上，如一簇微火，在历史深处熠熠闪光。

至圣孔子向来是见义勇为的倡导者。"见义不为，无勇也。"孔子在论述义和勇的关系时这样说。孔子认为，见到正义的事不去做，是不勇敢的表现。

恩师的教诲被弟子们奉为圭臬，孔子这样说，他的弟子们便以实际行动践行其教诲，其中有名的有二人——仲由与端木赐。

仲由救了一位溺水者，被救者送给仲由一头牛以示感谢，仲由收了。孔子对此表示肯定，认为鲁国人从此将喜欢救人于危难之中。

无独有偶，端木赐也见义勇为，却受到孔子的批评。当时，鲁国有一条法规：如果鲁国人在外国见到同胞遭遇不幸，沦为奴隶，只要能帮着垫资将其赎回，就可以获得本国的补偿和奖励。端木赐路遇一个沦为奴隶的鲁国人，帮其赎身，归国后却拒绝接受补偿和奖励，认为做好事求回报不道德。孔子却这样评说：做了好事却不领取补偿金，鲁国将不再有人愿做这种替人赎身的好事了。

这便是有名的"子路拯溺"与"子贡赎人"的典故，"子路受人以劝德，子贡谦让而止善。"虽然孔子对二人事后的行为持不同态度，但他们实实在在的救人善举却值得肯定。孔门七十二贤，在历史上留下姓名、被人记住的有多少？因见义勇为，仲由、端木赐的名字被镌刻在《吕氏春秋》的书简上，成为一道永恒的记忆。

乘时间之舟来到东汉末年，我们看到了孙坚。

孙坚少时为县吏，性阔达，好奇节。十七岁那年，他随其父一起乘船时，碰到一群海盗抢掠商人财物，在岸上分赃。行人见此均不敢上前，而孙坚不顾父亲阻拦，提刀大步奔向岸边，一边走，一边用手向两边指挥着，好像正分派部署士兵对海盗进行包抄围捕一般。海盗们远远望见这情形，以为官兵来缉捕他们，惊慌失措地扔掉财物，四散奔逃。孙坚追上去，斩杀一海盗而回，自此声名大振。

孙坚见义勇为，一人智驱一众海盗，既智且勇，当得"江东猛虎"之称。孙坚历任三县县丞，所到之处，甚有声望，官吏百姓亲近顺服，多有任侠好事的少年与其往来甚密。我想，孙坚之所以能收拢众多人马，成为东吴的奠基人，与他见义勇为、智驱海盗留下的美名不无关系。

历史长河中，见义勇为者不胜枚举。下一站我们停靠在宋朝。

口口相传的水浒故事里，一百单八将哪个不是见义勇为的好汉？若论第一，当数鲁智深。武松景阳冈打虎自然英勇，鲁智深也不遑多让，拳打镇关西，救助金翠莲，大闹野猪林暗护林冲，大闹桃花村救下被强娶的刘小姐……救人于危难之中，如雪中送炭。"花和尚"之义举，也让他的名字成为水浒群星中闪亮的一颗。

如果说鲁智深见义勇为靠的是英勇，那么同一朝代的司马光凭的是智慧。许多人认识司马光，并不是通过他的巨著《资治通鉴》，而是因为他幼年时一次见义勇为的行动——司马光砸缸。《宋史》记载，有一天，司马光与小伙伴在庭院里玩，其中一个伙伴不小心掉进水缸里，众人惊慌失措，司马光冷静地思考后，用石头将水缸砸破，水流出，小伙伴得救。

司马光可能也没想到，一次小小的见义勇为举动，竟让自己的名字闪耀在《宋史》中，闪耀在历史长河中，更闪耀在中华民族的传统美德故事中，从此千古流传。

二

寻访的时间之舟回到当下，山东省见义勇为基金会的网站就是我们下一站码头。这里记录了众多见义勇为的英模，他们的身影在天地间伫立，他们的名字在阳光下闪耀，他们的事迹在群众间口口相传。

山东省见义勇为基金会的标识下面有两根黄色的麦穗，组成一个半包围结构。这种托举的形状，完美地诠释了见义勇为的含义：见义勇为，不就是用自己的一双手，托举起被救者吗？守望相助就是对见义勇为最真诚的阐释。如果我们每个人都能做到以"小善"积累"大善"，见义勇为就会成为引领时代潮流的新风尚。标识最上面的心，是爱心，是善心，也是我们对世界上见义勇为者会越来越多的信心。

托举，让我想起一个人，一个见义勇为的英雄。十一年了，人们从不曾忘记他。他是沈星，他永远立在山东青州市的南阳河边，以古铜色的身姿，迎风沐雨。清明节，群众自发祭奠这位英雄，在塑像两边摆满了花束。青州人民在用这种方式，表达对见义勇为英雄的怀念。沈星的名字，永远闪耀在南阳河畔，闪耀在青州人的心里。

在聊城第一座见义勇为主题公园里，英雄的身影被艺术家的刻刀铸成永久的纪念。他们的名字，也随着他们金色的身影，被镌刻在底座上。岁月不居，磐石永固。石头是历史的记录者，那些闪耀着太阳光芒的名字将与日月同辉，与岁月共存。

石头有限，无法容纳所有英雄，更多的名字散布于锦旗、新闻中。

2020年5月16日晚，临清市站前路一家烧烤店突然起火，浓烟弥漫，许多就餐人员被困。浓烟滚滚，像满天乌云压下来，路边围观者很多，但没人敢上前。危急关头，正休假探亲的军人柳建宗和一位当了12年兵的退役军人柏清禄迎难而上，向冒着滚滚浓烟的火海冲去。烟雾太大，他们只能摸着楼梯上去。一个，一个，又一个……直到把所有被困人员救下来，他们才悄然离去。他们临危不惧、奋不顾身、迎难而上的身影，是最美的。他们的名字，被记录在山东省见义勇为基金会的网站上。

2023年1月的一天，一男子在东阿县郭堤口黄河岸边游玩时，不慎跌入黄河中，瞬间被水流冲出七八米远。黄河滩区的人都知道，黄河河岸处看似坡度平缓、风平浪静，其实下面水流很急，暗涡、陡坑散布，稍有不慎就可能失足跌入深坑。一旦跌入深坑，就可能陷入泥沙漩涡，再难上岸。危急时刻，一位来此游玩的青年飞奔到出事地点，脱掉上衣纵身跳入黄河中，不顾冰冷刺骨的河水，快速游到落水男子身边，抱住该男子奋力向岸边拖拽。在其他人的协助下，救人的青年成功将落水男子救上岸。上岸后，落水男子已处于昏迷状态，救人的青年立即对其实施心肺复苏急救，并将人送往东阿县人民医院抢救，还为其缴纳了1000元住院费，待落水男子脱离危险后驾车悄然离去。获救男子康复后，经过多方查找，终于找到了见义勇为的景庆东。景庆东说："我是一名军人，任何战友遇到这种情况都会这么做，留名不是目的，我的目的是救人！"殊不知，虽然当时没留名，他的名字仍然留在了荣誉证书和山东省见义勇为基金会的网站上。

2023年3月，聊城市见义勇为基金会授予景庆东"聊城市见义勇为模范"荣誉称号。

水火无情人有情，见义勇为显真情。沈星、柳建宗、柏清禄、景庆东，他们只是众多见义勇为英模中的一分子，犹如沧海中的一滴水。但正是千千万万像他们一样见义勇为的英模，正是这一滴滴水，汇聚成了爱的海洋，让世界充满正义的阳光。

当时间的长河滚滚流逝，载有英模名字的纸页或许会破损，但他们闪亮的名字将永远镌刻在获救者心间，永远回荡在人们耳畔。

三

本以为，寻访见义勇为者的时间之舟将在山东省见义勇为基金会的码头靠岸。谁知，一次返乡之旅，竟意外将我带回二十年前，带到黄河畔的那个小村庄。

每位见义勇为者都是被救者眼里的英雄。原先我以为，历史不会埋没每一位英雄，会通过各种方式将他们的事迹留在史册上。没想到，这次我见到了一位在历史上从未留下痕迹的见义勇为英雄。

久未回乡，我和石头都感觉有些新鲜。清晨，我们就在村里小路上溜达，呼吸着故乡的空气，感受村庄的变化。

迎面走来一个人，看样子像有急事，只顾埋头向前走。那人走过我们身旁好远，石头还只顾回头看，边看边问旁边的人："那好像是长亮哥吧？"旁边的人说："可不就是他。""他急着干啥去？""嗨，你们还不知道吧，长亮他娘刚做了个手术，还在县医院住着哩。他应该是替换他弟弟，去医院陪护。唉，谁让他爸身体也不行，陪护不了呢……"

原来是这样！石头听完，转头拉着我就走。我以为要回家，不料他却去超市买了几样补品，说要我跟他去看望长亮的娘。

去医院的路上，石头终于解开了盘踞在我心头的谜团。原来，长亮哥竟是石头的救命恩人！

我们村靠近黄河。引黄干渠就在村旁，我们称之为一道河、二道河。小时候，一道河、二道河在枯水季河水很浅，也就及腰，是孩子们的乐园。那年夏天的一个午后，六七岁的石头独自一人在一道河边玩。河边，长亮哥和几个人正下网捕鱼。

太阳炽热，把地面晒得如蒸笼一般，石头刚学会凫水，想试试自己的技术，就下了河。谁知，一个猛子扎下去，石头小腿突然抽筋，顿时没了力气。灌了几口水后，石头慌了，感觉一阵窒息，只能拼命挣扎。

正当石头绝望时，一双手将他托出水面。终于呼吸到了新鲜空气，石头大口大口喘气，一眼认出救他的人是在旁边捕鱼的长亮哥。那时，长亮哥才十几岁，也是个半大孩子，但救起石头这样一个六七岁的孩童，对他来说还是轻而易举的。

这件事，可能只有石头跟长亮哥两人知道。那天回家后，石头怕挨骂，没敢跟爹娘说这事。但被托出水面后看到的那张脸，始终留在石头心里。

我们带着礼物找到长亮哥的母亲时，他们都很惊讶。长亮哥一副受宠若惊的样子，忙给我们让座，跟我们寒暄。问了老人的病情，得知因腰椎间盘突出才做的手术，手术很成功，我们才放下心来。

回去的路上，石头突然问我："你说，长亮哥还记不记得他小时候曾经救过我？"没等我回答，他自己答道："我觉得他可能已经不记得了。"我附和说："我觉得也是，我们去的时候，他很吃惊。"石头说："他记不记得又有什么关系呢，我自己记得就行了。"顿了顿，又说，"我这一辈子都记得。"

　　我没再说话，丝丝情愫弥漫在车里。我觉得，那是一种人与人之间的爱意，是长亮哥见义勇为之举开出的善之花。对长亮哥来说，见义勇为不过是"举手之劳"；对石头来说，长亮哥对他却有千钧重的救命之恩。

　　最终，我们寻访见义勇为者的时间之舟停靠在故乡的黄河干渠边，但我们追寻英模的脚步没有停下。世界上有许多见义勇为的英雄，他们中的许多人没有在石头、史册或证书上留下自己的名字。但我相信，他们英勇的形象早已刻在获救者脑海中，被时刻铭记。

　　故乡的夜晚，繁星满天。浩瀚星空，每一位见义勇为者都是一颗星，有的亮一些，能照亮寥廓的夜空；有的暗一些，但也能照亮人心。无名的见义勇为者，犹如无名的星星，依旧闪亮。群星汇聚，我们的夜空才会如此璀璨。

（原载《山东文学》2023年第2期增刊）

纸短难书桃李情

回乡的路上，我远远望见一个纤瘦的身影骑着自行车沿乡间小路远去，她的背影很像我的小学老师。记忆中的老师朴素、优雅，身上散发出温和与坚定的特质。思绪纷飞，对老师的思念如蓬勃的野草般疯长。那些年的懵懂，那些年难忘的师恩，一一从心底浮现，密织出一个学子对恩师的敬重之情。

小学老师姓任，与我同姓。按辈分，我该称她一声姑姑。

我的小学是在本村上的，学校不大，每个年级一个班，共五个班。老师却只有四位，每人包一个班，还有个班级没着落。

学校缺老师，就要招代课老师。任老师父亲早逝，下面又有个弟弟，家计着实艰难。听到学校要招代课老师的消息，她母亲托了一位做村干部的本家跟校长表达了自己的意愿。许是她在小学时优异的成绩让校长记忆犹新，17岁的任老师成了我们村小学的代课老师。

当时，一年级的张老师和五年级的姜老师不跟班流动，她们一个专门给学生打基础，一个专带毕业班；还有两位老师分别带三、四年级。只有我们这个刚刚升到二年级的班还没人带。我们的基础已在一年级打好，接任老师的经验也就没那么重要，校长就把我们班交给了年纪轻轻的任老师。

对于新来的任老师要教我们班这件事，我是极其赞同并充满期待的。一个原因是，我并不是很喜欢之前教我们的古板严肃的张老师，尽管我无法否认她有丰富的教学经验，但那次没背过《秋天到了》这篇课文时被罚在教室门口站着背书的屈辱经历，让我小小的自尊心受到伤害，进而对张老师也充满畏惧。另一个原因是，任老师家与我家在一个胡同里，我知道她是一个温和可亲的人。哪个孩子不希望自己的老师温柔和气呢！

我平日在家常见任老师，觉得她不甚漂亮，只记得她有温暖的笑容。谁知，做了她的学生，我却从她身上觉察出一种优雅沉静的气质来。我还记得她给我们上第一节课时的情景。随着上课铃声响起，任老师款款走上讲台，她身穿白色衬衫、黑底碎花长裙，鼻梁上架了一副金丝眼镜，干净的面庞泛着白润的光泽，整个人仿佛一株亭亭玉立的荷，端庄温婉，一下子消除了我们的畏惧。教室里瞬间安静下来，连那些调皮的男孩子也不例外，个个儿昂起小脑袋目不转睛地向前看。任老师和蔼地笑了笑，简单做了自我介绍后宣布上课，教室里便回荡起她抑扬顿挫的讲课声。

任老师先出了一道题来检查大家的预习情况。农村孩子大都腼腆，没有人举手，任老师点了我的名字。我脑子里一片空白，站起来想了一会儿，才凭着脑中零星的记忆回答出来。我答对了，任老师表扬了我。这对一个以前一直被老师忽视的孩子来说，是莫大的荣光。坐下后，我的心怦怦直跳，一种奇特的喜悦感油然而生，以后我可以自豪地向小伙伴们炫耀："任老师第一个就提问了我，我答对了呢！"现在想想，那是任老师教师生涯的第一堂课，年轻的她心里应该也在忐忑不安吧，之所以第一个提问我，可能是因为我恰好是她最熟识的孩子。然而，正是这小小的青睐和关注，让我对学习生出信心，从二年级开始，我一跃成为班里前三名，并一直保持到中学。

与其他老师相比，任老师和蔼可亲，说话轻声细语，就连批评学生都如和风细雨一般。若非常生气，她也会拿起教鞭，作势要打，可当教鞭落下时，并没有碰到学生。唉，她舍不得打我们呢！对我们，她总是先鼓励，然后委婉地指出缺点。要知道，对一个小学生来说，老师的批评与责打不啻对他整个人的否定，会让孩子厌倦学习或留下心理阴影。因此，我对任老师的温和充满感激。

任老师对学生温和，却并不纵容学生，她对我们要求很严格。我记得，当时班里有个很调皮的男孩，对学习不上心，每次都写不完作业。任老师便盯着他，让他在课余时间补作业，有时候还给他"开小灶"补课。其他同学见此，都认认真真地完成作业。

许多老师会对成绩好的学生有偏爱，但任老师不会，她的严格要求是对全体学生的，谁也没有特权。我学习好，且与任老师有近邻之谊，犯了错误也会受到批评。三年级时我们要上早课，要求早晨6点钟到校。除去起床和在路上的时间，我最迟5点40分就要醒来，对一个正处于贪睡年龄的孩子来说，这实在是有点早。家里没闹钟，只能靠墙上挂着的一只石英钟看时间，因此每日都是父母把我叫醒。有一天，母亲把我叫醒后，就和父亲下地干活了。我迷迷瞪瞪地坐起，最终没敌过瞌睡虫的诱惑，又睡过去了。待再醒来时，天已大亮，我看看时间，已迟到半个小时了。我抓起书包就往学校跑，到教室迎头碰上了任老师。她问明我迟到的原因，说："一年之计在于春，一日之计在于晨。早晨记东西最快，要珍惜这好时光，以后可不能迟到了。"我本以为此事就这样过去了，不想还是被罚早课站着背书。任老师后来专门向我母亲解释罚我的原因，大致是看我一副尚未睡醒的样子，让我站着背书不容易再打瞌睡。她认为"不严不成器"，这样做也是为了孩子好。那次迟到让我感到羞愧，我却对任老师坚持公平的原则更为敬佩，并一直将公正作为自己的处事原则，奉行至今。

任老师学历不高，却很认真。当时，许多老师为了节约写板书的时间，把字写得龙飞凤舞，学生辨认起来比较吃力。任老师却写得一手漂亮的板书，一笔一画，美观大方。随着她的手指飞动，一个个生动活泼的方块字跃然而出，整整齐齐地排列着，像一朵朵竞相绽放的花。受任老师影响，我对粉笔字产生了浓厚的兴趣，央母亲弄来几根粉笔，没事就找地方写写画画。家里的衣柜侧壁、粮囤、水泥墙乃至大门上，都留下了我的"墨宝"，有些地方至今还有印痕。久而久之，我的粉笔字居然练得还不错，成了我的拿手绝活儿，后来出黑板报时派上了大用场。

任老师教我们语文，她特别重视阅读和作文。她常说，要想写好作文，必须多读书，多看别人的好文章。当时大人也舍不得给孩子买书，我总共就两本作文书。我牢记她的教诲，如饥似渴地找书读，自己的书看完就借同学的，全班同学的作文书被我借了个遍，后来又从床底翻出一箱子父亲的旧书看。发小的父亲曾是教师，她家藏书很多，我便整日跑去她家借书看。书看得多了，作文水平果然有提升。我写的作文经常被任老师当作范文在班里讲评，让我在班里大出风头，进而更受激励。批改作业时，任老师在每个人的作文本上写下大段的评语，用波浪线勾画好的句段，用横线标出病句，把错字一个个地圈出。绿格纸上斑驳的红批，凝注着她的点滴心血。现在，我能从事与文学相关的工作，也与她曾为我打下扎实的基础有关系。

于永正老师曾说过："教育不是'叫育'，也不只是教书；课堂也不只是在学校里。"任老师可能并不知道这句话，但她却实实在在地践行着这个理念。

学校花坛里种了许多月季，它们开出缤纷鲜艳的花朵，有些同学便去摘了拿着玩。任老师发现后，指着被折断的花枝说："花被折断了'手臂'，会疼的，你看它都流血了。"摘花的孩子都羞愧地低下头，从那之后，学生不再摘花，学校花坛的月季开得更鲜艳了。

　　在我们那里，二月二要吃料豆。为了表示对老师的尊敬，二月二当天大家都会从自己家带几把料豆送给老师。有一年，因母亲忙，家里没炒料豆，我空着手去了学校，看着讲桌上各种料豆堆得如小山一般，想到没能表达自己的心意，我十分难过。上课铃响了，在大家期待的目光下，任老师走进教室，对大家的心意表示感谢。接着，她问："今天谁家没炒料豆？请举手。"我缓缓举起右手。接着，任老师的举动出乎大家的意料，她让每个孩子走到讲台前，给每人发了一把料豆，随后把多余的料豆分成几份，用纸包好，分给我和另外几个举手的孩子。她说："你们的心意老师心领了，但好东西应该给大家分享。尤其是今年家里没炒料豆的同学，把大家的爱心带回去给家人尝尝。"那天的料豆，比我以往吃过的更香甜酥脆。在弥漫着料豆香气的教室里，我们学会了爱与分享。

　　后来，任老师为了能继续在学校教书，就选择在本村找对象。不料刚刚结婚，学校便开始清退代课教师，任老师最终还是拿起锄头，做了农妇。幸好，她的亲戚请她去工厂做工，让她的生活宽裕了些。

　　再次见到她时，她温柔的脸庞已染了些沧桑。然而，她那温柔和煦的鼓励、公正认真的教诲，始终留在我心底。遥想当年师恩重，纸短难书桃李情。于教书，于育人，任老师的教诲都让我受用终生！

怀念狗

一

　　小时候，村里人家不是养猫就是养狗，养猫是为了捉鼠，养狗是用来看家。与猫相比，狗的名声实在不堪，这一点，从"猪狗不如""偷鸡摸狗""人模狗样"等词语中可以看出。事实上，狗受了天大的委屈。

　　在我看来，狗比猫可爱得多。猫小时候倒是有趣，可长大了愈发像个高傲的公主，非精制美食不吃，非温暖小窝不睡，稍不满意便"离家出走"，任主人前村后院地找。狗却不然，有主人的餐后剩饭果腹足矣，有个能遮风避雨的地方睡觉便可，白天跟在主人身边保驾护航，夜间顺着墙根忠诚厚道地看家护院。

　　在农村，猫是必不可少的，因为成垛的玉米会引来老鼠的觊觎，尽管猫并不是那么热爱它的传统美食——老鼠，但其身影和叫声可以驱赶老鼠。父亲却一直想养一只狗，我也是。父亲认为，狗可以驱赶进入鸡棚的黄鼠狼和刺猬。我想养狗纯粹是因为对狗的喜爱，以及对猫的厌烦——冬天它整日往我被窝里钻。

养狗之事记挂在心上，父亲上街闲聊或串门时便会留心谁家的狗又生了小狗崽，提前跟人家打好招呼，让他给我们留一只，待小狗崽满月长壮实了便抱回来养。但狗并不是说养就养的，我们运气不佳，养了几次都不成。

第一只小狗怕生，躲在箱子里不吃不喝，一直低声呜呜叫着。大家怕它饿坏了，只得将其送归原主。第二次抱的是好友小昭家那只温顺黑狗的崽。我每日放学后都去小昭家和她一起写作业，那只大黑狗平时对我很亲近。那日去抱小狗时，愤怒的黑狗被主人钳制住，却记住了带走小狗崽的我，当我再一次去她家时，温顺的黑狗跳起来咬了我一口。没法子，为了以后我能继续去找小昭玩，我们只能将小狗送了回去。之后，我们家又养了一只小黄狗。它每日吃饭时总围着我们的饭桌打转，很招人喜欢。可它常常跳起来抢我和弟弟手里的馒头，我们姐弟冷不丁便会被它吓一跳。父亲生怕它会咬到我们，不顾我俩的反对硬是将它送走了。后面抱来的小狗总是养不长，养了一段时间后便蔫蔫的，最终死去。

自此，我家好久没再养狗，而养狗这事也成了一直横在我心里的结。

二

真正在我家养狗史上留下浓墨重彩一笔的是一只黄色的土狗，我们叫它"黄黄"。

父亲刚把它抱来那天恰好下大雨，我和弟弟没法儿出去玩，只得闷在屋子里看雨。父亲中午小睡后出去串门，回来时一只手撑着伞，另一只手托了一个纸箱子，向我们姐弟俩嚷："猜猜我给你们带了什么好东西？"我们两个小人儿攀着父亲的胳膊耍赖，这时，纸箱里传来哼哼唧唧的声音，我眼前一亮："小狗，小狗！"

父亲将纸箱放在地上，我们看到箱子里面果然有一只胖嘟嘟的小黑狗，它一身黑毛，黑黑的眼睛亮晶晶的，前爪抬起扒着箱壁，似不愿被圈在这小小空间里，嘴里还发出"吱吱"的叫声。它一直叫着，母亲心中不忍，说："你们把它放出来透透气，让它熟悉熟悉新家，兴许就好了。"于是，我将小狗从纸箱里抱出来。谁知刚把它放在地上，小狗就一下子蹿到桌子底下，又沿着墙根往床底爬，最后躲在床底的角落里不出来了。我们在外面"狗狗、狗狗"地唤着，干着急却无可奈何。父亲说："它刚来，怕生，过两天熟悉了就好了。"话虽如此，我心里仍忐忑不安，生怕它像那只不吃不喝被送回的小狗一样，与我家没有缘分。

我与弟弟将一个大点的纸箱侧放到地上，在里面铺了报纸和旧棉垫子，给小狗做了个窝，并在旁边摆了小半碗掺了蛋黄的小米粥。

当晚，小黑狗一直躲在漆黑的床底不肯出来，也就没吃东西。我们睡觉时，偶尔还能听见它的叫声，但声音很微弱，估计它饿得没力气了。第二日一早，我刚睁开眼，就听见地上传来细弱的声音，扭头一看，小黑狗从床底出来，自个儿到窝边吃饭去了，它吃东西的样子真像一只小馋猫。母亲嘱咐我先别靠近它，免得它又害怕地躲起来。我十分欢喜，连连应了，叫弟弟离远点在一边看。

别看它刚来时胆小怕生，后来调皮起来却是"天不怕地不怕"呢。它身子小，毛茸茸的一团，常常置我们精心为它准备的狗窝于不顾，转而钻进一些窄小和软的地方睡觉。一日，母亲想趁着天气晴朗晒晒冬天的衣物，刚拉出箱子，就见一团黑色的"绒球"窝在父亲的棉拖里，定睛一看却是小狗。似乎不满被人打搅了好梦，它睁开圆溜溜的眼睛愣了一会儿，嗖的一下跑开了，母亲却又气又乐——棉拖已经被它折腾得不像样了。它还对各种会动的东西感兴趣，一会儿追鸡，一会儿撵猫，有一次居然还多管闲事地捉住一只小老鼠扑咬着玩。我们将被它折腾得半死不活的小鼠扔给猫，哪知猫却不屑一顾，径自走开。母亲怕小狗把小鼠吃掉会生病，不顾它的反对硬是将小鼠丢掉了。它倒是心大，一会儿就把这事儿忘了，转而去扑腾母亲织毛衣的线团了！

然而，这小东西也有应付不了的"敌人"。家里的衣柜上有面全身镜，一日，小狗不经意间溜到镜子跟前，扭头一瞧，发现镜子里也有一只小狗。它支棱着两只耳朵冲着镜子里的"小狗"叫，哪知那"小狗"有模有样地学着它的动作，竟分毫不差。它作势去扑咬，却一头碰在镜子上。看战斗不成功，它便灰溜溜地跑开了。自此，再也不去镜子前找麻烦了，就算有时要路过那衣柜，它也远远地绕着走。我们一家人看见这情景总在那里偷着乐。我想，等哪天它想明白穿衣镜的秘密后，恐怕又会"天不怕地不怕"了。

过了两三个月，小狗开始换毛，原本的黑毛居然变黄，间杂了些许黑白花纹，成了典型的乡村小土狗。这时，我们才想起整天"狗狗、狗狗"地叫不太像话。好友小昭家的黑狗被她直白地起名为"小黑"，弟弟当时年龄小发言权不够，我就顺势给小狗起名为"黄黄"。我觉得"黄黄"比"小黑"好听得多，叫起来既顺口又亲切。

三

狗很有灵性，人们都这么说。

有位老师给我们讲过她家小狗的故事。她家小狗很温顺，能听懂主人的话。以前农村养鸡都是散养，傍晚才将其驱回鸡窝里。母鸡为了保护自己的蛋不被发现，常将蛋下在麦秸垛或草窝那里藏起来。她家的母鸡比较聪明，找了一个石块堆的夹缝做窝，将蛋下在那里。家人几日不见草窝里有蛋，循着母鸡下蛋后的"咯咯哒"声，才寻到石缝中的鸡蛋。只是，那缝极深极窄，上面堆叠的石块又参差不齐，鸡可以跳过去下蛋，人却难以从上面过去，看得见却取不到，只能干着急。很快，她家的狗发现了母鸡的秘密，于是它轻轻松松跳过石块，偷偷将鸡蛋叼回来吃掉。不过，此事很快被她母亲察觉了，母鸡每日都在石缝里下蛋，怎么第二天就没了呢？经过连日的观察，狗这一罪魁祸首浮出水面。她母亲用小棍将狗教训了一顿，说："咱家就靠这鸡蛋卖点钱买油盐呢，你要帮忙叼出来，怎么能吃掉呢！"第二日一早，她母亲进大门时没注意脚下，"咔嚓"一声踩到一个鸡蛋，而小狗在旁边期待地看着她。原来，小狗明白了主人的意思，将鸡蛋从石块缝中叼出来，摆在大门口的显眼位置，试图向主人邀功请赏呢！那个被踩破的鸡蛋自然又进了小狗的肚子里，它的聪明也让它成了一家人的宝！

这个故事让我想起，我家"黄黄"也是很聪敏的呢！

"黄黄"和我们姐弟熟悉之后，整日追在我俩后面，像个小跟屁虫。我们去上学，它在后面追着。我们走了一段路，回头看看，它还跟着。我有些着急，小狗可不能带到学校去呀，会被老师批评的。我停住脚步，张开双臂挥舞着赶它回去。它也停住脚步，睁着两只黑亮水灵的小眼睛望向我。我回头继续走，它又跟上来。我心里暗暗着急，飞快地跑起来，偷偷回头瞥一眼，发现它也在追着我跑。等到我转弯走到大马路上，它才停下，目送我进入学校大门，转身跑回去了。一开始，我担心它走远了会找不到回家的路。母亲说："狗记一千，猫记一万。狗很聪明，它能循着自个儿留下的气味找到家。"事实果然如此，它天天跟着我走很远的路，却从未走丢，我遂放下心来。我和弟弟极喜欢"黄黄"，放学后一进家门便抢着呼唤它，后来它摸清了规律，到了放学时间竟会自个儿跑到路口张望着迎接，真让人惊奇。

"黄黄"吃饭时喜欢展示它的特殊技能。我将馒头掰成小块，高高地向它抛出。"黄黄"眼疾腿快，估算着馒头块落下的位置，直起身子前腿腾空，轻轻松松就用嘴将馒头接住，吃完后舔舔嘴巴，摇摇尾巴，似乎在向我夸耀自个儿的高超本领。

一个朋友也眉飞色舞地向我讲起了她家狗狗"骗"人的故事。我一脸惊讶，小狗还能"骗"人？她说，小狗希望主人关注它，常用自己的手段来吸引主人的注意。有一次，她放学回家，看到狗狗趴在柴灶旁边一动不动，连声唤它也不答应。朋友吓坏了，哭喊着去找母亲："咱家小狗死了。"她母亲过来一看，小狗正睁着眼睛昂头看她呢。朋友跟母亲说了小狗刚才的状况，她母亲便指着小狗的鼻子轻轻训斥它："你就骗人吧，看把她都吓哭了。"小狗似乎有些心虚，站起来围着小主人摇头摆尾，一会儿就把朋友哄好了。

狗是人们的亲密伙伴，我们的举动会影响它的情绪，只有用一颗真心才能换来相依相伴的情谊。

四

许多人喜狗不喜猫，其中一个原因就是，狗是忠诚的卫士，它们在主人遇到危险时会忠心护主，而猫却常常狡猾地自己先躲远了。有句俗话称："儿不嫌母丑，狗不嫌家穷。"狗有护主天性，就算平时再淘气，一旦遇到可能存在的威胁和险情，它们就低吼着戒备起来，昂首阔步、威风凛凛地保卫自己的宅院。

"黄黄"大了后，不能整日睡在屋子里，父亲准备将它的窝放到大门口，"黄黄"的新家由一口旧缸改成。父亲将缸横着放倒，后面用土石垫得与前口同高，在里面放入软软的麦秸和一个旧垫子。母亲说："这窝可真不错，能遮蔽风雨，比石头垒的还好。""黄黄"似乎也很满意它的新家，围着新家来回转了好几圈，就跟得了奖赏的小孩子一般，逗得我们直发笑。将"黄黄"的窝放置在大门口，实在是明智之举。"黄黄"耳朵灵敏，听得出自家人的脚步声，一旦门外传来陌生的声响，它就冲着大门吠个不停，是护院的一把好手。有一段时间，村庄附近小偷猖獗，牛羊、粮食半夜被偷盗的情况频发。这时，"黄黄"的作用便显出来了。它每日在房前屋后"巡逻"，听到陌生的动静就大叫，我们一家人因此可以高枕无忧。

其实，我想养狗也是因为看到了好友家小狗的忠诚。在"黄黄"没来我家之前，我被狗咬过好几次。有一次，我与几个小朋友一起玩游戏，两人手臂互相交缠组成"大炮"，向其他"敌人"碰撞进攻。我的队友是小文，正当我俩的"大炮"冲向对手准备与之酣战时，她家的灰狗突然跑过来，冲着我的大腿咬了一口。我哇的一声哭了，小文手足无措地跑去找大人。我被母亲拖着用肥皂水洗完伤口后，还是委屈得不行："它为什么咬我啊？我是它主人的队友啊，要咬也该去咬'敌人'啊！"母亲本来十分紧张我的伤口，听了我的抱怨后哭笑不得："谁让你跟小文胳膊扭着胳膊呢，它以为你跟她打架呢，不咬你咬谁！"我这才知道，灰狗这是在用自己的方式保护小主人！我对灰狗的怨恨顿时消失，却多了几分对小文的羡慕。"黄黄"长大后，我领着它去找小伙伴玩，有了这个"小保镖"，我终于可以扬眉吐气了。

五

说实在的，除了自由些，"黄黄"在我家着实没过上什么好日子。虽然我与父亲、弟弟都盼着养狗，但母亲却一直态度暧昧、不甚积极。照她的想法，猫可以养，因为猫吃得少，一小碟粥泡点碎馍就够了。可狗不行，它食量大，我们家没那么多粮食给狗吃。于是我们与她争辩：猫虽吃得少却挑食，它不吃剩饭，直接爬上橱柜去偷吃，咱家买的肉被它偷吃很多次了；狗不挑食也不会爬高，咱吃剩的粥饭菜汤给它吃就够了。经过我们的软磨硬泡，母亲不再反对，但"黄黄"的待遇却始终不高，我们平时剩下的菜汤就直接倒在它的饭盆里。偶尔有人结婚，母亲去吃席，打包回来吃剩的鸡、鱼等菜。这些对它而言就是难得的美食，它高兴地前跑后跳，围着母亲摇尾巴。有一天，母亲去走亲戚，父亲去奶奶家吃饭，回来才想起还没喂狗，就抓了两把鸡饲料用水和成糊喂给"黄黄"。母亲回来看见狗盆里的东西，不禁替"黄黄"感到委屈："你就不能给它熬点玉米糊啊，咱家狗还真可怜！"尽管如此，"黄黄"依然毫无怨言，平日快活自在地玩耍，一有动静就支起耳朵忠诚勇敢地守护我们家。

虽然"黄黄"已经不在了，但每次看到被主人牵着的宠物狗，我都会想起它自由奔跑的矫健身影。城市里的宠物狗失去了自由驰骋的广阔天地，成了人类豢养的"贵族"，连看家护院的本能都快丧失了。

曾有人跟我描述过她家泰迪犬的生活：住单独的小房间，有专门定制的衣服，吃国外进口的狗粮，每月去宠物商店洗澡、体检，比许多年轻人都讲究。后来，听说这只备受宠爱的泰迪犬被主人放在书桌上时不太老实，自己掉下来摔断了腿，竟因此日渐消沉，最后郁郁而终。我又想起那人见了大学食堂的饭菜后说过的那句话："这都是什么东西，我们家狗都不吃。"是啊，她家的宠物狗过着优渥的生活，却在安乐中丧失了犬类自由奔放的本性，实在是可怜、可叹；而说出"我们家狗都不吃"这句话的人，恐怕丢掉了谦和的品德，更是可悲、可笑！

在听到邻家犬吠和主人的喝止声后，我又开始怀念"黄黄"了，同样怀念所有富有灵性且忠心勇敢的狗。

（原载《鹿鸣》2018年第1期）

人间走笔

第三辑

大明湖册页

　　如果说济南是一套典藏书籍，大明湖一定是其中顶顶重要的一册。在大明湖，水色、山影、亭台、楼阁、石桥、舟船、池柳、清荷以及水中自在嬉戏的野鸭、花间翩跹起舞的粉蝶，都在自然的书卷上泼墨挥毫，春去秋来，书写出一部风光旖旎、文化厚重、韵味清雅的锦绣篇章。

　　而我，曾多次阅读这本大自然所作的图书，每次去都翻开一些书页，可直到现在仍未将其读完。荷花飘香的时节，我再次来到大明湖，阅水，读桥，赏荷，问柳，览楼，访古，重读这本书。

　　　　　　　　　　一

　　一城山色半城湖。

　　我想，济南要感谢大明湖。千佛山、大明湖、趵突泉，是济南的三大名胜。作为济南的象征和文化符号，大明湖必不可少。因它，济南才担得起"半城湖"之美誉。

水是大明湖这册书里的主角，也是济南这座城市的主角。一眼眼泉喷涌而出，带来了丰沛的水源。大多数河流奔涌入海，济南的泉水则争先恐后地向大明湖奔去。有了喷涌不息的泉水，才有了"久旱不涸，久雨不涨"的大明湖。泉是大明湖的生命之源。

究竟是哪眼泉的水最先抵达大明湖呢？我想，大约是趵突泉。无他，盖因趵突泉三股喷泉流势太大，把自个儿石碑上"突"字的那一点都给冲进了大明湖，可见其奔流时的欢欣雀跃。

一线线泉水汇集过来，各自化作一支湖笔，泼墨挥毫，单钩、悬腕、提按、绞转，一笔一画，终作出大明湖的名篇。湖面平静，宛如明镜；湖水碧绿，翠色莹莹；湖景清雅，秀美旖旎。偶有成双斑嘴鸭浮游，荡起圈圈涟漪，给这篇湖水文章添几个形容词，增几句"点睛之笔"。阅过大明湖，方知陆放翁这句"文章本天成，妙手偶得之"颇有几分道理。

千佛山也不甘落后，没道理那两个绵绵相依，单单把自己漏下。于是，它挤呀钻呀，向上，向前，终于让自个儿又高了几分，还把大明湖当作镜子。清晨，千佛山临水梳妆，不但把自个儿梳洗得郁郁葱葱，还给大明湖的水添了一道翠墨盈盈的别致风景，"佛山倒影"成了这篇湖水文章中最显眼的小标题。

桥是书里的重要段落，起着承上启下的作用。大明湖水道众多，行在路上，常要经过桥。玉带桥上观水，玉涵桥上望山，柳烟桥畔赏柳，百花桥边访花，齐音桥上思古，更有藕香、芙蓉、烟波、鹊华、竹韵、芦花、凝雪这七座桥，一桥一景。桥让两岸相连，同时让被水隔开的人相遇。

多少相遇的情节发生在桥上。牛郎织女相会的鹊桥，白娘子许仙相遇的断桥，梁祝十八相送的长桥，留下了浪漫的爱情和美丽的传说。我想，大明湖的桥上一定也发生过爱情故事，只是你不知道，我不知道，唯有路过的风知道，脚下的石桥知道。走过桥，对岸的风景就扑面而来。相遇的点点滴滴都在我心间珍藏，我还会记得它们，有风见证，有桥见证。

二

四面荷花三面柳。

荷花和垂柳是大明湖册页中最常见的修辞。花红柳绿，一个风姿绰约，袅袅婷婷；一个高洁挺立，清雅脱俗。荷与柳的修辞，让大明湖的文章愈显生动。

在文章中，我看到了它们不一样的品格。

湖畔遍植垂柳。亭台处，堤岸边，石桥下，杨柳依依，碧绿条条，垂柳数着来去奔波的船只，默默迎来送往。大明湖再美，若无垂柳的点缀，必会少了五分颜色。

柳与水十分亲近，万条碧丝柔柔垂下，几至水面。人们说柳这是在临水照影、孤芳自赏，我不太认同。我觉得，这是柳的羞报，为自己的妖娆风姿；也是柳的感恩，为湖水的养育滋润。大明湖旁边的柳是谦逊的君子，丰沛的湖水滋养了葱郁的柳树，柳树便临水颔首，垂头致谢。

大明湖的荷聚居而生，不肯形单影只，最后形成了气势。玉带桥下的荷尤甚，挤挤挨挨，蔚为壮观。其实，荷又何苦呢？它们高洁、清雅，若不连成片，也不见得被人轻视。可荷不肯，它连片成势，又用洁身自好、亭亭玉立、清雅高洁等一大堆形容词，硬是从大明湖辞藻华丽的文章中脱颖而出。直到把那些美好的词都说尽了，方肯优雅从容地老去。

我喜欢荷的全力以赴，毕竟，如果没有荷的奋不顾身、尽力一搏，我们又怎能从大明湖的册页中看到最美的风景？

一只彩蝶翩翩飞过，落在一朵红莲上，趣味盎然。不远处，有成双成对的野鸭悠然游过，犁出一道清浅的水波。它们是大明湖册页上的标点，彩蝶是逗号，野鸭是句号。突然，一只苍鹭飞过，扑起一道水线。哦，它是感叹号。

在玉带桥上赏完荷，我就要离开，不巧发梢被柳丝挂住。它是想留住我吗？它想留住每一位游客吗？我摘下发间柳枝，心中颇为感动。都说折柳是友人惜别之举，大明湖的柳果真有情有义。

最终，我还是留下了，大明湖的书卷尚未欣赏完毕，怎可轻易离去？不光我留下来，留下来的还有风，有花，有荷，有蜂蝶，有鸭鹭，有诗篇。

三

行至北极阁，一阵清越的钟声从北极阁东隅的感应泉边发出。钟声甫一响起，清泉奔涌而出，周遭爆发出一阵阵喝彩声。骑鲤鱼的金童玉女扯着一枚圆形方孔铜钱，笑得憨态可掬。我不禁莞尔，看来，又有人投中铜钱孔中的铜钟了。

正想着，又是一阵钟声，又是一股清泉，又是一声声欢呼、一张张笑脸。钟声似从辽远的时光深处传来，带着一种古意，我想起以前看到过后面照壁上的《重修感应井泉记》。这感应井泉源于明朝，大约这传来的阵阵钟声也来自明朝，它带着古人对今人的祝福。钟声止，下落的泉水发出欢快的轻笑。它在笑什么？是笑我的痴念，还是笑世人的执念？我说不清楚，或许连泉自己都说不清楚，还是让后来的读者思考吧。

兴许，几百上千年后，访客们会把他们的思考写成诗句，写成文章，镌刻在大明湖的石壁上，做成大明湖的阅读笔记，以供后人学习、思考。

以前，这样的访客有很多。

曾巩是其中的佼佼者。他不仅是读者，还是作者，修筑堤堰、疏浚水道、修建北水门水闸，使水患顿息、湖色愈丽。曾堤上，杨柳脉脉，百花争艳。堤侧湖水萦岸，波涛拍岸，滚滚白浪飞溅。这位优秀读者用理政才能为大明湖点缀了缤纷墨色。

杜甫也算一个。他陪李邕宴游历下亭时，写出"海右此亭古，济南名士多"之句，在大明湖历下亭的篇章里留下一个显眼的批注。

王士祯是大明湖垂柳的忠实观众。他在天心水面亭饮酒酬和，即兴赋成《秋柳》，又何尝不是对时代变迁、世事更替的喟叹？如今正值夏日，柳枝尚绿，碧丝脉脉。我未能看到王士祯所咏之秋柳，只好凭空怀想。当年，那书生为明湖秋柳所作的诗篇，对大明湖之书来说是珍贵的注疏。

老舍也是个有心人。他读完大明湖的水墨篇章，见证了济南的悲壮历史，悲愤之下，为大明湖和它所养育的人们作了一部传记——长篇小说《大明湖》。可惜，此书尚未面世，即毁灭于上海"一·二八"事变的炮火中。这成了济南和大明湖永远的遗憾。

这些先人走过的路，如今我也一一踏过，看到他们留下的点评，仿佛触摸到历史的脉搏，感受到时间的温度。我想，如果说山、水、荷、柳、桥、亭为大明湖作出了自然诗篇，那历代文人雅士则为大明湖书写了人文华章。

四

夕阳西下，袅袅夜色从湖底泛上来。我才沿湖走过一周，湖心小岛、林间翠植以及一些祠庙楼阁都尚未拜访。看来，这次大明湖之行，又未完成。我有些惋惜，也只好驻足，准备返程。

这时，我听见一阵倒计时声，回头看到等待超然楼亮灯盛典的人群。超然楼，这座始建于元代的历史名楼，在沧海桑田中被毁，之后又得以重修，可谓命途多舛。现在，楼下都是举着手机等待亮灯的人们，他们大约已经等了许久。不过，在我们的生命中，奇花异草、良辰美景、珍馐佳肴，又有哪个不需要等待呢？大明湖也在等待，等待超然楼的热闹繁华，等待旅人的足迹踏过，等待循环往复的春夏秋冬。等待，大约是我们每个人一生的课题。

终于，随着倒计时结束，超然楼的灯亮了，来赏灯的人群里传来一阵欢呼声。一弯半月皎白如玉，在如水的夜色里，静静看着欢呼的人群。人在赏灯，殊不知月也在赏人，正如"你站在桥上看风景，看风景的人在楼上看你"。

读不完又有什么关系呢，大明湖水面辽阔、风光秀美、文化深厚，就算我的脚步能踏遍大明湖旁的每一寸土地，可它所承载的厚重文化，又岂是一个小小的我所能完全洞察的！再者，时光走笔，岁月成章，我难以跟上时间的脚步。身边游人的脚步不停，仍在为大明湖增添新的段落篇章。

大明湖这册书，我大约是永远读不完了。不过，翻翻我已赏阅的那些书页，足以让我回味无穷。人生嘛，自然会有一些缺憾，正如缺月，如残荷，如枯藤，如被炮火毁灭的《大明湖》。

（原载《当代小说》2024年第5期）

趵突泉写意

我一向以为，趵突泉是时光遗落在护城河畔的一幅写意画。济南像颇具才气的丹青圣手，手持时光的画笔，泼墨挥毫，皴擦点染，作出数不胜数的千古画卷。趵突泉，是最见其功力之作。

沿护城河西行，便至趵突泉泉群。这里有泰山余脉造就的南高北低之地势，使诸谷之水汇聚于此，遇阻而涌出，高至数尺。

趵突泉的底色是蓝青色。泉水呈蓝青色，遥遥望去，似一块青玉。偏偏又有三眼泉水欢涌，似顽皮孩童，奔腾跳跃，为这块青玉添了几分生气。于是，趵突泉又多了几分活泼。

作者定是深谙均衡呼应之道，寥寥数笔，不光描绘出趵突泉的神韵，还勾笔皴染，让众泉遥遥相望、款款相依，把这幅泉水写意画画得清雅灵动。板桥泉上，水漫石板，笑语喧天，这是泉水与人的联欢；金线泉中，水纹浮动，宛如金线，这是泉水和阳光最诗意的邂逅；马跑泉内，"珍珠"翻涌，水声淙淙，这是水与石最完美的合作；卧牛泉里，珠声阵阵，晶莹剔透，让人想起古时的田园牧歌；杜康泉内，细流低渗，甘美清冽，似一曲轻柔的小夜曲；漱玉泉中，白浪翻涌，飞流如瀑，让人感觉生机勃勃又洒脱自信；螺丝泉中，气泡旋升，锦鲤浮游，令人想到鸢飞鱼跃之盛景……在这里，趵突泉不是一枝独秀，泉眼星罗棋布。

泉水是流动的，是柔软的，而石头是它的骨骼。渲染皴擦的泉水画，从来离不开石的衬托。没有石，水花飞溅时便失去依托，少了轻盈灵动的气质；没有石，碎石横滩便成为虚谈，缺了幽然别致的雅趣；没有石，一池水便少了约束，只能成为四散的野水。而趵突泉是幸运的，这幅写意画里的石姿态万千：有的曲折起伏，棱角分明；有的浓淡相间，虚实相依，远近相宜……所有石头都在为泉水作配角。没有石，此画定要少五分颜色。

清澈沁凉的泉水是一绝，清香淡雅的泉茶亦是一绝。从趵突泉东行过桥，就到了望鹤亭茶社。临窗而坐，端一杯香茗，配几块茶点，品的是泉水，赏的是泉景。茶香沁人心脾，窗外风景如画，水碧柳绿、亭古风清，端的是诗情画意。独坐冥想，泉声泠泠，似能听到梨花大鼓声从远处传来。曲韵悠悠，荡漾在水波之上，似乎沾染了水汽，润而清冽，不绝于耳。这声音，不知是从《老残游记》里白妞、黑妞高超奇绝的唱腔中来，还是从董莲枝的珠玉妙喉里来。观泉、品茗、听曲，当年的趵突泉写意画上，定是一派悠闲惬意之景。

行至无忧泉，我止住脚步。泉水清澈，荡涤世间尘埃，也荡涤心中尘埃。在无忧泉畔的石头上临泉而坐，我放松心情，任思绪纵情驰骋，这简直是世间最幸福的事了。路上的行人络绎不绝，他们都慕名去赏趵突泉。也是，趵突泉名气太大，无忧泉实在比不上。可世间泉水之多，园林之众，可观风景又何止趵突泉一处？盖天地之间，凡心之所向，皆是风景。

在这幅写意画中，花自然不能少。春天的牡丹，雍容华贵，朵朵都沾染了春风的芬芳；初夏的睡莲，清雅独立，瓣瓣都携带着泉水的清凉；秋天的菊也毫不逊色，除了用橙黄、乳白等颜色，还用朱红彰显其个性；冬末的红梅最有骨气，顶霜冒雪送来春天的消息。

泉里的锦鲤不服气，在水中展示各种姿态：时而顺流而下，自在游弋；时而跳出水面，翻转腾跃；时而尾击泉流，让水花四溅。锦鲤说，它们才是这幅写意画上最生动的点染作品。是的，锦鲤是泉水中最灵动的生命，它们给这幅画带来了生机和活力。

在这幅写意画中，鸟、竹、鱼也是重要的点缀物。在万竹园与沧园里，国画大师李苦禅与王雪涛将他们对这个世界的热爱珍藏于此。泉水淙淙，竹风阵阵，曲径通幽，写意画在时光深处缓缓展开。趵突泉水晶莹剔透，鹭鸶、山鸡、寒鹊为其增了七分神韵，使得此泉水写意画更加鲜活。

每次来观泉，都有新的感悟和收获。泉池里，藻荇翠绿交横，似怀抱无尽的秘密。在浮游的水草间，我看到过风留下的浅浅足迹，感受到泉水旁的声声鸟鸣，也曾想到甜蜜的童年。

我想，一定还有很多我未曾发现的东西，这是趵突泉写意画的留白。一片薄雾、一处天地、一朵烟云、一串水声都曾在这留白里若隐若现，让人难寻其踪迹。趵突泉的水是丰饶的，又是缄默的，它什么都不说，又什么都知道。

泉畔没有人家，却留下了许多人的足迹。

最先到的人是曾巩。据说，他是趵突泉的命名者，《齐州二堂记》是他送给这池泉水最珍贵的礼物。

李清照是它的重要过客。在漱玉泉旁，她曾梳洗打扮、临水填词，诉相思心事，念离愁别绪，叹春花秋月，说人生悲欢。漱玉泉的水应该都听过她的吟咏，感受过她的情思。听，那潺潺泉水，在将婉约宋词一一吟唱。

我也是它的访客。泉水濯吾足，幽景濯吾心。舒爽的轻风、清凉的泉水、孩童的欢笑、安适的心灵，这幅泉水写意画给了我太多太多。可我有什么能留给它的呢？我只好将我的感激之情化作一尾水墨锦鲤，希冀它在趵突泉写意画上自在游弋，为其加一圈不起眼的涟漪，增一枚小小的印章，但愿无忝趵突泉的清雅风姿。

徜徉在趵突泉畔，我愿收集春风与花香，收集清音与古曲，与泠泠泉水共度光阴。

（原载2024年5月28日《中国旅游报》）

曹州的『请柬』

　　一朵花点亮一座城。菏泽，古称曹州，点亮她的花是富贵牡丹。

　　甫一下高速，一朵牡丹鲜切花就被递到我们眼前。粉嫩的花瓣含羞带笑，芬芳了四月的东风，明媚了菏泽的春天，温暖了我们的心田。送花的是一位姑娘，她灿烂的笑脸像极了这朵炫然绽放的牡丹花。我们满怀欣喜，收下了这份曹州送来的"请柬"，去赴一场牡丹花的邀约。

　　在曹州牡丹园，我们与春天相遇。

　　进了园门，未见花影，先闻其香。袅袅花香仿佛一只只蝶，沾染着片片春色，雀跃舞蹈，沁人心脾。

　　我们随花香走到牡丹花坛，许是窥到我们行踪的春风给主人们捎了信儿，花坛内的牡丹纷纷怒放以迎远客。

每一朵牡丹都盛装出席。它们色彩鲜艳，有些呈乳白色、青白色、雪色、米色，好像牵了几丝天上的白云，撒了一些珍珠粉，高洁清雅；有些呈桃红色、品红色、酡红色、绯红色、茜红色，好像抹了一点妆台上的胭脂，扯了几片天边的落霞，娇俏热烈；有些呈茄色、藕色、粉紫色，好像借了一缕暮山的烟霞，偷了一些窑变的釉彩，高贵典雅；有些呈鹅黄色、藤黄色、缃色、杏黄色、柘黄色，好像揽来一束旭日的光，收来一点琥珀的莹辉，璀璨鲜艳；有些呈豆绿色、翠绿色、松绿色、军绿色，好像剪下了一绺垂柳的碧丝，涂几滴叶上的雨露，清新脱俗；当然也少不了黑牡丹，不知它们是由大家笔尖遗落的墨滴染就，还是由姑娘眉间的石黛画成，华贵深沉……我们在牡丹多姿多彩的"裙衫"间徜徉流连，一下子醉入花海中。

大约是春风想唤醒醉在花丛中的我们，缕缕芳馥袭来。可是，怎么能醒过来？不消说这五彩缤纷的花色，单是这清雅而幽远的香气，便似一杯酝酿多年的玉液玄醴，盛在甜蜜的花之杯盏里，让人一下子醉了千年。

最终，我们还是被唤醒了。不过，唤醒我们的不是花香，而是花名。一个个汉字化作花间仙子，纷繁交织，飘逸灵动。端庄矜贵的花，叫"白雪公主""琉璃贯珠""绿幕隐玉""雪映桃花""文海芳菲"；热烈奔放的花，叫"花二乔""赛贵妃""冠群芳""天香锦""凤蝉娇"；淡然从容的花，就叫"姚黄""魏紫""叠云""海黄"……

这些称呼春风叫过，细雨喊过。现在，游人雅客们在一字一字地念着、品味着，喃喃轻语间，就咂摸出别样的味道。在这里，不管什么品种的牡丹都有一个共同的名字——曹州牡丹，因此它们也有同样的气质。

这种气质，叫作贵气。很多人认为，牡丹代表富贵，牡丹花总是饱满雍容的。不管在树下还是在田间，也不管在岩缝还是在水畔，它们灼灼绽放，花团锦簇，开得美艳，开得张扬恣肆。你看，层层叠叠的花瓣，每一片都标注了它们的个性，要花开嫣然，要大气灿烂，要绮丽斑斓。这是一种从容的自信，这是一种骄傲的贵气。在春风送来的"请柬"里，牡丹早已标注好它们的目标——要做花王。于是，它们带着骄傲和风骨，在缤纷的百花丛中开得最灿烂。

继续前行，一座高大飘逸的红色雕塑赫然立在眼前，这便是国花魂雕塑。雕塑的造型是一朵独傲群芳的牡丹花，通体艳红如霞，花瓣飘逸灵动。在这片浓郁的红色中，我看到了牡丹的热情似火，看到了牡丹的大气磅礴，看到了牡丹的铮铮之姿。恍然间，似乎有牡丹仙子款款走来，我看到她不惧武则天命百花在严冬齐放之令，以一身傲骨受烈火焚枝的惩罚。周敦颐说："自李唐来，世人甚爱牡丹。"我想，世人爱牡丹，并非只爱它们的雍容芳姿，大约更爱它们灼灼其华、傲然骄矜的气质和风骨。

牡丹的挚友们都知道，牡丹的这种气质和风骨是天生的，这些挚友以牡丹自况，将生命之花开得雍容璀璨。刘禹锡是其中的佼佼者，写出"唯有牡丹真国色，花开时节动京城"这一名句。他不畏强权，三起三落，以开阔疏朗的诗风傲立在中唐文坛，终成一代"诗豪"。白居易既称赞牡丹芳华绝代，又借牡丹思乡怀友，与牡丹情谊匪浅。"花王"牡丹的挚友还有许多，罗隐、皮日休、徐凝、欧阳修、王国维……他们赏花晓意，以花自喻，在抑扬顿挫的字句间绽放片片芳菲。

我也是牡丹的爱慕者，却不敢担知己之名。我带着曹州的"请柬"来赴约，登观花楼，至赏花亭，终与一株株牡丹邂逅，与灿烂的春天相遇。牡丹静静地绽放，而我只凭栏默默欣赏。肯定不能说话，莫要打扰牡丹的沉思，静赏群芳大约是最好的访谒之举。我们于重重花影间听牡丹与春天的絮语，看它们泰然自若地绽放出最美的姿态。

穿过国花门，经过一片炫彩花田和紫藤花廊，便至国花馆。国花馆是目前中国唯一一座牡丹主题博物馆。在曹州，牡丹总是以一己芳姿独领风骚。它们开着开着，便将自己从田间泥土移到金银铜器、玉石宣纸上。它们开在宝鼎上，开在花瓶上，开在画屏上，走进了文人的书房和典雅的厅堂。

馆内最耀眼的，当数一幅幅牡丹国画。细笔勾勒，皴擦渲染，造就了一朵朵富贵妖娆的牡丹。写意画常常用寥寥数笔，自成一方天地。而馆中所藏赵佶、沈周、徐熙、恽寿平等名家所绘牡丹图却多为工笔画，精描细琢，华美艳丽，一朵花、一片叶、一根筋都被一丝不苟地勾勒出，极得"花王"富丽绚烂之神韵。也是，描绘牡丹这等雍容华贵的花，必须精心打磨。它们有自己的风骨，哪怕在宣纸上，也要做最炫目的那朵花。

从国花馆出来，我们又陷入曹州的人间烟火中。一朵朵艳丽饱满的牡丹在油纸伞、团扇、陶瓷、面塑上粲然绽放，缤纷斑斓。

我听过"牛嚼牡丹"这种说法，这词语意思是不懂得欣赏美好的事物。在曹州牡丹园，我们却真"嚼"了牡丹。不能怪我们暴殄天物，因为曹州的牡丹既入得了眼，也入得了口，更入得了心。一支支雪糕中绽放出一朵朵"牡丹"，一块块糕饼里藏着片片花瓣，花香盈齿，芬芳入腹，我们竟分不清此举是俗是雅，只想在甜蜜的花香间徜徉。

最令人回味的，莫过于牡丹茶。牡丹茶以牡丹花蕊制成，据说有清肝明目、提神醒脑之功效。一枚枚花蕊在沸水中舒展开来，清新芳馥的香气在茶盏间袅袅升起。稍待片刻，汤色变得澄黄明净，入口顺滑清爽。杯盏上方缓缓展现出一朵朵牡丹璀璨的"脸庞"，有的雍容华贵，有的粉面含春，有的清雅淡然。它们集一缕缕花香于此，只为成就这一盏名唤春天的芳馥。

春风送来一阵银铃般的笑声，一群年轻姑娘过来了。她们身着汉服，头戴花环，手持团扇。罗裙飘飘然，团扇半遮面，让人不禁想起百花争艳的场景。牡丹热情而谦逊，穿透层层花瓣，在她们额间点了一枚枚花钿。

　　我想，她们大抵也接到了曹州的"请柬"，来赴这场牡丹之约。你看，曹州的牡丹开在她们的裙裾和团扇上，开在她们的额上与发间，或许也开在了她们的心田。因为，手持曹州的牡丹请柬，我们心中春意盎然。

　　　　　　　　　　　　（原载2025年4月19日《齐鲁晚报》）

宋朝遗落的一滴墨

东昌湖是宋朝遗落的一滴墨，在这座温润的城市缓缓晕开，造就了这钟灵毓秀的古韵水城，令人欣喜，令人赞叹，令人流连忘返。

东昌湖位于东昌府，也就是今日的江北水城聊城。"城中有湖，湖中有城"说的就是这里。

沿湖而行，依依垂柳下的这一湖碧水，堪称秀澈。湖水晶莹剔透，波平如镜。响晴的天空湛蓝，有几朵闲云飘浮其间，显现出一派悠然之意。天光云影倒映水中，让一潭湖水显得愈发青碧如玉。偶有微风袭来，碧波微兴，粼粼水纹随风荡漾，在这青碧"锦缎"上漾起一道道褶皱。

这潭湖水给人带来一种放松的心情。凭栏而立，我看到旁边有孩子喂鱼，一群锦鲤游弋而至，争抢散落水面的鱼食。如镜的水面瞬间破裂，我似乎听到时光破碎的声音。我倚栏观水，水亦迎面看我，目光交汇，似对谈一般。湖水喜欢完整还是破碎？世人喜欢清静还是热闹？我听见湖水说，完整与破碎，各有千秋，全看赏景者的心境。我恍然大悟，水利万物而不争，要的就是那份从容与淡然。原来，东昌湖的水有大智慧。

日头渐高，远处的湖面与日光交相辉映，如七彩琉璃一般，令人震撼。低头，近处的湖水照样温柔，映着垂柳，映着蓝天白云，温柔揽住怀中游弋的锦鲤。或许，东昌湖、蓝天还有我都是放牧者。湖水牧着游鱼，蓝天牧着白云，而我牧着落满尘埃的心。

我从二十一孔桥上漫步而行，准备去水上古城。我在荷香亭远眺时见过这座桥，它如玉龙出海，大气磅礴地横亘于东昌湖上，是连接水上古城与湖西岸的通道。桥很长，由青石铺砌而成，两侧是汉白玉石栏杆，上面雕刻着一个个栩栩如生的水浒人物。一个个名字，承载了一个个故事。东昌湖这滴宋朝遗落的墨，在湖水的温润浸染下，将《水浒传》刻在了一座桥上，刻在了古城与外界连接的纽带上。我走在桥上，一步一步走向历史深处。桥上留下了我的脚印，留下了无数人的脚印，而这座镌刻着水浒传奇的桥也将留在我的心里，留在无数人心里。终于到了桥的另一侧，现代的小城留在那一头，而我似乎穿越了千年。

水秀，城亦秀。宋朝遗落的那滴墨缓缓晕开，化入和风，化入碧水，化入日光，最后滋养出这座多姿古城。城不大，被东昌湖四面环绕，漂于水上，如海市蜃楼一般。城中街巷规矩方正、横竖有序，呈棋盘状排列。街巷中，白墙灰瓦的传统民居、飞檐翘角的歇山顶、质朴典雅的古韵灯笼、各具特色的牌号招幌、青翠苍劲的古槐老树散落眼底，让人沉浸于古色古香的意蕴中，忘却一切烦恼。

漫步街巷，我与古城文化不期而遇。海源阁、中国运河文化博物馆、明清圣旨博物馆、明清紫砂博物馆、聊城市乡村记忆博物馆、聊城契约文化博物馆、聊城老照片博物馆、东昌府木版年画博物馆……通过这些文化载体，我似乎听到了时光深处文化之花绽放的声音。

东南西北四条主干道的交会处，有名满天下的光岳楼。这是东昌湖的金字招牌，也是这座水城的金字招牌，素有"虽黄鹤、岳阳亦当望拜"之誉。这座始建于明朝的木楼因"近鲁有光于岱岳"而得名，能与泰山相提并论，其地位可见一斑。

登楼而上，古老的木质楼梯传出轻微的吱呀声，仿佛我们的脚步声惊扰了久远的历史尘埃。是的，历经数百年时光，光岳楼上早已布满了时光的足迹，积淀了历史的遗存。只是，这遗存却并非只有尘埃，还有碑刻、诗文……目之所及，皆是文化，是东昌湖的秀水孕育出的清雅文化。

登顶，极目远眺，风景尽收眼底。近处，是规矩有致的民居街巷；远处，是烟波浩渺的东昌湖；再远些，就是楼宇林立的现代市区。在日出的方向，我看到了古老的大运河。运河如一条柔软的绸缎在湖畔迤逦而过，却没了当年"舟楫如云，帆樯蔽日"的盛况。到底是落寞了呀！我有些感叹，旋即释然，时光荏苒，沧海桑田，谁又能在时间面前自诩千古不变呢？大运河，历经千年仍流淌不息，不知抵挡了多少岁月的风沙，已经极其难得。

离开前，我驻足仰望，忽觉光岳楼匾额上的字似曾相识，因而凝神思索。"咱这光岳楼气派吧！它不怕雷、不惧火。光岳楼这么高，从没被雷击过。而且这楼都是利用榫卯工艺搭扣而成，没用一根钉子，却不怕火。据说，当年日本人曾将楼柱裹上棉被、浇上汽油点火，嘿，咱这光岳楼就是不着火……"思绪被打断，原来是一位老人在讲故事，旁边的人听到他的讲解后一脸惊异，连连点头。

老人的话让我思绪翻涌，我终于明白匾额上的题字为何让我感觉似曾相识。我幼年时在父亲的藏书中翻到过一本《光岳春秋》，书名中的"光岳"二字与光岳楼匾额上的题字极相似。《光岳春秋》记载了聊城民众抗击日寇的英勇事迹，书中范筑先、马本斋等英雄的动人故事历历在目。再次仰望光岳楼，我肃然起敬。那些日子，光岳楼都经历了，它在风雨飘摇中见证了历史，也在慷慨激昂中书写了历史。不惧日寇的光岳楼有骨气，不畏牺牲的东昌湖儿女也有骨气。他们挺起了东昌湖的脊梁，也挺起了水城人的脊梁。

日暮，行人渐少。远处的二十一孔桥呈现出流光溢彩的景象，光影倒映湖中，显得湖水璀璨而灵动。我无意去凑热闹，只走在青石板路上，享受这一日最后的时光。路两侧有很多书屋、茶社、艺术馆。一路上，我遇见了倚窗静读的青年，遇见了手捧香茗对坐闲谈的老人，遇见了娴熟优雅地展示茶艺的姑娘，哦，还遇见了许多像我一样信步而行的路人。我们只想与湖水为伴，邀明月同行。

东昌湖虽然名气不及许多湖泊，但风光丝毫不输其他湖泊。当然，东昌湖也不在意虚名，而是从容淡然地收集着日光与和风，滋养着这座水韵古城。能与运河互携互融，与古城相依相拥，东昌湖真是幸运。与这样一片低调而淡泊的水相遇，与这样一座古朴又厚重的城邂逅，我也很幸运。

依依回望，远处水波荡漾、光影绚丽，东昌湖正蹁跹起舞。

（原载2023年12月26日《中国旅游报》）

烟台山海边书

在烟台山，海风从六百年前的明朝吹来。洪武年间，为防倭寇，人们在这座林木葱郁的山峰顶修建了狼烟墩台，之后"烟台"就成了这座海岛山的名字。后来，"烟台"又成了这座城市的名字。

狼烟尚在海上等待着历史的回音，那狼烟墩台上高耸入云的灯塔在开合明灭之间，指挥进出烟台港的船只，昭示新的希望和方向。

伫立山顶，极目远眺，山、海、城、港连为一体。我将在这里，浏览山海相依、文景交融的独特景观，品读山海之美、烟台之韵。

———

烟台山周围的海是蓝色的，这是天地间最质朴的颜色。

　　这个典型的北方海，深广悠远，雄浑豪放。厚重的烟台山坐落在海上，海水拥抱这山这港。海一眼望不到尽头。目之所及，尽是蓝莹莹的水，不知天有多高，不知海有多远，似乎海天已成一体。这里仿佛自远古时代便开始沉淀，这才积蓄出这厚重深沉的蓝。倘若揭开水面这块巨大幕布，下面不知埋藏着多少令人惊叹的宝藏。远处，几只艇划过，在深蓝的海面犁出一道道雪白的水浪，像一只只低翔的海鸥掠过水面，俏皮可爱中透着些自信与阳光。

　　海岸也旷达奔放，洋溢着青春的活力。石板铺就的海岸上，都是被海吸引的游人过客。面对大海，夏末的烈日有些不甘示弱，席卷着热浪铺天盖地而来。但我们不担心，有海风这性子清冷的伙伴，哪里会害怕骄阳似火。在遮阳棚下，我们拿起用贝壳做的工艺品，品评一番，鉴赏一番，最终还是将这些大海的礼物收入囊中。凉爽的海风在耳边吹着哨子，把我们的衣裙卷成一朵朵花。看来，闲适与惬意是这海岸一贯的风格。

　　在烟台山上近观，我发现这海又有南方海典雅温婉的特质。海面平静，海水深不见底，似乎吞得下世间一切烦恼、杂芜、喧嚣、忧愁。夕阳西下，万丈阳光洒满海面，升腾起绚烂璀璨的光芒。行走在山间海畔，我沐浴在烟台山的清幽氛围中，忘记了时间。路边的冬青长廊蓊蓊郁郁，时有藤萝缠绕交织，形成绿荫花墙，冬青叶与紫藤叶不时低语，风与穿透树影的斑驳阳光嬉戏。能与这旖旎风光相遇，对我来说真是莫大的荣幸！

接下来，我们要到山下的海边礁石上去，赴海风与海浪之约。尚未到达目的地，便看见一座亭子屹立于海浪撞击的群礁之上，这便是烟台山惹浪亭。四周空旷，我们没留心便与沁人心脾的海风撞了个满怀。我与前来迎接的海风在亭中对坐，不需言语，只在微笑间便能感知彼此的心意。亭下礁石嶙峋，海鸥惬意地栖息在上面，惹人注目。我扶栏走到礁石边，见细浪轻舔礁石，撞击出白色的水花，似调皮的孩童玩耍嬉戏。疾风忽至，波急浪涌，颇有"惊涛拍岸，卷起千堆雪"之势。

海浪一波连着一波，那一朵朵浪花就是一个个音符，跳跃在海岸的礁石间，跳跃在观海人的耳中和心间。

二

烟台山周围的海是红色的，它有傲立的风骨和热血情怀。

这片海是个有血性的汉子，它继承了烟台山的英勇豪迈。踏足烟台山，似乎不经意间就能听到过去的炮声，踩到些许历史的脚印。

从六百多年前的明朝起，烟台山旁的海就以一颗丹心，坚守在胶东半岛的大门口。山上的烽烟墩台是一位耄耋老者，披着被岁月侵蚀的旧衫，静观山海，静观世界。它在想什么，我不知道，但烟台山知道，这片忠诚的海知道。抗日烈士的豪情壮举都藏在这古老的烽烟台内心深处呢！中华民族不屈不挠的精神已经成了这座山、这片海的灵魂，成了烟台人心里永久的信念！

烽烟台上屹立的灯塔年轻些，它是烟台山周边海上的明珠，是往来船只的引导者。灯塔代表着希望，灯塔前矗立着的抗日烈士纪念碑则代表着铭记。这片山海的美丽与幽静，是革命烈士用鲜血和生命换来的。烈士鲜血染过的鲜花，历经风吹雨打而不褪色，一直热烈地绽放着。

这里的人沸腾的血液里，流淌着真挚的爱国情怀。这片红色的海上，永远闪耀着中华民族坚强不屈的抗争精神。

红色的烟台山，红色的海，孕育着忠勇灵魂和赤子情怀。

三

文化是烟台山拥有的另一种气质，这种气质融化在它内敛的眉眼间，让它形成了温润优雅的性格。

烟台山是一个身着浅绿色旗袍的女子，浪花和海风是她的装饰物。她撑着一把油纸伞，从一百年前款款走来。我能听到她走过的跫音，树响鸟鸣、海浪轻吟都是对她跫音的回应。她站在大海之滨，用雅致沉静的文化气韵，把这历经沧桑的山与海，打造成一部文化辞典。

在这部辞典中，"开埠"是顶顶重要的词条。山树藤萝之间，一幢幢历经百年的外国领事馆静静坐落在烟台山上，掩映在一片片绿荫中，夕阳勾勒出它们古朴典雅的旧影。这里是山东第一个对外通商口岸，墙上攀爬的藤萝默默见证着时光流转、岁月变迁。

旗袍是光阴在这部辞典上盖下的一个印章。烟台山的景色是一块极具吸力的磁石，将中华旗袍博物馆吸引到这里。一针一线密密缝，或刺绣花鸟，或晕染山水，在丝绸缎匹之间，绣出雅致的中华文化。

翻开烟台山的文化辞典，我看到了扉页上冰心的签名。这位才女将一座纪念馆留在这里，也将那段在烟台海边度过的童年时光留在这里。这幢极具特色的建筑，浸渍在岁月的屐痕里。庭院深深，曲折回转，馆中的一花一草、一桌一椅似乎都在诉说冰心对烟台的热爱和怀念。

> 她是翩翩的乳燕，
> 横海飘游，
> 月明风紧，
> 不敢停留——
> 在她频频回顾的
> 飞翔里
> 总带着乡愁！

我相信，在这位大海的女儿心中，烟台也是她永久的乡愁。

夕阳已落，天边只余几片云霞。在纪念馆周边，玫瑰郁郁葱葱地生长着，这是她爱的"冰心玫瑰"。冰心曾说过："我喜爱玫瑰花，因为它有坚硬的刺，浓艳淡香都掩不住它独特的风骨。"虽然岁月已逝，但烟台山的风景依旧，文化依旧，风骨依旧。

在烟台山，与山海相约，与历史相遇，与文化同行，我沉浸在这里的风景中，回味无穷。烟台山啊，我只是你身边的一个过客，你却给我留下了最美的回忆。

（原载《人民文学》2021 年增刊）

穿越万千灯火

夜幕降临，原本车水马龙的街市上人烟渐稀，周村古商城却是一片流光溢彩、火树银花的景象，这里的热闹繁华才刚刚开始。

时至元夕，古商城内张灯结彩、喜气洋洋。大街上，龙头迎客，千万盏大红灯笼迤逦其后，端的是一条蜿蜒盘旋的"金龙"。行至街中，头顶上是红的、黄的、绿的宫灯，有的热烈喜庆，有的温柔和婉，有的清新悦目，它们与龙灯相映成趣，共同点亮了古商城的夜晚。

我们进入灯火的海洋，跟随熙熙攘攘的游人向前走，脚下是青石板铺成的街巷，对面是由万千灯火点亮的锦绣大道。街上人头攒动，有姑娘和孩童手持各色灯笼，在灯海人潮间往来穿行。

最美人间烟火气，袅袅滋味更绵长。绚丽璀璨的灯光下，是温暖的人间烟火。其中，最惹眼的当是周村烧饼。街上，售卖烧饼的食肆摊贩众多，它们成为古商城内一道亮丽的风景。一个柔软光滑的面团，在师傅们的手中揉捏、拉抻、铺展，随即与香气扑鼻的芝麻来一场美丽的邂逅，再经过炉火烤制，变得酥、香、薄、脆。咬一口，唇齿留香，回味无穷。捧一个刚出炉的烧饼，手指尚能感受到炉火的余温，那种温暖而熟悉的人间烟火气，经口入心。

如果说周村烧饼是古商城吃食中最绚丽的主花灯，那么老街煮锅、知味斋肴鸡、古城糖画等，则是零星的点缀小灯，那或浓郁或清香或甜蜜的滋味，在绿砖白石、朱木青瓦间袅袅盘旋，点染着古商城里的千百年光阴。

文化是古商城里别具一格的璀璨灯火。商城里一派古意，到处是沾染了斑驳旧迹的屋舍、古香古色的牌匾招幌、悠长不绝的吆喝声。人们似乎回到千年之前，一路看尽这里辉煌绚丽的文化。

沿街前行，一步一景，步步可见非遗文化。在悠长斑驳的岁月里，这些非遗技艺化作一盏盏文化的明灯，照耀历史一路前行。在声名远播的大染坊里，手工印染的纱绢透着温馨的光；古朴的周村刻瓷，像精雕细琢的琉璃灯；锦灰堆作品像多姿多彩的礼花灯，在多样中构建出祥和统一的和谐之美；周村铜响乐器发出震耳锣鼓声，它们像妙趣横生的走马灯，以高亢音调诠释大千世界……丝绸、瓷器、乐器，都是周村古商城辉煌历史文化的灯盏，一盏织就繁华的布艺，一盏绘出绝美的国风，一盏锻造刚硬的骨气。一盏盏文化之灯蕴藏了代代传承的独妙匠心。

行至丝市街，忽见人潮涌来，我们随人流向前走，终至汇龙湖，原来这里的水幕电影即将开始。在水雾与灯光的合作下，凤凰翩翩起飞，忽而化作起舞的美人，忽而变成多彩的市肆，随即丝绸、铜钱、琉璃、瓷器等物品皆在五彩光影中一一呈现，斑斓夺目，让观看者如幻如梦、如痴如醉。忽然，一只金色凤凰在湖面上振翅欲飞。一场凤凰飞天曼舞，展开一幅商城百年画卷。

光影谢幕，回味无穷的我们沿丝市街继续东行，至丝市街与银子市街路口，看到六角形的"今日无税"碑掩映在黄色的灯光里，古朴厚重，布满历史的痕迹。借着灯光，仔细读完碑上的文字，才知这碑原是顺治年间刑部尚书李化熙所立。后来，他又代商缴税，让周村成为当时全国罕有的免税区，为发展地方经济做出巨大贡献。李化熙之举，是一盏辉煌的明灯，促使古商城的经济蓬勃发展。这盏灯的名字叫"义"。

灯载文化，灯传德行，"义"之灯在古商城代代相传。许多年后，瑞蚨祥接过"义"之灯，成为经久不衰的百年老字号。它用比标准尺长出一寸的"良心尺"测量，看似每一尺亏了一寸布，但同时每一尺也赚了一寸良心，也赢得了一寸好口碑。

"义"之外，儒商文化传统向来在此传承不衰，儒商精神的灯盏始终在此高悬。在仁德茶庄的端正匾额里，"仁"之灯大放异彩；大德通票号里"唯吾知足"铜钱上，有知足达观的"达"之灯；杨家大院古老的"公平秤"上，闪耀着"信"之烛火……古商城的仁义诚信之道，是周村"大街不大，日进斗金"的秘方。周村"地不通夫水陆，而天下之货聚焉"，难道不是因为凝聚了鲁商仁达信义文化的星星之火，才点燃了古商城经济繁荣的熊熊烈火？

"哎，哎，姑娘，别走。"一位卖烤面筋的摊主在喊。

刚走出两步的姑娘与同伴停住脚步，疑惑地回头道："我们付完钱了呀。"

"不是，你们的烧饼忘拿了。"摊主举着装有周村烧饼的纸袋，笑盈盈地说。

"哦哦，谢谢您了。"恍然大悟的姑娘不好意思地红了脸，连连向摊主道谢。

"这有啥？人多，又忙，总有人丢三落四的，我们少不了提醒一句。烧饼不值钱，丢了影响心情就不好了。"摊主说着，又继续忙自己的生意去了。

看着眼前的一幕，我不禁想起刚才路过的"还金处"。瞧，当年赵运亨在周村集市上拾金不昧的义举已经成为古商城另一盏"德"之明灯。这些义举薪尽火传，绵延不绝。

抬头，见一轮皓月当空，温柔而安详地注视着人间，好似一盏挂在夜空中的巨大灯笼，把万千清辉平等地洒向人间。三益堂印刷展馆、丝绸文化体验馆、票号展览馆、大街泥塑故事馆、瑞蚨祥绸布庄、状元府、魁星阁以及我们刚刚路过的烧饼小店、烤面筋小摊，这些展馆和食肆也都洒下点点星光，将古商城之夜点缀得更加璀璨。既有皓月之光照耀，又有萤烛之火增辉，灯火里的周村愈发绚丽多姿。

夜已深，不断有提着灯笼的游人走出街巷，如一道道迸溅的火星，散落于古商城之外的昏暗夜色中。我想，周村古商城的璀璨灯火一定留在了他们心里。今晚过后，这灯火会被带到其他地方，温暖着冬日寒夜的每一个角落，温暖着平凡人生中的每一天。

（原载 2024 年 3 月 5 日《中国旅游报》）

古村红霞耀沂蒙

初至常山庄，正值雨后。一抹红霞挂在天边，温柔地唤醒了这座经受了数百年风雨洗礼的沂蒙古村。

常山庄位于沂南县马牧池乡，曾是沂蒙山革命根据地的中心。村庄三面环山，碧溪交织，组成一幅别具风韵的沂蒙画卷。

若说这幅画卷的底色，我想应是青碧色。正值盛夏，初至常山庄，映入眼帘的是一片翠绿的景象。在村外远远望去，周边峰峦一片碧绿。入村后，更是翠绿盈目。在曲曲折折的小巷深处，银杏、国槐、柿树皆郁郁葱葱，藤萝、野草、瓜秧更是蓬勃向上，释放出无限生机。流淌于幽谷的山溪，水流清泠明澈，似乎能荡涤人心。我暗想，大自然真是个神奇的画师，用寥寥数笔，竟将寻常风景勾勒得葱郁苍翠，别具一番韵味。

路旁一座茅屋下，有一位正在写生的学子。我们忍不住好奇，驻足观看。本以为画上会是一片郁郁葱葱的景象，不想却只看到几个棕黄色块，竟连一丝翠色也无。

我心感纳罕，不顾冒昧，好奇地问："这里到处都是绿色植物，你为什么用黄棕色颜料画呀？"

年轻的脸庞笑笑，面露疑惑地说："绿色？你看这附近的房子、路，不都是黄色的吗？这种原汁原味的古村风光难得一见。"

我恍然大悟，是呀，我看到的满眼翠绿，是大自然赋予常山庄的生命原色。可这座沂蒙古村经历过数百年风雨，庄户人家朝夕劳作，留下了许多生活痕迹。那些古拙的棕黄色、浅黄色、土黄色、灰黄色、黄褐色，早就成了古村的地道本色。

我冲他笑了笑，看他拿着各种型号的画笔在画纸上来回涂抹，他的手指飞舞如蝶，一片片温暖的黄色颜料如秋叶翩翩落于纸上。

沿土路石径拾级而上，我们一头闯入常山庄的烟火人间。脚下的泥土小路是土黄色的，低矮的茅屋是黄褐色的，摆在路边售卖的手工编织的箩筐等器物是浅黄色的，小院里立着的苇编粮囤、水缸、桌凳、磨盘，都覆着一层时光的沙尘，呈现灰黄之色。一座房子的屋檐下挂了几根为影视作品拍摄准备的玉米，金黄的玉米粒反射着雨后的曦光，透出一种温润感。

跟随时光的脚步一路向前，我们发现常山庄的黄色氛围愈发浓厚起来。鏊子上，石磨磨出的米浆在一双巧手的指挥下灵动地游走，片刻即成一张张金黄脆韧的煎饼。米浆是浅黄色的，煎饼是金黄色的，在这热气腾腾的美食前，我感受到了古村的人间烟火。我们买了一些煎饼，把常山庄的地道本色拥入怀里。抬头付钱时，发现村民的脸是黄棕色的。那是一种被阳光和土地滋养过的颜色，饱含生机与活力。他们是面朝黄土的农民，都深深爱着这片黄色的土地。

深浅不一的黄色，被岁月的刻刀镌进常山庄的骨子里，在古村的街巷、屋舍、器具、食物里面都能看到。我有些感动，原来黄色真的是这座百年古村的生活底色。

行至前方一处院落，几个鲜红的字——"沂蒙红嫂纪念馆"一下子映入眼帘。

移步馆内，我们踏入红色的海洋。我的目光不觉被墙上沂蒙红嫂的照片吸引，乳汁救伤员的红嫂明德英，创办战时托儿所的沂蒙母亲王换于，深明大义的"沂蒙六姐妹"……她们大都穿着土布斜襟上衣，双唇紧抿，黝黑皮肤里散发出泥土和阳光的味道。从她们的眼睛里，我看到了慈爱和善良，看到了坚定和勇敢。红嫂，她们不是某个人，而是一群人，是这片厚重的土地滋养出的善良坚毅女性共同的名字，她们挺起了常山庄人的脊梁。

"最后一口粮做军粮，最后一块布做军装，最后一个儿子送战场。"我在一块展板前驻足，刚刚听过的红嫂故事仍回荡在耳畔。展板上那几行鲜红庄重的字似乎在我眼前跳跃起来，像熊熊燃烧的火焰，像一颗颗炽热的红心。

常山庄还应该是红色的，我蓦地心生此念。

走出展馆，我不禁抬头望去，那一抹红霞已悄然晕开，像一朵朵开在天际的映山红，绮丽旖旎。想起刚才经过的斗牛院、大戏台，我愈加肯定了自己的想法：常山庄是红色的，这里曾撒满红色的种子。

忽而，隐约听到有歌声传来："日落西山红霞飞，战士打靶把营归，把营归。胸前红花映彩霞，愉快的歌声满天飞……"我们循着歌声一路向前，远远望见一位老者坐在低矮的茅草屋前，边拉二胡边激情澎湃地唱着。他的声音并不清越，却充满力量，像是红色的旌旗在迎风飘扬。

一曲终了，老者开始向围观者讲故事，说的就是我们刚才听过的故事：沂蒙红嫂用门板和血肉之躯在汶河上架起火线桥，助战士们火速奔赴前线……大家都沉浸在老人所讲的故事中，眼前似乎出现了红色的桥、红色的人、红色的心。

听完故事，我们踏上归途，身后又传来嘹亮优美的歌声："人人那个都说哎沂蒙山好，沂蒙那个山上哎好风光……"原来是老者旁边的一个姑娘在唱《沂蒙山小调》。她大约也被老者的歌声和故事感动了，情难自禁。演唱间隙，人们发出热烈的掌声。

眼里湿乎乎的，我不禁又抬头望向天空。常山庄的上空霞光正艳，雨后的那一抹红霞早已化作满天瑰丽的彤霞，映得整个天空璀璨斑斓。不知不觉，整个古村都披上了一层淡红色的霞光，绿树笼着红光，黄土映着红辉，连我与同伴的脸都被霞光映红了。

　　常山庄终究还是红色的，这是多少沂蒙儿女用鲜血和汗水调出的颜色。哪怕那抹红最初再淡再薄，最终也能成燎原之势。恍然间，我仿佛看到善良、热血的红嫂正从霞光中走来。

（原载 2024 年 10 月 4 日《中国旅游报》）

初访东平湖

说泰安这座小城像一幅泼墨山水画，当不为过。此地向来多名山，泰岳雄峻，徂徕嵯峨，莲花秀美，端的是各显神秀。有山便要有水，山水相依，方成一派旖旎风光。泰安的水，除在西缘逶迤而过的黄河，最具盛名的当数东平湖。

东平湖这个名字或许鲜为人知，但说起《水浒传》中的"八百里水泊"，怕是无人不晓了。有研究认为，东平湖就是梁山泊的遗存水域，古称蓼儿洼。东平湖的水从九百年前的宋朝流淌至今，将历代风光与人间沧桑看遍，滋养出别致的景色和底蕴。

盛夏，我们来到东平湖。

我们甫一下车，就与热情的湖风撞了个满怀，顿时感觉满心畅快。风吹过湖面，带着些湿润的水汽，轻轻拂过脸面与发间，清凉而温柔。我们迫不及待要去拜访这片好客的水泊，然而时间已晚，访湖之事只好留到次日完成。

翌日一早，我们在湖风的指引下，来到湖边。首先映入眼帘的是一派烟波浩渺的风光，水面极宽广，一眼望不见边际，颇有波澜壮阔之气。在隐隐看到对岸的轮廓时，方知这并不是海。我们纳闷，东平湖的水为何如此丰足？经当地朋友介绍得知，此地众河汇聚，不仅小清河、宋金河在湖中交汇，大汶河也自东而西汇入其中。东平湖是多么人杰地灵，才能引得如此多河流汇入其中。

时辰尚早，东平湖大约尚在酣睡。只见天色青白，湖水青碧，草木青翠，四周一派葱郁，加上清冽的晨风，让人丝毫感觉不出当前是大暑节气。沿湖畔绿道漫步，我们进入大自然所作的绝美诗篇中，由翠柳、碧荷相陪，携清爽湖风而行，这真是再惬意不过的事。我们不禁屏息低语，生怕惊扰了东平湖的美梦。

东平湖的诗篇，主角当是一湖碧水。此时湖水睡意正浓，作为诗中点缀的垂柳、芦苇、碧荷以及远处环湖而立的座座青山只好率先迎客。

环湖远眺，腊山、昆山、司里山若隐若现，青山叠翠，湖面碧水如镜，当真是一派湖光山色好景致。

丢开青山，收回目光，眼前的景致令人豁然开朗。垂柳纤细妖娆，风姿绰约，似给整个湖区镶上一串翠绿的项链，与远处青山相比毫不逊色。芦苇只长在水畔，环湖而生，将大半湖区围得密密实实。前行不远，见一荷塘，塘中碧荷田田，——风荷举。

宽大的叶片之上，亭亭翠茎托出朵朵婀娜多姿的荷花，万绿丛中透出白、粉、红，将东平湖装点得色彩缤纷。大约，这是东平湖的诗篇中最美的诗句。忽而，一只白色水禽流畅地越过芦苇丛，向更远的湖中飞去。我想，它是东平湖这首诗的诗眼。

一道霞光映过来，东方呈现一片绚丽的景象，大约要日出了。朝阳是最慷慨的画师，将一抹抹明媚的晨晖毫无保留地洒向水面。东平湖在朝晖的抚慰下睁开惺忪的睡眼，开启全新的美妙时光。湖面波光粼粼，映出满天霞光。朋友说我们所在之地位于湖东侧，是观赏日落的绝佳之地，看日出要去湖西岸才好。可有什么关系呢，能与这浩瀚湖景、诗意晨晖相遇，已是天地对我的眷顾，人生又何必要求事事圆满呢！留些缺憾，再次相约，未尝不是我与东平湖的另一种缘分。

醒来的东平湖充满诗情画意。微风拂来，水波渐兴，圈圈涟漪在壮阔的"宣纸"上描绘灵动的线条。泛舟前行，悠游垂钓，雅客让自己化作东平湖画卷上的一道别致风景。我们泛舟湖上，被这里的湖景深深吸引了。湖光映天色，青山浮碧水，鸥鸟逐云翔，苇荡随风漾，碧荷亭亭举，杨柳翩翩垂，钓客不肯归，一派如诗如画好风光。

友人说，莫小看这东平湖，在古代它可是有"小洞庭"之称呢。我深以为然，看东平湖环山抱水，风光秀丽，湖面碧波荡漾，此称号当之无愧。

"小洞庭"有如此风光，引得文人雅士争相前来。千百年来，湖畔雅士云集。先是白居易来了，留下一首《游小洞庭》潇洒而去。然后是苏辙，他在"小洞庭"美妙的夜色中深深沉醉，流连忘返，留下"更须月出波光净，卧听渔家荡桨歌"的佳句。宋代东平郡太守刘敞更是独宠东平湖，于湖畔修建乐郊池亭。至今，该亭的遗址仍在湖东南岸悄然伫立，沐浴清风明月，静守古老光阴……还有谁来过呢？东平湖已记不清他们的名字，却将美好记忆留在他们心间。

我在如画卷一般的东平湖边流连，看到不远处的河汊里井然停靠着数艘破败的木船，颇有古意。友人说，这些大约是附近渔家废弃的旧船。看着这些破败斑驳的木船，我想起刚才泛舟时船上的摇橹人，他们说自己以前是湖畔渔民，靠围网养鱼为生。如今东平湖大力发展旅游项目，他们又用自己的双手撑起东平湖绿色发展的舟船，让日子越过越好。这些旧船历经岁月风霜，看着东平湖一点点成长、嬗变，看着湖畔渔家的生活日新月异，任时光在身上淌过留痕。而东平湖始终像母亲一样，守护着它的孩子。

中午，我们找了一间小饭馆，在湖畔落座。小馆的特色菜是"一鱼两吃"，金鳞鲤鱼十余斤重，鱼头红烧，鱼身清蒸。据店主介绍，这可是当地有名的吃法，红烧鱼头酱香浓郁，清蒸鱼身清淡鲜嫩。我想，这当地人的饮食习惯倒是与湖水的气质颇为相似，既有浩瀚雄浑的气概，又有淡泊宁静的心境，着实难得。

一场全鱼宴后，我和东平湖的约会结束了，但它的雄阔、温厚、清雅始终留在我的心里，让我念念不忘，留恋不已。临别时，朋友热情邀我下次再来，我欣然允诺。回头道别，看到朋友和东平湖都渐渐远去，我想自己一定不会爽约。这是我与朋友的约定，也是我与东平湖的约定。

（原载2024年5月30日《齐鲁晚报》）

浮生一日闲

　　在城市的喧嚣中，时光悄悄从清风间溜走。我们忙碌地穿梭在城市中，不知不觉，一年已过半。好不容易有点时间，我们简单收拾一番，直奔齐河黄河国际生态城旅游度假区，徜徉天地间，享受一日慢生活，让心灵放松。

　　度假区位于山东德州，与泉城济南隔河相望，宛如济南后花园。度假区内河湖湿地生态遍布，休闲街区场馆一应俱全。黄河水乡国家湿地、安德湖、玉带湖、德州黄河文化展厅、红心广场、中国驿·泉城中华饮食文化小镇、欧乐堡旅游度假区……它们似仙子不慎遗落的项链上那一颗颗宝石，蜿蜒镶嵌在小城齐河的裙裾边，在风和日丽的早晨散发出斑斓光芒。

　　我们此行的首站，是安德湖。安德湖水面甚广，虽地处小城齐河，却以德州古名"安德"冠之，意为德水安澜。安德湖风景绝佳，风过湖面，烟波浩渺，水波微兴，处处都有画一般的美景入目。我们用一双双热爱自然的眼睛，一点点记录安德湖的美，将这美景定格在心底的胶片上。于湖畔远眺，见碧波如洗，远接天际，偶有微风拂过，荡出一层层涟漪，似湖水与清风联袂奏出一首清爽欢快的乐曲。湖畔绿树成荫，在沿岸织就一条翠带，为湖水镶上一个碧绿的项圈。我们在湖畔闲坐，抬头看，有大朵大朵的流云在蓝天徜徉；低头看，有调皮的涟漪与浪花窃窃私语，不禁有"谁识浮云意，悠悠天地间"的豁达之感。

湖畔的橡胶跑道上，不时有骑行爱好者疾行而过，他们享受如风那样自由的快意人生。也有慢悠悠的双人自行车骑行者，他们与我们一样，在静静享受着安德湖的微风与阳光。沿途白墙黛瓦的小楼林立，周围的凉亭古雅、庭院宁静，呈现出一幅悠然的世外桃源景象。我心生羡慕：结庐湖畔，怀抱碧水，随四季流转，看晨昏往来，这是多么惬意的生活呀。安德湖，不愧是运动康养休闲胜地。

此地适宜游览，更适宜学习。从安德湖向南行不远，就到了黄河大桥。桥边，分布着黄河文化展厅、黄河防汛抢险教育基地等场所。红心广场，因1970年诞生的黄河第一艘简易吸泥船"红心一号"而得名。广场上的"黄河之星"主题雕塑，寓意深远，是对黄河文化最好的阐释。

在雕塑旁，我们遇到一群来研学的孩子。他们说在这里学到了很多，了解了黄河文化和防汛抢险知识，真切地感受到母亲河的神秘和伟大。漫步黄河绿道，每一阵风、每一缕阳光都是自然的馈赠，每一捧泥土、每一块石头都留有岁月的刻痕。呼吸着混有泥土和河水味道的空气，我们内心平静，仿佛听到来自远方的呼唤。

夕阳西下，长河映晖，实乃大自然匠心之作。我赶紧呼唤在草丛里捉虫子的孩子，生怕他错过这绝美的风景。回过头，落日悬于西方天际，其光线已变得温柔和煦。它是一个技艺高超的画师，在调色盘里信手摆弄一番，就尽情地挥洒泼色。落日的光辉映照在辽阔的河面上，让水面波光粼粼，如流金泻银。如此雄壮美景，让人感叹：不知是落日成就了长河，还是长河衬托了落日。然而不过片刻，云霞织就的锦缎铺满天际，夕阳化作一滴晶莹的露珠，在河面上折射出橙红色的光芒。须臾，这滴露珠就在时光的拂煦下蒸发了。河堤下，流水带着从黄土高原过来的"客人"，在昼夜不息地奔淌。这一日的演出已经结束，夕阳终于扯下最后一块幕布，遮住自己疲惫的脸庞。

黄河之水东流去，难得浮生一日闲。只道已是黄昏晚，好去人间觅茶饭。沿东北方向前行，我们准备去中国驿·泉城中华饮食文化小镇。借着落日余晖，我们隐约看见玉带湖的倩影。湖畔翠苇青青，芳草萋萋，宛如一幅幽静的水墨画。

穿过玉带湖，便至泉城中华饮食文化小镇。古朴的灯笼下，各式招幌随风摇曳，非遗手工制作、植物拓印等活动吸引着姑娘们的目光。漫步其中，琳琅满目的美食看得我们眼花缭乱。沉浸在小镇的独特氛围中，我们享受了一场美食盛宴，为这一日的闲游画上了句号。

返程途中，我们不免有些疲惫。"看，烟花！"忽然，孩子激动地喊道。绚丽的烟花在天空不停绽放，引来一阵阵欢呼。我们纷纷抬头欣赏这不期而遇的惊喜。看着孩子激动的笑脸，我意识到，度假区不仅适合放松，还给孩子带来了欢乐。

烟花易逝，风景长留。远离忙碌的生活，把美景绘成画，把生活谱成曲，大概是我们每个人的心愿。度假区很大，我们所到之处不过是其中的一部分，其他的风景需要我们下一次探寻。游玩未尽兴的遗憾也刻在我们的心头，化作一份深深的惦念。

（原载2024年7月9日《中国旅游报》）

孔庙记

　　孔庙位于山东曲阜。"阜"字的本义是"土山"，在古代还有"丰富"的意思。然而曲阜的丰富，不仅体现在自然资源上，还体现在历史和文化资源上。这片土地上孕育出源远流长、博大精深的儒家思想。它仿佛是中华文化在齐鲁大地上开出的一朵奇葩，穿越历史长河，散发出智慧、迷人的芬芳。

　　我循着历史文化的芬芳，来到这座小城。穿过明故城城门，我看到里面青石铺地，翠柳依依，感觉时光回到千百年前。

　　往前走不远，就到了三孔景区。门口的"万仞宫墙"题字令人肃然起敬。古代以八尺或七尺为一仞，这里用"万仞"一词来形容孔子学问精深、德行高远、思想深邃。我们来的时候刚好赶上了开城门的仪式。吉时到，晨钟响，城门开，乐舞迎宾，庄重祥和。"欢迎嘉宾入城！"随着司礼官声音落下，在城门外观礼的八方来客蜂拥而入。我悠然而行，看见曦光洒在厚重高大的城墙上，仿佛在唤醒这座古老的建筑。

入景区，沿中路前行，一路走过巍然耸立的金声玉振坊、棂星门、太和元气坊，随后看到一座简单的石牌坊，上书"至圣庙"三个遒劲俊逸的小篆文字，这才真正进入孔庙。讲解员说，孔庙只是俗称，至圣庙才是它真正的名字。

孔庙内古木参天，绿意盎然。一进来，便觉这里与外面截然不同，浸润在优秀传统文化的氛围中，我们内心舒畅。桧树笔直挺立，柏树庄重傲然，银杏高大典雅，国槐苍翠遒劲。讲解员说，孔庙内百年以上的古树比比皆是。她特别介绍了龙柏这种树，树上排列着整齐的螺旋状纹路，竟似龙纹一般，着实令人称奇。

不过，更吸引我的却是那些古树的形态，或缠绵环抱，或形影不离，或歪而不倒，或扭曲旋生，或倚墙斜立，或缘石而坐，唯傲然挺立的气质是如此统一。甚至连那些枯死的古木都遒枝奋展、直冲天际。这些枯树的枝干高低、粗细不同，却展示着一种坚毅的生命之美，让我不由得想起《论语·子罕》中那句"三军可夺帅也，匹夫不可夺志也"。

"'奎'是中国古代二十八星宿之一，主文章。奎文阁，原名藏书楼，是用来收藏历代帝王所赐书籍、字画的地方。"讲解员的话打断了我的思绪，原来我们已穿过大中门，来到奎文阁前。

奎文阁是孔庙三大主体建筑之一。眼前的楼阁飞檐反宇，呈现出典雅的气质。奎文阁是木结构建筑，只以榫卯相嵌，却历经风雨、地震而岿然屹立，实在令人惊叹。我想，或许是奎文阁内珍藏的璀璨文化，使其伫立千年、风雨不倒，这也体现出文化的力量。

奎文阁内珍藏的是在纸张、绢帛上创作的文化，散发着富丽典雅的气息；阁周围的碑刻便是在石头上创作的艺术，充满浑朴厚重的历史感。弘治碑、成化碑以及十三碑亭内的座座石碑，上面的楷书端庄，隶刻朴拙，篆文庄严，草书飘逸，在一笔一画间展现出辉煌灿烂的碑刻艺术。

从十三碑亭往前走，过大成门，便到杏坛。进门后，我们就被东侧一块石碑吸引了目光。只见伫立的石碑上，"先师手植桧"几个朱红大字格外显眼。更显眼的是碑侧被石栏围住的一株桧树，树身高大，树干挺立，直冲云霄。树干不粗，一人可环抱。我有些不解，如果这树由"先师手植"，那么它已经存在了两千余年，何以枝干如此细？尚未询问，讲解员就为我解了惑，原来此树曾枯死，眼前所见之树是由枯树发新芽长成的。枯木尚且逢春抽枝条，中华文明历经起伏跌宕，也必如这株桧树一般，焕发新的生机。

杏坛四周环植杏树，植株繁茂。亭前有一石炉，上面刻着精美的图案。微风拂过，阵阵声响如丝竹之音。相传，孔子为授六艺之学，在杏坛设教。此杏坛虽是孔子后裔孔道辅增修祖庙时所设，但这里时常有恭谨有礼、谦和肃立的来访者，让人不由得感叹此地文化底蕴深厚。在风吹树叶的哗哗声响中，我似乎看到孔子捧卷而坐，循循善诱，谆谆教导："学而时习之，不亦说乎……"杏坛上空，仿佛有抑扬顿挫的声音碰撞在孔庙的每一片瓦间，余韵袅袅，已流传两千余年。

过杏坛便到大成殿。这是祭祀孔子的地方，是孔庙的正殿，也是孔庙的核心建筑。大成殿重檐黄瓦，雕梁画栋，是中国古建筑宝库中一颗璀璨的明珠。其最精美之处莫过于殿前的10根精雕石柱，石柱上雕刻的龙栩栩如生，龙在云朵的衬托下盘绕升空。殿内供奉着孔子像，前来参观的游客目光中透着对这位至圣先师的敬仰和尊重。

时值烈日当空的正午，我走出孔庙。回头望去，殿阁楼宇、古木皆沐浴在明媚的阳光下，闪耀着粲然光辉。我认为，它们不仅是建筑和植物，还承载了源远流长的中华文化，是我们每个人的精神之根。

（原载2024年6月11日《中国旅游报》）

百年骑楼

一

人们常说：熟悉的地方没有风景。从北方城市来到广州，我随着急匆匆的人流逛街时，经常看到一座座顶柱探檐的小楼。后来才得知，这些三四层高，前面撑起一片门廊的小楼叫骑楼。

骑楼，这名字真是贴切。一幢幢房子被两根廊柱架在半空，上层的房子像骑在廊柱上。一座座小骑楼紧紧相连，空出来的门廊则连成一条长长的廊道，整齐一致，蔚为美观。

骑楼虽然构造相似，但风格各异：有风格雄伟的罗马券廊式，有拉长拱形窗的仿哥特式，有在女儿墙上开着洞口的南洋式，有简洁明快的现代式，还有在女儿墙上添了巴洛克装饰的仿巴洛克式等。这些骑楼组成了一幅风情油画，每一笔都恰到好处。骑楼整齐的楼身大体相似，外观颜色有浅黄、浅绿、浅灰、白色等。建筑师们把他们独具匠心的才华都用在了骑楼的装饰上。骑楼窗子的设计一般与楼身的设计相符，拉长的拱形窗体现了庄重的特点，雕花多彩的玻璃窗则显露出古典雅丽的风格。有的在楼身上雕刻商号以作宣传，但更多的还是在窗楣、山花和女儿墙等处装饰，细致的纹理中饱含人们对吉祥安康的祈盼。

骑楼的廊道基本成为路上的人行道，与车行道间有廊柱相隔，十分安全。现在廊道大多铺设地砖，但有些老街的廊道还铺着青石板。时光在青石板廊道里留下了自己的足迹，或是一个凹凸不平的边角，或是一条深深的划痕，或是被磨得光滑圆润的石板棱边，或是雨天人们脚下的水渍、小贩遗落的油泥、风吹过来的几枚叶片……廊道经过历史的打磨，成为骑楼的记录者。

有些骑楼建有整齐大方的阳台，与精美的石砖相映，显得极具艺术感；有些骑楼却有两扇设在高处紧紧关闭的斑驳木门，令人心生疑惑，这种悬在半空的门要怎样进出。后来问了本地的朋友才知道，这是骑楼为防洪水而设计的水门，只有大水淹没底层道路时才会使用。有些骑楼的阳台上挂着几盆绿萝、吊兰，翠绿的枝叶蜿蜒着探出栏杆，那深深浅浅的绿色植物在白色或淡黄楼身的衬托下，营造出闲适的情调。

二

走在骑楼底下的廊道里，看着对街的楼景，我不由得感叹中国建筑艺术的精美绝伦。然而，广州骑楼不仅仅坚固、美观，在精致的外表背后，还有商住合一的使用价值。

据说骑楼是在吸收外来建筑风格的基础上，为适应岭南潮湿多雨、闷热多虫鼠的环境而建，因此往往上层用来居住，底层用作商铺，在房内有木楼梯相连。骑楼下层的商铺既有传统的杂货店、小吃店、服装店、书店，也有新型的足疗店、美容店等。上层供居住的房屋比底层的商铺更透气，其采光也更好，这种设计让商人们的生活更方便，也促进了这里商业的蓬勃发展。店主或在门口与邻家闲聊，或忙着招待顾客，或趁空闲把店里的货摆到廊道中，或躲在椅子里小寐。每一条骑楼街都有这样别具一格的生活图景和商业画卷，人生的悲喜剧在坚实的廊柱下不断上演。

骑楼作为商住合一的建筑，自然要符合这里商业发展的需求。在西关商业街，这种楼可以最大限度地利用有限的土地和空间。骑楼的门廊既为上层的房屋扩大了使用空间，又可以招徕顾客，同时还为行人提供了遮蔽之处，真可谓一举三得。事实上，骑楼确实对近代广州的经济发展产生了极大的促进作用。

每逢阴天下雨或烈日当头，骑楼的廊道便是最好的去处。广州的雨向来持续时间短但雨势大，当天空突然"变脸"，行人可以悠然自得地在骑楼廊道里缓步穿行。烈日也在骑楼的廊道里失去了威力，人们可自在地于廊道中步行，不疾不徐地挑选着心仪的商品，不必担心被晒伤。

广州人最喜欢坐在骑楼的廊道里看雨。搬一把竹椅，拿一把蒲扇，临廊而坐，看着外面瀑布般的雨帘，嗅着空气中泥土与青草的味道。那滴滴答答的雨声似乎奏成一首轻柔的小夜曲，荡涤了人们浮躁的心。

作家欧阳山曾在《三家巷》中描写过赤卫队员在骑楼下面吃饭的场景："五个人分倒了半桶芋头粥，才蹲在太平路嘉南堂的骑楼下面，开始吃武装起义以来的第一顿饭。他们一辈子也没有吃过这样好吃的芋头粥：香极了，烂极了，甜极了，滑极了，吃了还想吃。"在战火纷飞的年代，有遮蔽作用的骑楼大约是为数不多能带给人们安全感的去处。

过去，骑楼也是屋主与孩子们的乐园。待夜晚行人散尽，一家人围坐在一起聊天，孩子们相约在廊道里玩耍，沐浴着晚风，看着星光。本地的朋友告诉我，小时候去上学，母亲总会嘱咐他们"行骑楼"，因为在骑楼的廊道里行走不会被日晒雨淋，没有往来车辆，舒适又安全。如今，骑楼的商业气息已愈发浓厚，像北京路、上下九步行街的骑楼基本只有商业功能了。待逛街的行人离开，唯余五彩缤纷的招牌在独自亮着，偶有风吹过廊道，发出的声音如迟暮的老人发出的深沉叹息。

现在，骑楼仍保留着古朴的模样，却给人带来别样的惊喜。我们在骑楼下信步而行，挑选合适的遮阳帽或丝巾。随后，找家早茶店歇歇，吃些茶点，又尝了一下小店里颇具广州风味的云吞面和艇仔粥。

三

然而，骑楼也不只是西关商户的居所与店铺。实际上，骑楼作为一种建筑艺术的代表，自然也有自己的文化价值。

骑楼文化是岭南文化的侧影。关于骑楼的起源众说纷纭，有人说骑楼是南洋商人回乡后花重金仿建的建筑，有人说骑楼是对岭南"干栏"式建筑的改造成果。骑楼既有岭南传统"干栏"式建筑的基础构造，又吸收了巴洛克、洛可可等艺术风格，这让骑楼大气美观与典雅庄重的特点并存，体现了岭南文化博采众长的优秀品质。其实，不仅是岭南文化，中华文化也一直坚持博采众长的发展道路。

骑楼还是广州老城送你的一缕温情。在言语不通的广州，看见阴凉清静的骑楼廊道，便感受到一股人情味。难怪有人说，骑楼是人性化的建筑。时至今日，广州的骑楼文化仍在延续。城中村居民房屋一楼留出几米小巷，有些建筑底层架空用来当停车处或休闲文化区，这些设计都带有骑楼文化印记。虽然这些设计也考虑到环境的因素，但在被钢筋水泥包裹的城市里，能得到这么一缕温情的眷顾，让人感觉真好。

美国建筑师伊利尔·沙里宁说过这样一句话："城市是一本打开的书，从中可以看到它的抱负。"在骑楼里，有老广州人传颂的故事，也有传承下来的广州文化。骑楼不仅促进了商业和文化的发展，还为钢筋水泥林立的城市留住了一抹人类的温情。骑楼历经百年，有些已经到了暮年，但它们作为广州的文化符号，在时间轴上成了永久的坐标。看见广州老街上的百年骑楼，就仿佛看到了过去。骑楼是有文化的老者，他蓄积了温情，对着老街上的滚滚人流讲述岁月变迁。

（原载《时代文学》2017年第4期）

时光走过小洲村

听人说，广州郊区的小洲村是极美的乡村。小洲村，古称"瀛洲"，曾有"北有周庄，南有瀛洲"的美誉。我见多了北方的乡村，向往异乡的风景。在天高气爽的一日，我慕名前往小洲村，去感受那岭南水乡的景韵。

在村外的石拱桥上，我看到一座白色小楼倒映在碧绿的水中，三两只破旧的木船横在桥下，河畔的几枝芦苇正在随晨风摇曳。过桥行一段路，就看到写有"瀛洲"的牌坊，这里便是小洲村。

岭南的十月尚处于夏末。清晨，村里的游客寥寥无几，恰合我心意。进村后，首先映入眼帘的是众多小河涌。小洲村内河道纵横，村子似乎被河道分割成一个个小岛。河道里面的水虽不甚清澈，却是那样绿，好像是一块天鹅绒铺在那里。岸边有很多棵古榕，我不知道这些树有多大年纪，只看到它们的树干粗壮，垂下的枝条似风铃在记录岁月沧桑。走在大街上，旁边时而出现一条小巷，时而又见一座石桥。走到路尽头，转角又有新风景。

河道纵横，流水相依，人们的往来活动自然离不开桥。小洲村里的桥多是石桥，有带栏杆的白玉桥，有由三块石板铺就的旧石桥，还有用一两块石板连接两岸的简易桥。与外界相接的瀛水桥和小洲拱桥大气美观，有颐和园玉带桥之风；相贯两岸的翰墨桥古朴厚重，如长者静听岁月钟声；架在艺栈旁的细桥小巧简单，朴实中带着几分纤巧玲珑；天后宫旁的娘妈桥简朴素雅，名字让人倍感亲切。白天，游客在桥上闲聊，让时光慢慢流走；夜晚，桥影相伴夜月，在静谧中散发出瀛洲味道。

小洲村流水与石桥、古树相依的自然风光让人留恋，村内的古朴巷道、宗祠古迹则为它添了一种历史风情。行在蜿蜒曲折看不到尽头的小巷中，时时都有惊喜。在这里，一座不起眼的老屋可能是几百年前的古迹。司马府第、简氏宗祠、泗海公祠、简公祠、天后宫、玉虚宫……这些老建筑已经破败，那青砖古瓦上长出的几丛野草就是岁月留下的痕迹。

这些古祠、宫庙在游人面前出尽风头，而古老的锅耳屋却在默默接受风雨的洗礼。如果不是偶然看见那苍然挺立、形似锅耳、长满青苔的屋顶，我可能也会将它们忽略了。

其实，小洲村最有价值的古建筑还是存在了几百年的蚝壳墙。蚝壳墙，又被当地人称为牡蛎墙、壳花墙，由一排排蚝壳与黄泥浆一起压实砌成。墙面上层层叠叠的蚝壳宛若一群群生蚝，溯游而上，沿墙高攀。这种蚝壳屋现在已经破败，在以前却是冬暖夏凉的好居所呢！当地坊间有"千年砖、万年蚝"的说法，意思是砖历经千年会风化，而蚝壳可存万年，由此可见蚝壳十分耐用，实在是不可多得的砌墙材料。难怪有人会说，小洲村里到处都是时光留下的斑驳痕迹。

除了自然风情与旧年古韵，小洲村还拥有独特的艺术气息。那些色彩缤纷的壁画、别出心裁的艺术品店、安静优雅的咖啡馆、朴素实在的小吃店以及现场画像、捏泥巴的小店，都透着精致的气息。吃了"小洲嫁女饼"，喝些芝麻糊，欣赏一下滋心堂和如意手工坊的艺术品，感受文田书屋和古井书室的文化氛围。累了，在"悠然自得"咖啡馆坐坐，到"流水光阴"客栈歇歇；渴了，有杨枝甘露和广府糖水。我的心一下子就被这些特别的店名攫住了，仿佛看到古老的童话在纸页上永存。有人在明信片上写下文字，寄给未来的自己，时间似乎也停留在这一刻。当芝麻糊香浓的味道飘来时，我们已经在小洲村艺术的海洋里游了很远。

在小洲村，将自然、历史与艺术结合得最好的地方，应数村北的登瀛古码头，传说中的"小洲村八景"之一——"古渡归帆"就在这里。厚重的大青石铺就的台阶旁，是枝条几乎垂至水面的老榕树。树下设有几张石桌，周围的石凳上已坐满怡然自得的游人。一阵清风吹过，老榕树的"胡须"徐徐飘扬，似耄耋老者抚须微笑。这里河道宽阔，河里的水比别处清澈得多，对岸则有蓊蓊郁郁的草和树。一艘白色汽艇驶过，在碧绿的水面上犁过一道白浪。漾动的水波扑过来，溅起的水花洒到我的脚面上，凉凉的、痒痒的，让人不禁生出欣喜之情。汽艇离开后，旁边唯余一只古老的木船，斜斜地漂在水面，晒着温煦的日光。看着那水面上的船影，我感觉时光在水里缓缓流淌着。

午间，小洲村成了游人如织的闹市。一位阿姨在聊天时告诉我，以前的小洲村风光秀丽，吸引了众多艺术家来开画室。他们临廊而坐，支开画架，灵感纷至沓来，将这里的水乡秀影完美呈现在纸上。如今，村里人为了往外租房而新建了很多小楼，污染了路面与河道，破坏了村里原本古朴自然的景致。因为现在小洲村的游人增多而自然风景减少，不少艺术家已陆续搬走了。她言语中流露出颇多惋惜之情，我听后不禁感慨万千。我似乎听见流水在低声倾诉，它用淙淙水声为小洲村奏出一曲无奈的哀歌。

小洲村本是大自然的沧海一粟，是一座世外桃源，不经意间被人发现，便开始热闹的"演奏"。或许，我们不该打扰小洲村原来宁静的生活。

（原载《时代文学》2017年第4期）